« PAVILLONS »

Collection dirigée par
Maggie Doyle et Jean-Claude Zylberstein

DU MÊME AUTEUR

chez le même éditeur

Nouvelles

Franny et Zooey

Dressez haut la poutre maîtresse,
Charpentiers
suivi de
Seymour, une introduction

J.D. SALINGER

L'ATTRAPE-CŒURS

roman

traduit de l'américain par Annie Saumont

ROBERT LAFFONT

Titre original : THE CATCHER IN THE RYE

ISBN 978-2-221-09909-4
(édition originale : Little, Brown & Cie, New York)

A ma mère

Chapitre 1

Si vous voulez vraiment que je vous dise, alors sûrement la première chose que vous allez demander c'est où je suis né, et à quoi ça a ressemblé, ma saloperie d'enfance, et ce que faisaient mes parents avant de m'avoir, et toutes ces conneries à la David Copperfield, mais j'ai pas envie de raconter ça et tout. Primo, ce genre de trucs ça me rase et secundo mes parents ils auraient chacun une attaque, ou même deux chacun, si je me mettais à baratiner sur leur compte quelque chose d'un peu personnel. Pour ça ils sont susceptibles, spécialement mon père. Autrement ils seraient plutôt sympa et tout — d'accord — mais ils sont aussi fichument susceptibles. Et puis je ne vais pas vous défiler ma complète autobiographie. Je veux juste vous raconter ce truc dingue qui m'est arrivé l'année dernière vers la Noël avant que je sois pas mal esquinté et obligé de venir ici pour me retaper. Même à D.B. j'en ai pas dit plus, pourtant c'est mon frère et tout. Il est à Hollywood. Ç'est pas trop loin de cette foutue baraque et il vient me voir pratiquement chaque dimanche. C'est lui qui va me ramener chez nous quand je sortirai d'ici, peut-être le mois prochain. Maintenant qu'il a une Jaguar. Une de ces petites merveilles anglaises qui font du trois cents à l'heure. Et qui lui a sûrement coûté pas loin de trois briques. Il est plein aux as à présent. Ça le change. Avant, quand il était à la maison, c'était rien qu'un vrai écrivain. Il a écrit des nouvelles, ce bouquin terrible *La vie cachée d'un poisson rouge*, au cas où vous sauriez pas. L'histoire la meilleure, justement, c'était *La vie cachée d'un poisson rouge,* il était question d'un petit gosse qui voulait laisser personne regarder son poisson rouge parce qu'il l'avait acheté tout seul, avec ses sous. Ça m'a tué. Maintenant D.B. il est à Hollywood, il se prostitue. S'il y a une chose dont j'ai horreur c'est bien le cinéma. Surtout qu'on m'en parle jamais.

Là où je veux commencer c'est à mon dernier jour avant de quitter Pencey Prep. Pencey Prep est ce collège, à Agerstown, Pennsylvanie, vous devez connaître. En tout cas vous avez sûrement vu les placards publicitaires. Y en a dans un bon millier de magazines et toujours ça montre un type extra sur un pur-sang qui saute une haie. Comme si tout ce qu'on faisait à Pencey c'était de jouer au polo. Moi dans le secteur j'ai même jamais vu un canasson. Et en dessous de l'image du type à cheval y a toujours écrit : « Depuis 1888, nous travaillons à forger de splendides jeunes hommes à l'esprit ouvert. » Tu parles! Ils forgent pas plus à Pencey que dans n'importe quelle autre école. Et j'y ai jamais connu personne qui soit splendide, l'esprit ouvert et tout. Peut-être deux gars. Et encore. C'est probable qu'ils étaient déjà comme ça en arrivant.

Bon. On est donc le samedi du match de foot contre Saxon Hall. Le match contre Saxon Hall c'était censé être un truc de première importance, le dernier match de l'année et on était aussi censé se suicider, ou quelque chose comme ça, si notre cher collège était battu. Je me souviens que vers trois heures, ce foutu après-midi, j'étais allé me percher en haut de Thomsen Hill, juste à côté du vieux canon pourri qu'avait fait la guerre d'Indépendance et tout. De là on voyait le terrain en entier et on voyait les deux équipes qui se bagarraient dans tous les sens. On voyait pas fameusement la tribune mais on pouvait entendre les hurlements; côté Pencey un bruit énorme et terrible puisque, pratiquement, toute l'école y était sauf moi, et côté Saxon Hall rien qu'une rumeur faiblarde et asthmatique, parce que l'équipe visiteuse c'était pas l'habitude qu'elle trimballe avec elle des masses de supporters.

Au foot, les filles étaient plutôt rares. Seulement les Seniors avaient le droit d'en amener. Y a pas à dire, Pencey est une sale boîte. Moi j'aime bien être quelque part où on peut au moins voir de temps en temps deux ou trois filles, même si elles font que se gratter les bras ou se moucher ou juste ricaner bêtement ou quoi. La môme Selma, Selma Thurmer — c'est la fille du directeur —, elle venait souvent aux matchs, mais elle a pas exactement le genre à vous rendre fou de désir. Une brave fille, remarquez. Une fois, dans le bus d'Agerstown, je me suis assis à côté d'elle et on a comme qui dirait engagé la conversation. Je l'aime bien. Elle a un grand nez et les ongles rongés jusqu'au sang et elle se met un de ces foutus soutiens-gorge tellement rembourrés qu'on voit plus que ça qui pointe ; mais on aurait plutôt envie de la plaindre. Moi ce qui me bottait c'est qu'elle vous faisait pas tout un plat de son grand homme de père. Probable qu'elle savait qu'en vrai c'était un sacré plouc.

Si je me trouvais en haut de Thomsen Hill, au lieu d'être en bas à regarder le match c'est pour la raison que je venais de rentrer de New York avec l'équipe d'escrime. Le foutu manager de l'équipe d'escrime, ben c'était moi. M'en parlez pas. Le matin on était allés à New York pour la rencontre avec le collège McBurney. Mais y en avait pas eu, de rencontre ; j'avais laissé l'équipement, les fleurets et tout dans le métro. C'était pas totalement ma faute. J'étais toujours debout à regarder le plan pour savoir quand faudrait descendre. Donc on était rentrés à Pencey vers deux heures et demie alors qu'on devait rentrer pour le dîner. Et pendant tout le voyage du retour les autres de l'équipe m'avaient fait la gueule. En un sens, c'était plutôt marrant.

L'autre raison que j'avais de pas être au match c'est que je m'en allais dire au revoir au père Spencer, mon professeur d'histoire. Il avait la grippe et tout, alors je pensais bien qu'on se reverrait pas avant le début des vacances de Noël. Mais il m'avait écrit un petit mot pour me demander de passer chez lui avant de partir. Il savait que je reviendrais pas à Pencey.

J'ai oublié de vous dire que j'étais renvoyé. J'étais pas supposé revenir après les vacances de Noël pour la raison que j'avais foiré en quatre matières, et pour le manque d'application et tout. On m'avait souvent averti — en particulier chaque demi-trimestre, quand mes parents venaient voir le père Thurmer — qu'il était grand temps, qu'il fallait que je m'applique, mais j'en tenais pas compte. Alors on m'a flanqué dehors. A Pencey on met très souvent des types à la porte. Pencey a une fichue réputation question études. Sans rire.

Bref. On était en décembre et tout, un jour drôlement frisquet, à cailler sur place, spécialement en haut de cette foutue colline. J'avais seulement mon imper et pas de gants ni rien. La semaine d'avant quelqu'un m'avait piqué mon manteau en poil de chameau. Dans ma piaule. Avec mes gants fourrés qui étaient dans la poche. Pencey, c'est rempli de gangsters. Il y a un tas de types qui viennent de familles à fric mais quand même c'est rempli de gangsters. Plus une école coûte cher et plus y en a qui fauchent. Sans blague. Bon, j'étais toujours là-haut près de ce canon de malheur, à regarder le match et à me geler le cul. Sauf que le match m'intéressait pas trop. Ce qui m'intéressait, c'était plutôt de bien me pénétrer de l'idée que je faisais des adieux. Y a eu d'autres collèges, d'autres endroits, quand je les ai quittés je l'ai pas vraiment senti. Je déteste ça. L'adieu, je veux bien qu'il soit triste ou pas réussi mais au moins je veux *savoir* que je m'en vais. Sinon c'est encore pire.

J'ai eu de la chance. Tout d'un coup j'ai pensé à quelque chose qui m'a aidé à vraiment sentir que je m'en allais. D'un coup je me suis rappelé cette fois-là, vers octobre, lorsque Robert Tichener et moi et Paul Campbell on se faisait des passes de foot devant le bâtiment des profs. Sympas, les gars, surtout Tichener. C'était juste avant le dîner et la nuit tombait mais quand même on continuait. Ça devenait de plus en plus noir et on pouvait presque plus voir le ballon mais on voulait pas s'arrêter. Finalement on a été obligés. Ce prof, Mr Zambesi, qui enseigne la biologie, il s'est pointé à la fenêtre et il nous a dit de rentrer au dortoir et de nous préparer pour le dîner. Bon, si je me mets à penser à des trucs de ce genre je peux me fabriquer un adieu quand j'en ai besoin — du moins la plupart du temps je peux ; alors cette fois, dès que je l'ai eu, mon adieu, j'ai tourné le dos au terrain de foot et j'ai descendu la colline en courant, de l'autre côté, vers la maison du père Spencer. Il habitait pas sur le campus. Il habitait dans Anthony Wayne Avenue.

J'ai couru tout le chemin jusqu'à la grille et là je me suis arrêté une seconde pour reprendre ma respiration. J'ai pas de souffle, si vous voulez savoir. Y a déjà que je fume trop — enfin, que je fumais trop, parce que maintenant on m'a interdit. Et puis que l'année dernière j'ai grandi de seize centimètres. C'est comme ça que j'ai attrapé des B.K. et qu'on m'a envoyé ici pour ces foutus contrôles et radios et tout. Mais je suis plutôt costaud, remarquez.

Bon. Lorsque j'ai eu retrouvé mon souffle j'ai traversé la route 204. C'était vachement gelé et j'ai bien failli me ramasser une gamelle. Je sais même pas pourquoi je courais — j'avais envie de courir, j'imagine. Une fois la route traversée ça m'a fait une drôle d'impression, comme si j'étais en train de disparaître. C'était un de ces après-midi vraiment dingues, avec un froid terrible et pas de soleil ni rien, qui vous donnent toujours l'impression qu'à chaque fois qu'on traverse une route on est en train de disparaître.

Ouah, quand je suis arrivé chez le père Spencer j'ai appuyé presto sur la sonnette. J'étais vraiment frigorifié. Mes oreilles me faisaient mal et je pouvais à peine remuer les doigts. Et je disais presque tout haut « Vite vite, ouvrez-la c'te porte ». Finalement Mrs Spencer l'a ouverte, sa porte.

Les Spencer, ils ont pas de domestique ni rien ; c'est toujours eux qui viennent ouvrir. Ils sont pas des rupins.

Mrs Spencer a dit « Holden ! Quelle bonne surprise ! Entrez, mon petit, vous devez être complètement gelé ». Elle avait l'air contente de me voir. Elle m'aimait bien. Enfin je crois.

Ouah, j'ai pas traîné pour me mettre au chaud. J'ai dit « Comment allez-vous, Mrs Spencer ? Comment va Mr Spencer ? »

Elle a dit « Donnez-moi votre vêtement ». Elle m'avait pas entendu demander comment allait Mr Spencer. Elle est un peu sourdingue.

Elle a accroché mon imper dans la penderie du vestibule et je me suis passé la main sur les cheveux. Le plus souvent mes cheveux je les fais couper en brosse, alors j'ai pas tellement besoin de me peigner. J'ai répété « Comment ça va, Mrs Spencer ? » Mais plus fort, pour que cette fois elle m'entende.

« Moi ça va bien, Holden. » Elle a refermé la porte de la penderie. « Et vous, mon petit, comment ça va ? » A sa façon de poser la question j'ai su tout de suite que le père Spencer lui avait dit que j'étais renvoyé.

J'ai dit « Très bien. Comment va Mr Spencer ? C'est pas fini, sa grippe ? »

« Fini ? Holden, il se comporte comme un parfait... je ne sais quoi. Il est dans sa chambre. Vous pouvez entrer. »

Chapitre 2

Ils avaient chacun leur chambre et tout. Des gens dans les soixante-dix ans ou même plus. Ce qui les empêchait pas de s'exciter encore pour une chose ou pour une autre — à leur façon un peu débile, tout de même. Je sais bien que c'est plutôt salaud de dire ça mais faudrait pas le prendre mal, c'est seulement que je pensais souvent au père Spencer et si on pensait trop à lui on en arrivait forcément à se demander à quoi ça lui servait encore d'être en vie. Vu qu'il était tout bossu, terriblement déglingué; et en classe, chaque fois qu'il écrivait au tableau et qu'il laissait tomber sa craie, un des gars au premier rang devait se lever et la ramasser pour lui. A mon avis c'est vraiment moche. Mais si on pensait à lui juste un petit peu et pas trop on pouvait s'imaginer qu'au fond il se défendait pas si mal. Par exemple un dimanche, quand j'étais là avec d'autres gars à boire une tasse de chocolat, il nous a montré cette vieille couverture navajo assez esquintée que tous les deux, avec Mrs Spencer, ils avaient achetée à un Indien de Yellowstone Park. On voyait bien que le père Spencer était sacrément fier de son achat. C'est ce que je veux dire. Prenez quelqu'un de vieux comme le monde, le père Spencer par exemple, et rien que d'acheter une couverture le voilà tout frétillant.

Sa porte était ouverte mais j'ai quand même frappé, juste par politesse et tout. Je pouvais déjà le voir, assis dans un grand fauteuil de cuir, emmailloté dans cette couverture que je viens de vous dire. Quand j'ai frappé il a gueulé « Qu'est-ce que c'est ? » Et après m'avoir jeté un coup d'œil « Caulfield ? Entrez mon garçon ». En dehors des cours il parlait pas, il gueulait. Ça vous tapait sur les nerfs, quelquefois.

J'étais pas plus tôt entré que je regrettais d'être venu. Il lisait l'*Atlantic Monthly*, et y avait plein de médicaments et ça sentait les gouttes Vicks pour le nez. De quoi vous donner la déprime. Les gens malades j'aime pas tellement. Ce qui arrangeait pas les choses c'est qu'il avait son vieux peignoir minable qu'il devait déjà avoir en naissant. Et je peux pas dire non plus que j'adore quand les types de son âge se traînent en pyjama ou en peignoir. D'autant qu'ils se débrouillent si bien qu'on voit leur poitrine, toute en creux et bosses, et puis aussi leurs jambes. Leurs jambes, à la plage ou ailleurs, elles sont toujours blanches et sans poils. J'ai dit « Bonjour monsieur. J'ai eu votre petit mot. Merci beaucoup ». Il m'avait écrit ce mot pour me demander de passer lui dire au revoir avant de m'en aller en vacances, vu que je reviendrais pas après. « Fallait pas vous donner ce mal. De toute façon je serais pas parti sans vous dire au revoir.

— Asseyez-vous là, mon garçon. » Là, ça voulait dire sur le lit. Je me suis assis. « Comment ça va votre grippe, monsieur ?

— Mon garçon, quand j'irai mieux il sera bien temps d'appeler le médecin » a dit le père Spencer. Ça l'a plié en deux. Il s'est mis à glousser comme un dingue. Finalement il s'est calmé et il a demandé : « Pourquoi n'êtes-vous pas au match ? Je croyais que c'était le jour du grand événement.

— Oui. J'y suis allé », j'ai dit. « Mais je viens de rentrer de New York avec l'équipe d'escrime. » Ouah, son pageot était dur comme le roc.

Il est devenu plus sérieux qu'un juge. Et j'ai su que ça allait se gâter. Il a dit « Alors, vous nous quittez, hein ?

— Oui, monsieur. Je crois bien. »

Il s'est mis à branler du chef. Je suis sûr que dans toute

votre vie vous avez jamais vu personne branler du chef autant que le père Spencer. On savait jamais s'il faisait ça quand il pensait profond et tout, ou bien s'il était seulement un vieux bonhomme qui commençait à perdre les pédales.

« Que vous a dit monsieur le Directeur, mon garçon ? Je crois que vous avez eu avec lui un petit entretien.

— Ah oui. Ah ça oui. J'ai dû rester pas loin de deux heures dans son bureau.

— Qu'est-ce qu'il vous a dit ?

— Ben... il a parlé de la Vie qui serait un jeu et tout. Et qu'il faut jouer selon des règles. Il a été plutôt gentil, je veux dire qu'il a pas sauté au plafond ni rien. Il répétait simplement des choses sur la Vie qui serait un jeu, vous voyez.

— La vie *est* un jeu, mon garçon. La vie *est* un jeu, mais on doit le jouer selon les règles.

— Oui, monsieur. Je le sais bien. Je sais. »

Un jeu, mon cul. Drôle de jeu. Si on est du côté où sont les cracks, alors oui, d'accord, je veux bien, c'est un jeu. Mais si on est dans l'autre camp, celui des pauvres types, alors en quoi c'est un jeu ? C'est plus rien. Y a plus de jeu.

« Monsieur le Directeur a-t-il prévenu vos parents ? » m'a demandé le père Spencer.

« Il a dit qu'il le ferait lundi.

— Et vous, leur avez-vous écrit ?

— Non, monsieur. J'ai pas écrit. Parce que je les verrai probablement mercredi soir, en rentrant à la maison.

— Et comment pensez-vous qu'ils prendront la nouvelle ? »

J'ai dit « Ben... Ils vont être pas mal furieux. C'est sûr. Ça doit faire la quatrième fois que je change d'école ». J'ai hoché la tête. J'ai la manie de hocher la tête. J'ai dit « Ouah ». Parce que, aussi, je dis « Ouah ». En partie parce que j'ai un vocabulaire à la noix et en partie parce que souvent j'agis comme si j'étais plus jeune que mon âge, j'avais seize ans à l'époque et maintenant j'en ai dix-sept et quelquefois j'agis comme si j'en avais dans les treize. Et le plus marrant c'est que je mesure un mètre quatre-vingt-six et que j'ai des cheveux blancs. Sans blague. Sur un côté de ma tête — le côté droit — y a des millions de cheveux blancs. Je les ai depuis que je suis môme. Et pourtant j'agis quelquefois comme si j'avais dans les douze ans ; tout le monde le dit, spécialement mon père. C'est un peu vrai. Mais pas vrai cent pour cent. Les gens pensent toujours que ce qui est vrai est vrai cent pour cent. Je m'en balance, sauf que ça finit par m'assommer quand les gens me disent que tout de même, à ton âge... Ça m'arrive aussi d'agir comme si j'étais plus vieux que mon âge — oui, oui, ça m'arrive — mais les gens le remarquent jamais. Les gens remarquent jamais rien.

Le père Spencer a recommencé à branler du chef. Et aussi il s'est mis à se décrotter le nez. Il faisait comme s'il le pinçait seulement, son nez, mais en fait il y fourrait le pouce. Je suppose qu'il trouvait que c'était pas gênant puisque c'est seulement moi qui étais là. Et moi je m'en tape, dans l'ensemble, sauf qu'un type qui se décrotte le nez, quand on le regarde ça vous dégoûte.

Après, il a dit « J'ai eu le privilège de rencontrer vos parents lorsqu'ils sont venus voir Mr Thurmer il y a quelques semaines. Ce sont des gens très bien.

— Oh oui. C'est vrai. »

Des gens « bien ». Une expression que je déteste ; ça fait bidon ; quand je l'entends, ça me retourne l'estomac.

Et alors, d'un coup, le père Spencer a eu l'air d'avoir quelque chose d'extra à me dire, quelque chose de pénétrant comme un clou à m'enfoncer dans le crâne. Il s'est redressé un peu dans son fauteuil et il s'est mis à s'agiter ; mais c'était une fausse alerte. Tout ce qu'il a fait c'est prendre sur ses genoux l'*Atlantic Monthly* et il a essayé de le lancer sur le lit à côté de moi. Il a loupé son coup. C'était seulement à quelques centimètres ; il a loupé. Je me suis levé, j'ai ramassé le machin et je l'ai posé sur le lit. Et brusquement je pouvais plus me supporter dans cette pièce, je sentais que se préparait un sermon dans les règles, et le sermon tout seul d'accord, mais pas le sermon *et* l'odeur des gouttes Vicks pour le nez *et* le spectacle du père Spencer en pyjama et robe de chambre. Là. c'était trop.

Et ça a démarré. Il a dit, le père Spencer « Mais qu'est-ce qui vous prend, mon garçon ? » Et il l'a dit d'un ton vache, du moins pour lui. « Combien de matières présentiez-vous, ce trimestre ?

— Cinq, monsieur.

— Cinq. Combien d'échecs ?

— Quatre. » J'ai bougé un peu mes fesses sur le lit. Je m'étais jamais assis sur un lit aussi dur. « J'ai passé l'anglais impec », je lui ai dit, « parce que *Beowulf* et *Lord Randal My Son,* on les a vus déjà, à Whooton. C'est-à-dire que j'avais pratiquement rien à faire en anglais, sauf de temps en temps écrire une dissert'. »

Il écoutait même pas. C'était rare qu'il écoute quand on lui parlait.

« Je vous ai saqué en histoire parce que vous ne saviez absolument rien.

— C'est vrai, monsieur. » Ouah, c'était vrai. « Vous aviez pas le choix. »

Il a répété « Absolument rien ». C'est un truc qui me rend dingue. Quand les gens disent deux fois la même chose alors que la première fois vous étiez déjà d'accord. Et voilà qu'il l'a dit une troisième fois. « Mais absolument rien. Je me demande même si vous avez jamais ouvert votre manuel de tout le trimestre. Alors ? Dites-moi la vérité, mon garçon.

— Ben... Ça m'est arrivé d'y jeter un coup d'œil », j'ai dit. Pour pas le vexer. Il adorait l'histoire.

« Ah vous y avez jeté un coup d'œil ? » il a dit, très sarcastique. « Votre... heu... votre copie d'examen est là-bas, sur la commode. En haut de la pile. Apportez-la-moi s'il vous plaît. »

C'était un rudement sale coup, mais je suis allé chercher

la feuille et je la lui ai donnée — qu'est-ce que j'aurais pu faire d'autre ? Et j'ai repris place sur son paddock en béton. Ouah, vous pouvez pas vous figurer ce que j'étais fumasse d'être venu lui dire au revoir.

Il tenait ma copie comme si c'était de la merde. Il a dit : « Nous avons étudié les Égyptiens du 4 Novembre au 2 Décembre. Les Égyptiens, c'était votre sujet en option. Ça vous intéresserait d'entendre ce que vous avez trouvé à raconter ? »

J'ai dit « Non monsieur. Pas tellement ».

Il a lu quand même. Les profs on peut pas les arrêter quand ils ont décidé quelque chose. Ils font comme ils ont décidé, c'est tout.

Les Égyptiens étaient une ancienne race de Caucasiens résidant dans une des parties nord de l'Afrique. Cette dernière, comme nous le savons, est le plus large continent de l'hémisphère oriental.

Et il fallait que je reste assis là, à écouter ces conneries. On peut dire que c'était un sale coup.

Les Égyptiens sont pour nous aujourd'hui extrêmement intéressants et à cela il y a diverses raisons. La science moderne cherche toujours quels ingrédients secrets les Égyptiens utilisaient quand ils emmaillotaient les morts afin que leurs visages se conservent sans pourrir pendant des siècles et des siècles. Cette passionnante énigme est encore un défi à la science moderne du vingtième siècle.

Il s'est arrêté, il a posé ma copie. Je commençais à le détester ou tout comme. Il a dit, d'une voix très sarcastique, « Votre composition — si on peut dire — se termine là ». J'aurais jamais cru qu'un vieux type pourrait être si sarcastique et tout. Il a ajouté « Toutefois, vous m'avez mis un petit mot au bas de la page ».

J'ai dit « C'est vrai ». J'ai dit « c'est vrai » à toute pompe parce que je voulais l'arrêter avant qu'il lise *ça* à haute voix. Mais on pouvait plus l'arrêter. Il pétait des flammes.

Alors il a lu : *Cher Mr Spencer, je n'en sais pas plus sur les Égyptiens. Je n'arrive pas à m'y intéresser vraiment quoique vos cours soient très intéressants. Mais si vous me collez ça ne fait rien puisque je vais être collé en tout sauf en anglais. Avec mes respects. Holden Caulfield.* Il a posé ma saloperie de copie et il m'a regardé comme s'il venait de me flanquer une dérouillée au ping-pong. Je crois que je lui pardonnerai jamais d'avoir lu tout haut ces conneries. Moi, si c'était lui qui les avait écrites, je les lui aurais pas lues. D'ailleurs, cette foutue bafouille, je l'ai ajoutée simplement pour qu'il soit pas trop emmerdé de me saquer.

« M'en voulez-vous, mon garçon, pour la mauvaise note ? »

J'ai dit « Oh non, monsieur. Sûrement pas ». J'en pouvais plus de l'entendre m'appeler tout le temps « mon garçon ».

Quand il a eu fini, il a voulu lancer ma copie sur le lit. Seulement, bien sûr, il a raté son coup. A fallu que je me lève une fois de plus et que je la ramasse et la remette sur l'*Atlantic Monthly.* C'est chiant de recommencer ça toutes les deux minutes.

« Qu'auriez-vous fait à ma place ? » il a dit. « Dites-moi la vérité, mon garçon. »

C'était visible qu'il se sentait pas à l'aise de m'avoir saqué. Alors je l'ai baratiné. Je lui ai dit que j'étais un vrai cancre et tout. J'ai dit que si j'avais été à sa place j'aurais fait exactement pareil et que la plupart des gens se rendaient pas compte comme c'est dur d'être prof. Ce genre de laïus. La salade habituelle.

Ce qui est bizarre, c'est que je pensais à autre chose en lui servant mes commentaires. J'habite New York, et je pensais au lac de Central Park, en bas vers Central Park South. Je me demandais si l'eau serait gelée quand je rentrerais à la maison, et si elle l'était, où seraient allés les canards. Je me demandais où vont les canards quand l'eau se prend en glace, qu'il y a plus que de la glace. Je me demandais si un type vient pas avec un camion pour les emporter dans un zoo. Ou s'ils s'envolent on ne sait où.

Bon. J'ai de la veine. Je veux dire que je peux faire mon

baratin au père Spencer et en même temps penser à ces canards. C'est curieux, on a pas besoin de réfléchir tellement quand on parle à un prof. Mais brusquement il m'a interrompu en plein discours. Lui, fallait toujours qu'il vous interrompe.

« Qu'est-ce que vous pensez de tout cela, vous, mon garçon ? Dites-moi. J'aimerais le savoir. »

J'ai dit « Vous parlez de mon renvoi ? » J'avais envie qu'il couvre sa poitrine toute en creux et bosses. C'était pas tellement beau à voir.

« Si je ne me trompe, vous avez déjà eu des ennuis à Whooton et à Elkton Hills. » C'était dit sur un ton non seulement sarcastique, mais aussi vraiment vache.

« J'ai pas eu trop d'ennuis à Elkton Hills. On m'a pas renvoyé. C'est moi qui suis parti.

— Pourrais-je savoir pourquoi ?

— Pourquoi ? Oh monsieur c'est une longue histoire. Je veux dire que c'est plutôt compliqué. » J'avais pas du tout envie de lui raconter. D'ailleurs il aurait pas compris. C'était pas du tout son rayon. Une des principales raisons qui m'ont fait quitter Elkton Hills c'est que j'étais entouré de faux jetons. Là-bas c'est tout pour l'apparence. Par exemple, y avait ce directeur, Mr Haas, qu'était le plus vrai faux jeton que j'ai jamais rencontré. Dix fois pire que le Thurmer. Par exemple, le dimanche, quand les parents venaient au collège, il faisait sa tournée pour leur serrer la main. Super-aimable. Sauf si un gars avait des parents un peu vieux et un peu moches. Vous l'auriez vu avec les parents de mon copain de chambre. Je veux dire, si la mère d'un des gars était plutôt grosse et un peu ringarde ou quoi, et si le père était un de ces types qui portent des costumes très épaulés et des souliers en cuir noir et blanc tout ce qu'il y a de démodé, alors le sale bonhomme leur touchait à peine la main, d'un air compassé, et puis il s'en allait parler pendant peut-être une demi-heure avec les parents de quelqu'un d'autre. Je peux pas supporter. Ça me déprime tellement que j'en deviens dingue. Ce foutu collège, je le détestais.

Le vieux Spencer m'a demandé quelque chose, mais j'ai pas compris. Je pensais à ce Haas de malheur. J'ai dit « Quoi, monsieur ?

— N'êtes-vous pas un peu inquiet à la pensée de quitter Pencey ?

— Oh oui, ça m'inquiète un peu. Certainement. Mais pas trop. Pas encore, en tout cas. J'imagine que j'ai pas encore très bien saisi. Avec moi ça prend du temps. Pour le moment je pense qu'à rentrer à la maison mercredi. C'est plutôt débile, non ?

— Et vous ne vous faites aucun souci pour votre avenir ?

— Oh oui bien sûr. Bien sûr que je me fais du souci pour mon avenir. » J'ai réfléchi une minute. « Mais pas trop, quand même. Non, pas trop quand même.

— Ça viendra » a dit le père Spencer. « Ça viendra un jour, mon garçon. Et alors il sera trop tard. »

J'ai pas aimé l'entendre dire ça. On aurait cru que j'étais mort ; ou tout comme. J'ai eu le cafard. J'ai dit « Je suppose que vous avez raison.

— J'aimerais vous mettre un peu de plomb dans la tête, mon garçon. Je cherche à vous aider. Oui, ce que je cherche, c'est à vous *aider*, dans la mesure du possible. »

Et c'était vrai. C'était visible. Mais l'ennui, c'est qu'entre nous y avait des années-lumière. J'ai dit « Je m'en rends compte, monsieur. Merci beaucoup. Sérieusement. J'apprécie drôlement. Je vous assure ». Et je me suis levé. Ouah, j'aurais pas pu rester assis sur ce pageot dix minutes de plus même si j'avais risqué ma vie en le quittant. « Ce qu'il y a, c'est que maintenant faut que je m'en aille. J'ai tout un équipement à prendre au gymnase. Pour le remmener chez moi. » Il m'a regardé et il s'est remis à branler du chef, avec un air rudement sérieux. Et tout d'un coup ça m'a fait de la peine pour lui. Mais je pouvais pas traîner plus longtemps, avec ces années-lumière entre nous et puis vu qu'il continuait à manquer le but chaque fois qu'il lançait quelque chose sur le lit, et tout le reste, son vieux peignoir minable qui lui couvrait pas bien la poitrine, et cette sale odeur des gouttes Vicks pour le nez — J'ai dit « Écoutez, monsieur, vous faites pas de souci pour moi. Je vous assure que ça ira. C'est seulement que je suis dans une mauvaise passe, en ce moment. Tout le monde a des mauvaises passes, vous savez.

— Non je n'en sais rien, mon garçon. Je n'en sais vraiment rien. »

Ce genre de réponse, je déteste. J'ai dit « Moi je sais. Moi j'en suis sûr. Vous faites pas de souci pour moi ». C'est comme si j'avais mis ma main sur son épaule. J'ai dit « Okay ?

— Voulez-vous une tasse de chocolat avant de partir ? Mrs Spencer serait...

— J'aimerais bien, mais l'ennui c'est que faut que je m'en aille. Faut que je fonce au gymnase. Merci quand même. Merci beaucoup monsieur. »

Alors on s'est serré la main. Toutes ces conneries. Ça m'a quand même foutu le cafard.

« Je vous enverrai un petit mot, monsieur. Et soignez bien votre grippe.

— Au revoir mon garçon. »

J'ai refermé la porte et j'étais dans la salle de séjour quand il m'a gueulé quelque chose, mais j'ai mal entendu. Je me demande si c'était pas « Bonne chance ! » J'espère que non. Merde, j'espère bien que non. Je crierais jamais « Bonne chance » à quelqu'un. C'est horrible, quand on y pense.

Chapitre 3

Je suis le plus fieffé menteur que vous ayez jamais rencontré. C'est affreux. Si je sors même simplement pour acheter un magazine et que quelqu'un me demande où je vais je suis capable de dire que je vais à l'Opéra. C'est terrible. Ainsi quand j'ai dit au père Spencer qu'il fallait que j'aille au gymnase chercher mon équipement et tout c'était un foutu mensonge. Parce que mon foutu équipement, je le laisse même pas au gymnase.

Quand j'étais à Pencey je logeais dans un des nouveaux dortoirs de l'aile Ossenburger. C'était réservé aux Juniors et Seniors. Moi j'étais encore Junior. Mon copain de chambre était Senior. Ossenburger, c'est le nom d'un ancien de Pencey. Il a fait ses études à Pencey et après, il a gagné des masses de fric dans les pompes funèbres. Son truc, c'est qu'il a créé partout dans le pays ces services d'inhumation qui vous enterrent les gens de votre famille pour cinq dollars l'unité. Vous auriez dû voir le père Ossenburger. Il faisait sans doute rien d'autre que les fourrer dans un sac et les balancer dans le fleuve. En tout cas il a donné plein de pognon à Pencey et Pencey a donné son nom à notre bâtiment. Il venait toujours au collège dans sa foutue Cadillac pour le premier match de l'année et fallait qu'on se lève tous dans la tribune et il avait droit à un ban et des hourras. Puis le lendemain matin à la chapelle il faisait un speech qui devait bien durer dix heures. Il commençait par au moins cinquante plaisanteries foireuses juste pour nous montrer quel vrai mec il était. Vrai mec mon cul. Puis il se mettait à nous dire qu'il avait jamais honte, quand il était dans les emmerdes, de s'agenouiller et de prier. Il disait qu'il fallait toujours prier Dieu — Lui parler et tout — n'importe où on se trouvait. Il disait qu'on devait penser à Jésus comme à un copain et tout. Il disait que lui il arrêtait pas de parler à Jésus. Même quand il conduisait sa voiture. Ça me tuait. Je vois bien ce gros salaud retors passant la première en demandant à Jésus de lui envoyer quelques macchabées de plus. La seule bonne partie de son discours ça a été en plein milieu. Il s'évertuait à nous montrer quel type sensas' on avait sous les yeux, un foutu mec et tout ; et alors, brusquement, ce gars assis dans la rangée devant moi, Edgar Marsalla, il a lâché un pet superbe. C'était vraiment grossier, spécialement dans la chapelle, mais c'était aussi très marrant. Super, le Marsalla. Il a presque fait sauter le toit. Y a pas eu grand monde qui a ri tout haut et Ossenburger a fait comme s'il avait pas entendu, mais le père Thurmer, le dirlo, était assis juste à côté, dans les stalles, et c'était clair que lui il avait entendu. Ouah, il était dingue. Sur le moment il a rien dit, mais le lendemain soir il a ordonné un rassemblement dans la salle d'études du bâtiment des profs et il s'est amené avec un discours tout prêt. Il a dit que le garçon qu'avait fait son malin à la chapelle méritait pas d'être à Pencey. On essayait de décider Marsalla à en lâcher un autre, juste pendant le discours de Thurmer, mais il avait plus la forme. Bref c'était là que je logeais à Pencey. L'aile Ossenburger, dans les nouveaux dortoirs.

J'ai été content de me retrouver dans ma chambre, après la visite au père Spencer, parce que tout le monde était au match et on avait du chauffage, pour changer. Ça faisait intime. J'ai ôté mon imper et ma cravate et déboutonné le col de ma chemise et mis sur ma tête la casquette que j'avais achetée à New York le matin même. C'était une casquette de chasseur, rouge avec une très très longue visière. Je l'avais vue à l'étalage de ce magasin de sports, quand on était sortis du métro juste après avoir découvert que j'y avais laissé les foutus fleurets. Elle m'avait coûté seulement un dollar. La façon dont je la portais, c'était la visière à l'arrière — un genre plutôt ringard je dois dire, mais j'aimais bien. Et ça m'allait vraiment pas mal. Ensuite j'ai pris le bouquin que j'avais commencé à lire et je me suis assis dans mon fauteuil. Y avait deux fauteuils dans chaque box. J'en avais un et mon copain de chambre, Ward Stradlater, en avait un. Les bras étaient en triste état, parce que tout le monde s'asseyait dessus mais ça restait quand même des fauteuils pas mal confortables.

Le livre que je lisais, c'était un bouquin que j'avais eu par erreur à la bibliothèque. Ils avaient fait une erreur et je m'en étais aperçu qu'une fois de retour dans ma chambre. Ils m'avaient donné *La ferme africaine* par Karen Blixen. Je pensais que ça allait être dégueulasse mais pas du tout, c'était un très bon livre. Moi je sais vraiment pas grand-chose mais je lis des masses. Mon auteur préféré c'est mon frère D.B., et celui qui vient après c'est Ring Lardner. Quand j'allais entrer à Pencey, mon frère m'a offert un livre de Ring Lardner, pour mon anniversaire. Dedans il y avait ces pièces de théâtre très marrantes, un peu dingues, et puis une nouvelle au sujet d'un agent de la circulation qui tombe amoureux de cette fille très dégourdie qu'est une fonceuse. Seulement le flic il est marié, donc il peut pas l'épouser ni rien. Et alors cette fille, à trop foncer elle finit par se bousiller. Ça m'a presque tué, cette histoire. Ce que je préfère c'est un livre qui soit au moins de temps en temps un brin marrant. J'ai lu un tas de classiques, *Le retour au pays natal* et tout, et j'aime bien, et j'ai lu aussi des livres de guerre et des polars. Mon rêve, c'est un livre qu'on arrive pas à lâcher et quand on l'a fini on voudrait que l'auteur soit un copain, un super-copain et on lui téléphonerait chaque fois qu'on en aurait envie. Mais ça n'arrive pas souvent. J'aimerais assez téléphoner à Karen Blixen. Et à Ring Lardner, sauf que D.B. m'a dit qu'il était mort. Tout de même, prenez ce bouquin, *Servitude humaine* de Somerset Maugham. Je l'ai lu l'été dernier. C'est pas mal et tout, mais j'aurais pas envie de téléphoner à Somerset Maugham. Je sais pas, c'est le genre de mec que j'aurais jamais envie d'appeler. J'appellerais plutôt le petit père Thomas Hardy. Son Eustacia Vye, elle me plaît.

Bon. J'ai mis ma casquette neuve et je me suis installé à lire *La ferme africaine.* Je l'ai lu déjà mais je voulais relire certaines parties. J'avais guère relu plus de trois pages quand j'ai entendu quelqu'un qui entrait à travers la douche, en écartant les rideaux. J'ai pas eu besoin de lever la tête pour savoir tout de suite que c'était Robert Ackley, le type qui occupait le box d'à côté. Dans le bâtiment où je logeais il y avait une douche tous les deux boxes, et quatre-vingt-cinq fois par jour environ le mec Ackley me tombait dessus. A part moi, c'était probablement le seul type de tout le dortoir à pas être au match. Il allait presque jamais nulle part. C'était un type très spécial. Un Senior, et il avait déjà passé quatre ans à Pencey mais jamais personne l'appelait autrement que "Ackley". Même Herb Gale, son copain de chambre, il lui disait jamais "Bob", ou seulement "Ack". Si un jour il se marie, sûrement sa femme dira aussi "Ackley". C'était un de ces très très grands types au dos rond — il mesurait pas loin de deux mètres — et avec les dents pourries. Tout le temps qu'il a créché dans le box à côté je l'ai jamais vu se les brosser, les dents. Elles étaient toujours jaunâtres, dégueulasses, et quand on le voyait au réfectoire, la bouche pleine de purée ou de petits pois ça vous retournait l'estomac. En plus, il était couvert de boutons. Pas juste sur le front et le menton comme la plupart des types, mais partout sur la figure. Et puis il avait une personnalité rudement pénible. Même c'était plutôt un sale type. Bref, je l'avais pas à la bonne.

Je le sentais juste derrière ma chaise, perché sur le rebord de la douche, qui jetait un coup d'œil circulaire pour voir si Stradlater était là. Il pouvait pas souffrir Stradlater et il se pointait jamais quand Stradlater était là. Il pouvait pour ainsi dire souffrir personne.

Il est descendu de la douche et il est entré dans la piaule. Il a dit « Salut ». Il disait toujours ça comme s'il crevait d'ennui ou de fatigue. Il voulait surtout pas qu'on se figure qu'il venait vous faire une petite visite. Fallait qu'on croie qu'il était là par erreur et tout.

J'ai dit « Salut ». Mais sans lever les yeux de mon livre. Avec un type comme Ackley, si on levait les yeux du livre on était foutu. De toute façon on était foutu, mais peut-être pas aussi vite si on le regardait pas tout de suite.

Il s'est mis à tourner en rond tranquillos', comme à son habitude en tripotant mes affaires sur le bureau et la commode. Il était toujours en train de tripoter les affaires des autres et de les examiner. Y avait des moments où vraiment il me tapait sur les nerfs. Ouah. Il a dit « Ça a marché, l'escrime ? » C'était seulement pour m'empêcher de lire en paix, parce que l'escrime il s'en foutait. Il a dit « On a gagné ou quoi ? »

J'ai dit « Personne a gagné ». Mais j'ai pas levé les yeux.

Il a dit « Hein ? » Il avait la manie de tout le temps vous faire répéter.

J'ai redit « Personne a gagné ». J'ai jeté un coup d'œil pour voir ce qu'il fabriquait avec les trucs sur ma commode. J'ai vu qu'il regardait la photo de ma copine de New York. Sally Hayes. Il avait bien dû la regarder au moins cinq mille fois depuis que je l'avais, cette photo. Et aussi, quand il avait fini, il la remettait jamais au bon endroit. Il le faisait exprès. C'était visible.

Il a dit « Personne a gagné ? Comment ça ?

— J'ai laissé les foutus-fleurets et tout le barda dans le métro. » J'avais toujours pas levé les yeux.

« Bon Dieu ! Dans le métro ! Tu veux dire que tu les as *perdus* ?

— On s'est trompés de métro. Fallait sans arrêt que je me lève pour vérifier sur le foutu plan. »

Il est venu vers moi et il s'est mis juste dans ma lumière. « Hey » j'ai dit, « depuis que t'es là ça fait vingt fois que je lis la même phrase. »

N'importe qui aurait compris l'allusion. Mais pas lui. Pas Ackley. Il a dit « Tu crois qu'ils vont te les faire payer?

— Je sais pas, et je m'en fous. Pourquoi tu prendrais pas un siège, môme Ackley? T'es juste dans ma lumière. » Il aimait pas ça quand on l'appelait « môme Ackley ». Il était toujours à me dire que j'étais un foutu môme, parce que j'avais seize ans et lui dix-huit. Quand je l'appelais « môme Ackley » ça le mettait en boule.

Et il restait là. C'était exactement le genre de gars qui se retirait pas de votre lumière quand on lui demandait. Il finirait par le faire, mais comme on le lui demandait ça durait plus longtemps. Il a dit « C'est quoi que tu lis?

— Un foutu bouquin. »

Il a relevé le livre du dos de la main pour voir le titre. Il a dit « C'est bon?

— Cette phrase où j'en suis, elle est très chouette. » Quand ça me prend, je peux être vraiment sarcastique. Il a même pas pigé. Il s'est remis à traîner dans la chambre, en retripotant mes affaires, et les affaires de Stradlater. Finalement j'ai posé le livre par terre. On pouvait rien lire avec un type comme Ackley sur le dos. Pas la peine d'essayer.

Je me suis laissé glisser au fond du fauteuil et j'ai contemplé le père Ackley qui se croyait chez lui. Je sentais la fatigue de ce voyage à New York et j'ai bâillé deux ou trois fois. Puis j'ai commencé à faire un peu l'idiot. Quelquefois je fais vraiment l'idiot, juste pour pas trop m'emmerder. Ce que j'ai fait, ben j'ai ramené en avant la visière de ma casquette, puis je l'ai tirée sur mes yeux. Comme ça je voyais plus rien. Et j'ai dit d'une voix tout enrouée « Je crois que je suis aveugle ». Et puis « Mère bien-aimée, tout devient tellement tellement sombre.

— T'es cintré, ma parole.

— Mère bien-aimée, donnez-moi la main. Pourquoi vous me donnez pas la main ?

— Putain, t'as quel âge ? »

Je me suis mis à tâtonner devant moi, comme un type qui est aveugle, mais sans me lever ni rien. J'arrêtais pas de répéter, Mère bien-aimée pourquoi vous me donnez pas la main. Bien sûr c'était pour faire l'idiot. Le genre de truc que j'aime. En plus je voyais bien que le gars Ackley enrageait. Ce mec il réveille mes instincts sadiques. Souvent avec lui je suis plutôt sadique. Mais j'abandonne assez vite. J'ai remis la visière en arrière, et je me suis calmé.

Ackley a demandé « C'est à qui, ça ? »

Il tenait la genouillère de mon copain de chambre. Ce mec, Ackley, faut toujours qu'il tripote quelque chose. Il tripoterait même votre suspensoir à l'occasion. Je lui ai dit que c'était la genouillère de Stradlater. Alors il l'a lancée sur le lit de Stradlater. Il l'avait prise sur la commode de Stradlater alors il l'a lancée sur le lit.

Il est venu s'asseoir sur le bras du fauteuil de Stradlater. Il s'asseyait jamais *dans* un fauteuil. Toujours sur le bras. Il a dit « Ousque t'as dégoté cette casquette ?

— A New York.

— Combien ?

— Un dollar.

— Tu t'es fait pigeonner. »

Il s'est mis à se curer les ongles avec le bout d'une allumette. Fallait toujours qu'il se cure les ongles. Ça valait le jus, il avait toujours les dents jaunes et des oreilles pleines de crasse mais il passait son temps à se curer les ongles. J'imagine qu'il se figurait que ça lui donnait le genre du type super-soigné. Tout en se curant les ongles il a encore jeté un coup d'œil à ma casquette. Il a dit « Chez nous, putain, quand on porte une casquette comme ça c'est pour chasser le daim. C'est une casquette de chasse au daim.

— Tu déconnes. » J'ai ôté la casquette et je l'ai examinée. J'ai fermé un œil comme si je voulais la prendre pour cible. J'ai dit « C'est une casquette de chasse à l'homme. Moi je la mets pour chasser l'homme.

— Tes vieux, ils savent qu'on t'a renvoyé ?

— Ben non.

— Ousqu'il est, Stradlater ?

— Au match. Il a une fille. » J'ai bâillé. Je bâillais tous azimuts. D'abord il faisait trop chaud dans la pièce. La chaleur ça endormait. A Pencey, ou bien on pèle de froid ou bien on crève de chaud.

« Stradlater le magnifique. » A dit Ackley. Et puis « Hey, prête-moi tes ciseaux une seconde, si tu les as sous la main.

— Non, ils sont dans ma valise. Tout en haut de la penderie.

— Tu me les passes une seconde ? J'ai une petite peau qui faut que je coupe. »

Ackley, il s'en foutait qu'on ait mis les affaires dans la valise et qu'elle soit en haut de la penderie. Je lui ai quand même ressorti les ciseaux. Et dans l'opération, un peu plus j'y passais. A l'instant où j'ai ouvert la porte du placard, la raquette de tennis de Stradlater — avec sa presse de bois et tout — tout ce foutu bazar m'est tombé en plein sur le crâne. Ça a fait un énorme bang, et j'avais tellement mal que j'en aurais chialé. Ben, le gars Ackley, ça l'a tué ou presque. Il s'est mis à se bidonner. J'ai eu droit à son rire de fausset tout le temps que je descendais ma valise et que je lui sortais mes ciseaux. Un truc de ce genre — un type qui reçoit un rocher sur la tête — et voilà mon Ackley qui se gondole comme une baleine. J'ai dit « T'as un foutu sens de l'humour, môme Ackley. Tu savais pas ? » Je lui ai tendu les ciseaux. « Laisse-moi être ton manager. Je te ferai engager à la radio. » J'ai réintégré mon fauteuil et il s'est mis à couper ses grands ongles cornés. J'ai dit « Tu pourrais pas faire ça au-dessus de la table ou quoi ? Coupe-les au-dessus de la table, tu veux ? J'ai pas envie de marcher pieds nus sur tes saletés de rognures d'ongles ». Il en continuait pas moins à les laisser tomber par terre. Il est puant. Je vous jure.

« Qui c'est la fille qui sort avec Stradlater ? » Fallait toujours qu'il soit au courant des copines de Stradlater, quand même il pouvait pas le souffrir.

« Je sais pas. Pourquoi ?

— Comme ça. Bouh, je peux pas le voir ce couillon. C'est un vrai couillon que je peux vraiment pas voir.

— Mais lui il te trouve super. Il m'a dit que t'es un foutu prince. » Quand je fais l'idiot, j'appelle les mecs des princes. C'est une façon de pas m'emmerder ni rien.

« Il a toujours ses grands airs, a dit Ackley. Je crois même pas qu'il est intelligent, ce con. Il *se figure* qu'il l'est. Il se figure qu'il est le plus...

— Ackley ! Bordel ! Veux-tu *s'il te plaît* te couper les ongles au-dessus de la table ? Je te l'ai demandé cinquante fois déjà. »

Il s'est mis, pour changer, à se couper les ongles au-dessus de la table. Ce mec, la seule façon d'en obtenir quelque chose c'était de gueuler.

Un moment je l'ai regardé faire.

Et puis j'ai dit « T'es en pétard contre Stradlater à cause qu'il t'a bousculé pour que tu te laves les dents une fois de temps en temps. S'il a tellement crié c'était pas pour te vexer. D'accord il s'y est mal pris mais il voulait pas te vexer. Tout ce qu'il voulait c'est te dire que t'aurais meilleure allure et que tu te sentirais mieux si seulement tu te lavais les dents de temps en temps.

— Arrête. Les dents, je me les lave. »

J'ai dit « Pas vrai. C'est pas vrai, je t'aurais vu ».

Mais je l'ai pas dit méchamment. D'un sens ça m'embêtait pour lui. Parce qu'on aime pas si quelqu'un dit qu'on se lave pas les dents. J'ai ajouté « Stradlater, il est okay ». J'ai dit « Stradlater est un type pas mal. Tu le connais pas, voilà le problème.

— Je continue à penser que c'est un sale con. Un sale con et un crâneur.

— Il est crâneur mais il est très généreux pour certains trucs. Sans blague. Écoute, suppose par exemple qu'il porte une cravate ou autre chose, Stradlater, et que toi t'en aies envie. Disons qu'il a une cravate que t'aimes à la folie — je te donne juste un exemple. Tu sais ce qu'il va faire ? Probable qu'il va l'enlever et te la tendre. Sans blague. Ou bien — tu sais ce qu'il va faire ? Il va la laisser sur ton lit. Ou ailleurs dans tes affaires mais en tout cas il va te la *donner,* la foutue cravate. Les autres types, pour la plupart...

— Merde, dit Ackley. Si j'avais son fric je ferais pareil.

— Pas vrai. »

J'ai secoué la tête. « Pas vrai, môme Ackley. Si t'avais son fric tu serais un des plus...

— Arrête de m'appeler ''môme''. Bon Dieu, je suis en âge d'être ton père.

— Et ta sœur. » Ouah. Par moments Ackley, il vous tapait sur le système. Il manquait jamais une occasion de signaler qu'on avait seize ans et lui dix-huit. J'ai dit « D'abord, je voudrais pas de toi dans ma famille.

— Eh bien arrête de m'appeler... »

Tout d'un coup la porte s'est ouverte et le gars Stradlater s'est pointé, en fonçant. Il arrêtait pas de foncer. Avec lui y avait toujours urgence. Il est venu près de moi et il m'a donné une claque sur chaque joue — des claques pour rire mais c'est plutôt rare qu'on trouve ça marrant. Il a dit : « Écoute. Tu vas quelque part ce soir ?

— Je sais pas. Ça se pourrait. Bon Dieu qu'est-ce qui se passe dehors — il neige ? » Il avait plein de neige sur son manteau.

« Ouais. Écoute. Si t'as rien de spécial, tu voudrais pas me prêter ta veste de tweed ? »

J'ai demandé « Qui a gagné ?

— Ils en sont seulement à la mi-temps. Nous on se barre. » Et puis il a dit « Sans blague, tu mets ta veste de tweed ce soir ? J'ai renversé des saloperies sur mon blazer gris ».

J'ai dit « Non, mais je tiens pas à ce que tu me la déformes avec tes foutues épaules et tout ».

Lui et moi on était pratiquement de la même taille mais il pesait deux fois plus lourd. Il avait des épaules extra-larges.

— Je vais pas te la déformer. » Il a foncé vers la penderie. Il a dit « Comment ça va, Ackley ? »

Au moins, Stradlater, voilà un gars qu'était plutôt sympa. Bon d'accord, c'était un peu bidon ses manières mais lui il manquait jamais de dire bonjour à Ackley et tout.

Quand il a dit « Comment ça va ? » Ackley s'est contenté de pousser un grognement. Il lui aurait bien pas répondu mais il avait pas le cran de pas pousser au moins un grognement. Puis à moi il a dit « Bon, moi je me taille. A tout à l'heure ».

J'ai dit « Okay ». Ackley, quand il retournait dans sa tanière ça vous brisait pas vraiment le cœur.

Le gars Stradlater s'est mis à enlever son manteau et sa cravate et tout. Il a dit « Je me donnerais bien un petit coup de rasoir ». Il avait une barbe plutôt drue. Je vous jure.

J'ai demandé « Et ta fille, elle est où ?

— Elle m'attend à l'Annexe. »

Il est sorti de la chambre avec sous le bras sa trousse de toilette et sa serviette. Sans chemise ni rien. Il circulait toujours torse nu parce qu'il se trouvait vachement bien bâti. Il l'était. Faut bien le reconnaître.

Chapitre 4

J'avais rien de spécial au programme aussi je suis allé avec lui aux lavabos et pendant qu'il se rasait on a discuté le coup. On était seulement nous deux bicause le match. Il faisait une chaleur d'enfer et les vitres étaient couvertes de buée. Contre le mur du fond y avait une dizaine de lavabos en enfilade. Le sien, à Stradlater, c'était celui du milieu. Je me suis assis sur celui à sa droite et je me suis mis à ouvrir et fermer le robinet d'eau froide — une manie que j'ai, c'est les nerfs — Stradlater se rasait en sifflant *Song of India.* Il sifflait toujours très aigu, et pratiquement jamais dans le ton et en plus il choisissait des trucs difficiles, même pour quelqu'un qui sait très bien siffler, des trucs comme *Song of India* ou *Slaughter on Tenth Avenue.* Pour bousiller un air il avait pas son pareil.

Si vous vous souvenez, j'ai dit qu'Ackley était plutôt dégueulasse. Eh bien Stradlater c'était kif-kif mais dans un genre différent. Stradlater était dégueu en douce. A première vue on le trouvait impec, mais par exemple vous auriez vu son rasoir ! Toujours rouillé et plein de mousse séchée et de poils et de merde. Il le nettoyait jamais. Stradlater, il avait toujours *l'air* propre lorsqu'il avait fini de s'arranger mais quand on le connaissait bien, en douce il était dégueulasse. S'il voulait avoir l'air propre c'est qu'il était follement amoureux de sa personne. Il se croyait le plus beau gars de l'hémisphère occidental. Faut admettre qu'il était plutôt bien. Mais c'était le type de beau gars qui aurait fait dire à vos parents, en admettant qu'ils aient vu sa photo dans l'Annuaire de l'École : « Qui est donc ce garçon ? » Je veux dire qu'il était spécialement le genre de beau gars de l'Annuaire de l'École. J'ai connu à Pencey un tas de mecs que je trouvais beaucoup mieux que Stradlater mais si on avait vu leur photo dans l'Annuaire ils auraient pas fait le même effet. On leur aurait découvert un grand nez ou les oreilles décollées. Ce serait pas la première fois que ça arrive.

Bref. J'étais assis sur le lavabo près de celui où Stradlater se rasait et je tripotais le robinet. J'avais encore ma casquette rouge, avec la visière à l'arrière et tout. Vrai, elle me bottait, cette casquette.

« Hey », qu'il m'a dit, Stradlater, « tu veux me rendre un grand service ? »

J'ai dit « Quoi ? » Avec pas trop d'enthousiasme. Il demandait tout le temps qu'on lui rende un grand service. Supposez un très beau gars ou un gars qui se prend pour quelqu'un d'extra, ce type-là il sera toujours à vous demander de lui rendre un grand service. Parce qu'il s'adore il se figure que vous aussi vous l'adorez, et que vous mourez d'envie de lui rendre service. En un sens c'est assez poilant.

Il a dit « Tu sors ce soir ?

— Ça se peut. Je sais pas. Pourquoi ?

— J'ai cent pages d'histoire à lire pour lundi. Et en plus j'ai une dissert'. Tu me la ferais pas, ma dissert' ? Si je ne la rends pas lundi, je vais avoir des emmerdes. Voilà pourquoi je te demande. Tu veux bien ? »

Ça m'a semblé un peu fort. Le comble de l'ironie.

« C'est à moi que tu demandes de faire ta dissert' ? A moi qu'on vient de flanquer à la porte ?

— Ouais, je sais. Ce qu'il y a c'est que j'aurai des emmerdes si je la rends pas. Tu serais un pote, un vrai pote. D'accord ? »

J'ai pas répondu tout de suite. Avec les salauds dans son genre, le suspense c'est pas mauvais.

J'ai dit « Sur quoi la dissert' ?

— N'importe quoi. Une description. Une pièce dans une maison. Ou bien une maison. Ou un endroit où t'as vécu — tu vois le truc. Du moment qu'on décrit. » Tout en disant ça il bâillait comme un four. Moi ça me la coupe. Je veux dire quand quelqu'un bâille juste au moment où il vous demande un service. Il a dit « Mais arrange-toi pour que ça soit pas trop bien. Ce con d'Hartzell, il trouve que t'es génial en dissert' et il sait qu'on crèche ensemble. Alors mets pas toutes les virgules au bon endroit ».

Encore quelque chose qui me la coupe. Quand on est bon en dissert' et qu'on vient vous parler de virgules. Stradlater il faisait toujours ça. Il voulait qu'on se figure qu'il était nul en dissert' pour la seule et unique raison qu'il mettait pas les virgules au bon endroit. Avec Ackley c'était un peu la même chanson. Une fois, à un match de basket j'étais assis près d'Ackley. Il y avait Howie Coyle dans l'équipe, un joueur terrible, capable de marquer un panier du milieu du terrain, sans même toucher le panneau ni rien. Ackley a pas arrêté de répéter tout au long de la partie que Howie Coyle avait exactement le *gabarit* d'un joueur de basket. Merde, je peux pas supporter.

Au bout d'un moment j'en ai eu mon compte d'être perché sur ce lavabo alors je me suis donné un peu d'espace et j'ai commencé à faire des claquettes, pour rigoler. Juste pour rigoler. J'y connais pas grand-chose, aux claquettes, mais par terre il y avait du carrelage, ça rendait plutôt bien. Je me suis mis à imiter un de ces types dans les films. Dans les comédies musicales. Pour moi les films c'est pire que la peste mais j'adore imiter les acteurs. Le gars Stradlater, il me regardait dans la glace tout en se rasant. Et moi j'ai besoin d'un public. Je suis un exhibitionniste. J'ai dit « C'est moi le fils du Gouverneur ». Je me défonçais. Claquettes tous azimuts. « Le Gouverneur, il veut pas que je devienne un danseur de claquettes. Il veut m'envoyer à Oxford. Mais les claquettes j'ai ça dans le sang. » Il a ri. Le Stradlater. Il avait pas mal le sens de l'humour. « C'est le soir de la première aux Ziegfield Follies. » J'étais hors d'haleine. J'ai pas beaucoup de souffle. « Le premier danseur en peut plus, il est saoul comme une vache. Alors qui est-ce qu'ils prennent à sa place? Ben moi. Le gamin génial de ce vieux schnock de Gouverneur.

— Où t'as dégoté ça? » a demandé Stradlater. Il parlait de ma casquette de chasse. Il l'avait pas encore remarquée.

De toute façon j'étais essoufflé. Aussi j'ai arrêté de déconner. J'ai ôté ma casquette et je l'ai contemplée pour la quatre-vingt-dixième fois environ.

« Je l'ai achetée à New York ce matin. Un dollar. Elle te plaît? »

Stradlater a hoché la tête. Il a dit « Super ». Mais j'ai compris qu'il cherchait seulement à me flatter bicause immédiatement après il m'a dit « Écoute, tu me la fais, ma dissert'? Faudrait que je sache.

— Je la fais si j'ai le temps. Si j'ai pas le temps je la fais pas. » Je me suis rapproché, j'ai repris ma place sur le lavabo à côté de lui. J'ai demandé « Qui c'est la fille que tu rancardes? Fitzgerald?

— Bon Dieu, non. Cette salope et moi c'est fini.

— Vrai? Alors tu me la refiles? C'est mon type.

— Prends-la. Mais elle est trop vieille pour toi. »

Subitement — et sans raison valable sauf que j'étais d'humeur à plaisanter — j'ai eu envie de dégringoler de mon lavabo et de lui faire une bonne prise de catch. Disons une cravate. Au cas où vous connaîtriez pas, on passe le bras autour du cou de l'adversaire et si on veut on l'étrangle. J'ai bondi comme une panthère sur Stradlater.

« Arrête Holden, sacré bordel », a dit Stradlater. Il avait pas envie de chahuter. Il était en train de se raser et tout. « Qu'est-ce que tu cherches? Tu veux que je me la tranche? »

Je l'ai quand même pas laissé aller. J'avais une prise plutôt bonne. J'ai dit « Allons, petit père, libère-toi du rude étau de mes biceps.

— Bor-del. » Il a lâché le rasoir et il a relevé brutalement les bras. C'était un gars très costaud. Moi je suis plutôt faiblard. « Maintenant arrête tes conneries. » Il s'est remis à se raser. Il se rasait toujours deux fois pour être vraiment biautifoul. Avec son vieux rasoir pourri.

J'ai demandé, en regagnant mon perchoir, « Si c'est pas Fitzgerald, c'est qui ? La môme Phyllis Smith ?

— Non. Ça devait mais ça a foiré. Maintenant, j'ai la copine de chambre de Bud Thaw. Tiens, j'oubliais, elle te connaît.

— Qui ?

— Cette fille.

— Quoi ? j'ai dit. Elle s'appelle comment ? » J'étais pas mal intéressé.

« Attends que je réfléchisse… Heu, Jane Gallagher. »

Ouah. J'en suis presque tombé raide.

« *Jane* Gallagher. » Quand il a dit ça je suis même descendu du lavabo. Et un peu plus je tombais raide. « Tu parles si je la connais. Pas l'été dernier mais celui d'avant elle habitait pratiquement la maison à côté de la nôtre. Elle avait cet énorme dobermann. C'est comme ça qu'on s'est parlé. Son chien venait tout le temps dans notre… »

Stradlater a crié « Bordel, tu me prends la lumière, Holden. Tu peux pas te mettre ailleurs ? »

J'étais terriblement surexcité. Ouah. Dans tous mes états.

J'ai demandé « Elle est où ? Faudrait bien que j'aille lui dire un petit bonjour. Elle est où ? A l'Annexe ?

— Exactos'.

— Comment ça se fait qu'elle a parlé de moi ? Est-ce qu'elle va à B.M. maintenant ? Elle disait qu'elle irait peut-être. Elle disait, ou bien à Shipley. Je croyais qu'elle allait à Shipley. Comment ça se fait qu'elle a parlé de moi ? » Vrai, j'étais dans tous mes états.

« Bordel, je sais pas. » Qu'il a dit, Stradlater. « Soulèvetoi, veux-tu. T'as le cul sur ma serviette. » Je m'étais assis en plein sur sa foutue serviette.

J'ai redit « ... Jane Gallagher ». J'en revenais pas. Sacré bordel.

Le gars Stradlater se mettait du Vitalis sur les cheveux. Mon Vitalis.

J'ai dit « C'est une danseuse. La danse classique et tout. Elle s'entraînait deux heures par jour, même en pleine chaleur. Elle se faisait du mouron pour ses jambes, de peur qu'elles deviennent moches, trop épaisses et tout. Je jouais sans arrêt aux dames avec elle.

— Tu jouais à *quoi* ?

— Aux dames.

— Aux *dames* ! Putain.

— Ouais. Elle voulait jamais bouger ses dames. Chaque fois qu'elle avait une dame elle voulait pas la bouger. Elle la laissait au dernier rang. Quand ses pions étaient allés à dame, après elle y touchait plus. C'était juste que ses dames elle aimait les voir au dernier rang, bien alignées. »

Stradlater a pas bronché. Ce genre de truc, ça n'intéresse personne.

« Sa mère jouait au golf dans le même club que nous. J'y faisais le caddie de temps en temps pour ramasser un peu de fric. J'ai fait le caddie deux ou trois fois pour sa mère. Son score c'était à peu près cent soixante-dix pour neuf trous. »

Stradlater écoutait à peine. Il arrangeait ses crans et ses bouclettes.

J'ai dit « Faudrait tout de même que je descende lui dire un petit bonjour.

— Ben, vas-y.

— Tout à l'heure. »

Il a refait sa raie. Pour se coiffer ça lui prenait des heures.

J'ai dit « Ses parents ont divorcé. Sa mère s'est remariée à un alcoolo. Un type efflanqué avec des jambes poilues. Je me rappelle. Il était tout le temps en short. Jane disait qu'il était censé écrire pour le théâtre, mais moi je l'ai jamais vu rien faire d'autre que s'imbiber et puis écouter tous les foutus programmes policiers à la radio. Et se balader à poil dans la baraque. Avec Jane qu'était là et tout.

— Ah ouais ? » Il a dit, Stradlater. Ça c'était quelque chose qui l'intéressait. L'alcoolo se baladant à poil dans la maison avec Jane qu'était là. Les trucs porno, Stradlater, ça le travaillait.

« Elle a eu une enfance pourrie. Sans blague. »

Mais il en avait rien à foutre. C'est seulement les trucs porno qui l'intéressaient.

« Jane Gallagher. Bon Dieu. » Je pouvais plus penser qu'à ça. « Faudrait que j'aille lui dire un petit bonjour, tout de même.

— Ben vas-y. Au lieu de tout le temps le répéter. »

Je me suis approché de la fenêtre, mais on voyait rien dehors. Y avait trop de buée. J'ai dit « En ce moment j'ai pas la forme. » C'était vrai. Pour ce genre de choses, faut avoir la forme. « Je croyais qu'elle allait à Shipley. J'aurais juré qu'elle allait à Shipley. » J'ai tournicoté un peu dans la pièce. J'avais rien d'autre à faire. J'ai dit « Le match, ça lui a plu ?

— Ouais. Je suppose. Je sais pas.

— Est-ce qu'elle t'a raconté qu'on jouait tout le temps aux dames ?

— Je sais pas. Bordel, je viens seulement de la rencontrer » a dit Stradlater. Il avait fini de peigner sa biautifoul perruque. Il rangeait ses affaires de toilette dégoûtantes.

« Écoute, dis-lui bonjour pour moi. D'accord ?

— D'accord », a dit Stradlater, mais je savais qu'il le ferait pas. Prenez un type comme Stradlater. Jamais il dit bonjour aux gens quand vous lui demandez.

Il a regagné la piaule, mais moi je suis resté un moment aux lavabos, je pensais à la môme Jane. Après, j'ai aussi réintégré la piaule.

Stradlater était devant la glace, occupé à nouer sa cravate. Il passait la moitié de sa vie devant la glace. Je me suis assis dans mon fauteuil et pendant un moment je l'ai observé.

Et puis j'ai dit « Hey, va pas lui raconter qu'on m'a foutu dehors.

— Okay. » L'avantage, avec Stradlater, c'est qu'on était pas obligé de lui donner des explications pour la moindre chose comme c'était le cas avec Ackley. Principalement, je suppose, parce que les histoires des copains il s'en foutait. Avec Ackley c'était différent. Ce salaud d'Ackley fourrait son nez partout.

Stradlater a enfilé ma veste de tweed.

« Dis donc, essaie de pas la déformer. » Je l'avais peut-être mise deux fois.

« D'accord, je ferai gaffe. Où sont mes foutues cigarettes ?

— Sur le bureau. » Il oubliait toujours où il avait mis ses affaires. « Sous ton écharpe. » Il les a fourrées dans la poche de sa veste — dans la poche de *ma* veste.

Tout d'un coup, pour changer, j'ai ramené en avant la visière de ma casquette. Je me sentais énervé. J'ai toujours tendance à m'énerver. J'ai dit « Et où tu vas avec elle. T'as décidé ?

— Je sais pas. New York. Si on a le temps. Elle a seulement demandé la permission de 9 heures 30 ce soir, cette connasse. »

J'ai pas aimé sa façon de parler. Aussi j'ai dit « Elle l'a fait pour la raison que sans doute elle ignorait totalement quel charmant salaud tu es, quel salaud bien tourné. Si elle avait su elle aurait probablement demandé la permission de 9 heures 30 *demain matin* ».

Stradlater a dit « T'as raison ». On pouvait pas facilement le mettre en boîte. Trop prétentieux, le mec. Il a dit « Bon, sans rire, tu penses à ma dissert' ? » Il était habillé, prêt à partir. « Te casse pas trop. Rappelle-toi simplement que ça doit être vachement descriptif. Okay ? »

J'ai pas répondu. J'avais pas envie. J'ai juste dit

« Demande-lui si elle continue à garder toutes ses dames au dernier rang ».

Stradlater a redit « Okay », mais je savais bien qu'il demanderait pas. Il a filé à toute pompe. Après son départ j'ai passé une bonne demi-heure assis dans mon fauteuil, sans rien faire. J'arrêtais pas de penser à Jane et à Stradlater qui sortait avec elle et tout. Ça m'énervait tellement que j'en devenais dingue. Je vous ai déjà dit que Stradlater était sacrément porté sur le sexe.

Tout d'un coup Ackley s'est repointé, en traversant la douche comme d'habitude. Pour une fois dans ma putain de vie j'ai été vraiment content de le voir. Ça me changeait les idées.

Il m'a collé au cul jusqu'au dîner en parlant de tous ces types de Pencey qu'il pouvait pas souffrir et en se pressant un gros bouton qu'il avait sur le menton. Il se servait même pas d'un mouchoir. A vrai dire, je sais même pas si ce taré en avait un. En tout cas je l'ai jamais vu s'en servir.

Chapitre 5

Le samedi soir on bouffait toujours la même chose. On était censés s'en mettre plein la lampe parce qu'ils nous servaient des steaks. Je parierais mille dollars que si on avait droit au steak le samedi soir c'était pour l'unique raison que beaucoup de parents venaient au collège le dimanche et le Thurmer se figurait probablement que les mères demanderaient à leur petit chéri ce qu'il avait mangé la veille ; et alors il répondrait « un steak ». La bonne combine. Mais les steaks fallait les voir. Des petits machins tout durs et desséchés qu'on pouvait à peine couper. Le soir du steak on avait aussi cette purée à grumeaux, et pour dessert du pudding, du *Brown Betty*, un truc infect que personne mangeait sauf peut-être les mômes des petites classes qui n'y connaissaient rien et des types comme Ackley qui engouffraient n'importe quoi.

Mais quand on est sortis du réfectoire, c'était chouette. Y avait par terre dix centimètres de neige et ça tombait encore à la pelle. C'était vachement beau. On s'est mis à se jeter des boules de neige et à faire les cons tous azimuts. Des jeux de gamins, mais on rigolait bien.

J'avais pas de rancard. Alors avec mon copain Mal Brossard — un type de l'équipe de lutte — on a décidé de prendre le bus pour Agerstown et de se taper un hamburger et peut-être voir une cochonnerie de film. On avait pas envie de passer la soirée au collège sans lever le cul de dessus nos sièges. J'ai demandé à Mal si ça l'embêtait qu'Ackley vienne avec nous. Je demandais pour la raison qu'Ackley faisait jamais rien le samedi soir sauf rester dans sa chambre à tripoter ses boutons ou quoi. Mal a dit que ça l'embêtait pas vraiment mais que ça l'emballait pas non plus. Il aimait pas trop Ackley. Bon, on est allés dans nos piaules pour s'habiller et tout en mettant mes bottes et mon fourbi j'ai braillé pour savoir si Ackley voulait venir au cinoche. Il m'a très bien entendu à travers les rideaux de la douche, mais il a pas répondu illico. C'était le genre de type qui détestait vous répondre illico. Finalement il s'est amené à travers les foutus rideaux et il était là sur le rebord de la douche à me demander qui est-ce qu'y aurait à part moi. Fallait toujours qu'il sache qui est-ce qu'y aurait. Ce type, je vous jure, s'il fait un jour naufrage et qu'on va le chercher avec un canot de sauvetage, avant de monter faudra d'abord qu'il se renseigne pour savoir qui tient les rames. Je lui ai dit « Mal Brossard ». Il a dit « Ce couillon… Bon, d'accord. Une seconde ». Il avait toujours l'air de vous faire une faveur.

Il a mis dans les cinq heures pour se préparer. En l'attendant j'ai ouvert la fenêtre et j'ai tassé de la neige dans mes mains et j'ai fait une boule. La neige était juste bien pour ça. J'ai pas lancé la boule. J'allais la lancer. Sur une auto garée de l'autre côté de la rue. Mais j'ai changé d'idée. L'auto était toute blanche et chouette. Puis j'allais la lancer contre une fontaine mais ça aussi c'était blanc et chouette. Finalement, cette boule je l'ai pas lancée. J'ai simplement fermé la fenêtre et j'ai déambulé dans la piaule en tassant la neige encore plus dur. Et je l'avais toujours à la main quand on est montés dans le bus, moi et Brossard et Ackley. Le conducteur a rouvert les portières et il m'a dit de la jeter. J'ai dit que j'allais pas la lancer sur quelqu'un mais il m'a pas cru. Les gens veulent jamais vous croire.

Le film qui était à l'affiche, Brossard et Ackley l'avaient vu déjà, alors tout ce qu'on a fait, on s'est tapé deux hamburgers et après ça on s'est offert quelques parties de flipper, et puis on a repris le bus pour Pencey. Je m'en foutais de pas voir le film. C'était supposé être une comédie avec Cary Grant et toute cette merde de stars. J'étais allé d'autres fois au cinoche avec Brossard et Ackley et ils se fendaient la pipe pour des choses qu'étaient vraiment pas marrantes. Même d'être assis à côté d'eux c'était pas drôle.

Quand on est rentrés au dortoir il était seulement neuf heures moins le quart. Le gars Brossard, c'était un fana du bridge et il est allé faire un tour dans le couloir pour se chercher des partenaires. Le gars Ackley s'est établi dans ma chambre, pour changer. Mais au lieu de s'asseoir sur le bras du fauteuil de Stradlater il s'est vautré sur mon lit, la figure dans l'oreiller et tout. Il s'est mis à parler d'une voix ronronnante en pressant ses boutons. Je lui ai lancé au moins mille allusions plutôt transparentes mais sans réussir à m'en débarrasser. Il a continué à marmonner des choses sur une fille avec qui il était censé avoir fait l'amour l'été d'avant. Il m'avait déjà raconté ça mille fois. Et ça changeait à chaque fois. Ça s'était passé dans la Buick de son cousin et puis la minute suivante c'était sur la promenade d'une station balnéaire. Mais naturellement il frimait. Si quelqu'un était encore puceau c'était bien lui. Je suis même pas sûr qu'il ait jamais seulement tripoté un peu une fille. Pour finir en tout cas il a fallu que je me décide à lui dire que je devais faire la dissert' de Stradlater. S'il voulait bien vider les lieux je pourrais peut-être me concentrer. Ça a pris du temps comme d'habitude mais quand même il a fini par dégager. Alors je me suis mis en pyjama et robe de chambre, j'ai enfoncé ma casquette sur ma tête et j'ai attaqué la foutue dissert'.

L'ennui, c'est que j'arrivais pas à penser à une pièce ou une maison à décrire comme Stradlater avait dit. Je raffole pas de décrire les pièces ou les maisons. Donc voilà ce que j'ai fait, j'ai parlé du gant de base-ball de mon frère Allie. C'était un bon sujet de description. Vraiment bon. Mon frère Allie avait un gant de base-ball pour joueur gaucher.

Parce qu'Allie était gaucher. Ce qui prêtait à description c'est qu'y avait des poèmes écrits sur les doigts et partout. A l'encre verte. Mon frère les copiait sur son gant pour avoir quelque chose à lire quand il était sur le terrain et qu'il attendait que ça redémarre. Maintenant il est mort, mon frère. Il a eu une leucémie, il est mort quand on était dans le Maine, le 18 juillet 1946. Vous l'auriez aimé. Il avait deux ans de moins que moi mais il était dans les cinquante fois plus intelligent. Il était super-intelligent. Ses professeurs écrivaient tout le temps à ma mère pour lui dire quel plaisir ça leur faisait d'avoir Allie dans leur classe. Et c'était pas du baratin. Ils le pensaient pour de vrai. Non seulement Allie était le plus intelligent de la famille mais en bien des façons il était le plus chouette. Il se mettait jamais en rogne. Les rouquins, on dit qu'ils se mettent en rogne facilement, mais Allie jamais. Je vais vous dire le genre de rouquin que c'était. J'ai commencé à jouer au golf quand j'avais à peine dix ans. Je me souviens d'une fois, l'année de mes douze ans, je plaçais la balle sur le tee et j'ai eu comme l'impression que si je me retournais je verrais Allie. Je me suis retourné. Et tout juste, il était là, assis sur son vélo, de l'autre côté de la clôture — y avait cette clôture qui entourait le terrain — et il était là, à cent cinquante mètres de moi environ qui me regardait faire. Voilà le genre de rouquin que c'était. Bon Dieu, on a jamais vu un môme aussi chouette. Pendant les repas ça lui arrivait de rire tellement en pensant à quelque chose qu'il en tombait presque de sa chaise. C'était l'année de mes treize ans et mes vieux allaient être forcés de me faire psychanalyser et tout parce que j'avais brisé toutes les vitres du garage. Je leur en veux pas. Je couchais dans le garage, la nuit où Allie est mort, et j'ai brisé toutes les foutues vitres à coups de poing, juste comme ça. J'ai même essayé de démolir aussi les vitres du break qu'on avait cet été-là, mais ma main était déjà cassée et tout, alors j'ai pas pu. Un truc idiot faut bien le dire, mais je savais plus trop ce que je faisais et vous, vous savez pas comment il était, Allie. J'ai encore quelquefois une douleur à la main par temps de pluie, et je peux pas serrer le poing — pas le serrer complètement — mais à part ça je m'en fiche. J'ai jamais eu l'intention d'être chirurgien, ou violoniste.

En tout cas c'est ce que j'ai décrit dans la dissert' pour Stradlater. Le gant de base-ball d'Allie. Justement je l'avais dans ma valise alors je l'ai sorti et j'ai recopié les poèmes qui étaient griffonnés dessus. Tout ce que j'ai eu à faire c'est de changer le nom d'Allie qu'aurait montré que c'était mon frère et pas le frère à Stradlater. Je peux pas dire que ça m'emballait mais j'étais incapable de penser à autre chose de descriptif. D'ailleurs j'aimais bien, comme sujet. Ça m'a pris à peu près une heure parce qu'il a fallu que je me serve de la machine à écrire pourrie de Stradlater et elle se bloquait sans arrêt. La mienne, je l'avais prêtée à un type qui logeait au bout du couloir.

J'ai fini vers les 10 heures 30. Je me sentais pas fatigué, aussi j'ai regardé un moment par la fenêtre. Il neigeait plus mais de temps en temps on entendait une voiture qu'avait des problèmes de démarrage. On entendait aussi ronfler Ackley. A travers les rideaux de la douche. Il avait de la sinusite et quand il dormait il suffoquait un brin. Ce mec, il avait tout. Sinusite, boutons, dents gâtées, mauvaise haleine, ongles pourris. On pouvait pas s'empêcher de le plaindre un peu, le pauvre con.

Chapitre 6

Y a des choses, on n'arrive pas à s'en souvenir. En ce moment je pense à Stradlater quand il est revenu après son rancard avec Jane. Pas moyen de me rappeler exactement ce que je faisais quand j'ai reconnu son foutu pas dans le couloir. Probable que j'étais encore en train de regarder par la fenêtre, mais je vous jure, je m'en souviens plus. J'étais trop tracassé, voilà tout. Quand je suis vraiment tracassé, je me contente pas d'attendre que ça passe. Souvent même ça me donne la colique; mais je vais pas aux chiottes; je suis trop tracassé pour y aller. Je veux pas arrêter de me tracasser pour y aller. Si vous connaissiez Stradlater vous seriez tout pareil. Cette espèce de salaud et moi il nous était déjà arrivé de sortir ensemble avec des filles, alors je sais de quoi je parle. C'est un mec qu'a pas de scrupules. Sans blague.

Bon. Y avait un lino tout le long du couloir et on entendait les pas qui se rapprochaient. Je me rappelle même pas où j'étais assis quand il est entré — à la fenêtre ou dans mon fauteuil ou dans le sien. Je me rappelle pas, je vous jure.

Il est arrivé en râlant à cause du froid au-dehors. Puis il a dit « Ousqu'ils sont, les autres? C'est comme la morgue, ici ». J'ai même pas pris la peine de lui répondre. S'il manquait de jugeote au point de pas se rendre compte qu'on était samedi soir et que tout le monde était sorti, ou au plumard, ou at home pour le week-end, j'allais pas me casser à le lui dire. Il a commencé à se déshabiller. Et pas un foutu mot sur Jane. Pas un. Moi non plus j'en pipais pas un. Je me contentais de l'observer. Tout ce qu'il a dit c'est merci de lui avoir prêté ma veste. Il l'a mise sur un cintre et il l'a rangée dans la penderie.

Ensuite, il a dénoué sa cravate et il m'a demandé si j'avais écrit sa foutue dissert'. Je lui ai dit qu'elle était sur son pageot. Il l'a prise et il l'a lue, en déboutonnant sa chemise. Il était debout, torse nu, à lire et à se frotter les pectoraux et l'estomac avec cet air stupide que ça lui donne. Faut toujours qu'il se caresse l'estomac et la poitrine. Il s'adore, ce mec.

Tout d'un coup il a gueulé « Holden. Sacré bordel. T'as parlé d'un gant de base-ball.

— Et alors ? » Que j'ai dit. Vachement glacé.

« Quoi, Et alors ? Je t'ai pas expliqué que ça devait décrire une maison ?

— T'as dit que ça devait être descriptif. Si c'est un gant de base-ball je vois pas la différence.

— Bon Dieu de bon Dieu. » Il était dans tous ses états. Vraiment furax. « Tu fais toujours tout de travers. » Il m'a regardé, il a crié « Pas étonnant si on te fout à la porte. Tu fais rien comme il faudrait. Je te jure. Jamais rien ».

J'ai dit « Bon. Eh bien rends-moi ça ». Je me suis approché, je lui ai arraché la feuille des mains. Puis je l'ai déchirée en quatre.

« Qu'est-ce qui te prend, bordel ? »

Je lui ai même pas répondu. J'ai jeté les morceaux dans la corbeille à papiers. Puis je me suis allongé sur le lit et pendant très longtemps lui et moi on s'est plus rien dit. Il a ôté toutes ses fringues sauf le slip, et moi, étendu sur mon lit, j'ai allumé une cigarette. C'était interdit de fumer dans les dortoirs mais on pouvait le faire tard dans la soirée quand tout le monde dormait ou était sorti, donc que personne sentirait la fumée. D'ailleurs, je le faisais juste pour embêter

Stradlater. Ça le rendait dingue quand on se foutait du règlement. Lui il fumait jamais au dortoir. Seulement moi.

Il avait toujours pas sorti le moindre mot sur Jane. Alors moi, j'ai fini par remettre ça. « Si elle avait que la permission de 9 heures 30, tu t'es vraiment pas pressé pour rentrer. Tu l'as mise en retard ? »

Il était assis au bord de son lit, il se coupait les ongles des orteils. Il a dit « De trois-quatre minutes. Y a qu'elle pour pas demander plus que la permission de 9 heures 30 un samedi soir ». Bon Dieu, ce que je le détestais.

« Vous êtes allés à New York ?

— T'es pas bien ? Comment on aurait pu aller à New York ? Fallait qu'elle soit rentrée à 9 heures 30, je t'ai dit.

— Manque de pot ».

Il a levé les yeux. Il a dit « Écoute, plutôt que de fumer dans la chambre, pourquoi tu vas pas dans les chiottes ? Toi t'es déjà renvoyé, mais moi faut que je tienne jusqu'aux exams. »

J'ai fait comme si j'avais pas entendu. J'ai continué à fumer comme un dingue. Je me suis seulement tourné sur le côté et je l'ai regardé se couper les ongles des pieds. Pencey, quelle boîte. On passait son temps à regarder un mec ou un autre se couper les ongles des pieds ou se tripoter les boutons.

« Tu lui as dit bonjour pour moi ?

— Ouais. »

Mon œil. Le salaud.

J'ai continué « Qu'est-ce qu'elle a dit ? Tu lui as demandé si elle laisse toujours ses dames au dernier rang ?

— Non, je lui ai pas demandé. Putain. Qu'est-ce que tu crois qu'on a fait toute la soirée ? Joué aux dames ? »

J'ai même pas répondu. Bon Dieu, ce que je pouvais le détester.

Au bout d'un moment, j'ai dit « Si t'es pas allé à New York, où t'es allé avec elle ? » J'arrivais pas à empêcher ma voix de trembler tous azimuts. Ouah. Je commençais à vachement m'énerver. J'avais comme l'*impression* qu'il s'était passé quelque chose.

Il avait fini de se les couper, ses foutus ongles. Il s'est levé du lit, et il était juste en slip et il s'est mis à rouler des mécaniques. Il s'est approché de mon paddock et il s'est penché au-dessus de moi et il me flanquait des gnons dans l'épaule soi-disant pour rigoler. J'ai dit « Merde, arrête. Où t'es allé avec elle si t'es pas allé à New York ?

— Nulle part. On est resté dans l'auto. » Il m'a redonné une mandale — toujours pour rigoler.

J'ai dit « Arrête, *merde.* L'auto à qui ?

— A Ed Banky. »

Ed Banky, l'entraîneur de basket, à Pencey. Le gars Stradlater était un de ses chouchous parce qu'il jouait centre dans l'équipe, et Ed Banky lui prêtait sa voiture. C'était interdit aux élèves d'emprunter les voitures des profs mais les salauds de sportifs, ils se tenaient les coudes. Dans tous les collèges que j'ai fréquentés, les salauds de sportifs se tenaient les coudes.

Stradlater continuait à m'asticoter. Il avait sa brosse à dents à la main. Il l'a mise dans sa bouche. J'ai dit « Et alors ? Vous avez fait ça dans la putain de bagnole d'Ed Banky ? Dis-le ». Ma voix tremblait comme c'était pas possible.

« T'as pas fini ? Ta sale langue, tu veux que je te l'astique au savon noir ?

— *Dis.*

— Secret professionnel, mon pote. »

La suite, je m'en souviens pas très bien. Je sais que je me suis levé de mon lit, comme si j'allais aux chiottes ou quoi, et alors j'ai voulu le frapper, de toutes mes forces, en plein sur la brosse à dents pour qu'elle lui transperce la gorge. Mais j'ai raté. J'ai pas touché au bon endroit mais seulement sur le côté de la tête ou par là. Ça lui a probablement fait un peu mal mais pas autant que j'aurais voulu. Ça lui aurait sans doute fait bien plus mal mais je me suis servi de ma main droite et je peux pas serrer le poing, à cause de cette fracture que j'ai eue.

Et, sans trop savoir comment, je me suis retrouvé sur le foutu plancher et Stradlater installé sur ma poitrine avec la figure toute rouge. C'est-à-dire que ses foutus genoux m'écrasaient la poitrine et il pesait bien une tonne. Il me tenait les poignets alors je pouvais pas cogner. Je l'aurais tué.

Il a dit et répété « Mais qu'est-ce qui te prend, bon Dieu ? » et son imbécile de tronche devenait de plus en plus rouge.

J'ai dit « Ote de là tes genoux dégueulasses ». Je hurlais presque. Sans blague. « Allez, tire-toi de là, salopard. »

Il bougeait pas. Il a continué à me tenir les poignets et moi j'ai continué à l'appeler salopard pendant au moins dix heures. J'ai du mal à me rappeler tout ce que je lui ai dit. Je lui ai dit de pas se figurer qu'il pouvait faire ça avec n'importe quelle fille quand ça lui chantait. Je lui ai dit qu'il en avait rien à glander qu'une fille garde ou garde pas ses dames au dernier rang, pour la bonne raison qu'il était un crétin. Il avait horreur qu'on l'appelle un crétin. Tous les crétins ont horreur qu'on leur dise qu'ils sont des crétins.

« Maintenant tu la fermes, Holden » il a dit, avec toujours la tronche cramoisie. « Tu la fermes. Point.

— Tu sais même pas si son prénom c'est Jane ou June, foutu crétin de mon cul.

— Maintenant, Holden, *ferme-la* » il a dit, « Bon Dieu, je t'aurai averti. Si tu la fermes pas je te fous une pêche. »

J'ai dit « Ote de là tes genoux de crétin puant.

— Si je te laisse aller, tu la fermes ? »

J'ai même pas répondu.

Il a redemandé « Holden, si je te laisse aller, tu la fermes, oui ou non ?

— Oui.

Il s'est relevé et moi aussi je me suis relevé. J'avais la poitrine en compote à cause de ses saletés de genoux. J'ai dit « T'es rien qu'une saloperie de sinistre crétin ».

Ça l'a rendu totalement dingue. Il a secoué son doigt

devant mon nez. « Holden, sacré bordel, maintenant je t'avertis. Pour la dernière fois. Si tu fermes pas ta gueule je vais... »

J'ai dit « Et pourquoi je la fermerais ? » Et là encore je hurlais littéralement. « C'est bien le problème avec les crétins de ton espèce. Vous voulez jamais discuter. De rien. C'est comme ça qu'on reconnaît un crétin. Il veut jamais rien discuter d'intell... »

Alors c'est parti et je me suis retrouvé au tapis. Je me souviens pas si j'étais complètement K.O. mais je crois pas. C'est plutôt dur de mettre quelqu'un complètement K.O. Sauf dans les films. Mais je saignais du nez tous azimuts. Quand j'ai rouvert les yeux le gars Stradlater se tenait juste au-dessus de moi. Il avait sous le bras sa foutue trousse de toilette. « Bon Dieu, pourquoi que tu fermes pas ta gueule quand on te le dit ? » Il avait l'air plutôt énervé. C'était probablement la trouille que je me sois fendu le crâne quand il avait cogné sur le plancher. J'avais rien de cassé. Dommage. Stradlater a dit encore « Putain, tu l'as bien cherché ». Ouah. Il avait l'air vachement mal à l'aise.

Je me suis même pas donné la peine de me relever. Je suis resté couché par terre en continuant à l'appeler sinistre crétin. J'étais furax, j'en pleurais presque.

Il a dit « Écoute, va te laver la tronche. Tu m'entends ? »

Je lui ai dit d'aller se laver la sienne, de tronche, sa saleté de tronche de crétin. C'était pas très malin mais j'étais tellement furax. Je lui ai dit de s'arrêter chez le concierge, Mr Schmidt, en allant aux lavabos et de faire ça avec Mrs Schmidt. Elle avait dans les soixante-cinq piges.

J'ai attendu que le gars Stradlater ferme la porte et s'éloigne vers les chiottes et alors seulement je me suis relevé. J'ai cherché partout ma foutue casquette. Finalement je l'ai retrouvée. Elle était sous le lit. Je l'ai enfoncée sur mon crâne, j'ai tourné la visière vers l'arrière parce que c'était plus à mon goût, puis je suis allé regarder ma tête de con dans la glace. Vous avez jamais rien vu d'aussi sanglant.

Du sang, j'en avais partout, sur la bouche et le menton et même sur mon pyjama et ma robe de chambre. C'était un spectacle à faire peur et en même temps je trouvais ça fascinant. J'avais l'air d'un gros dur. Je m'étais battu à peu près deux fois dans ma vie et les deux fois j'avais dérouillé. Je suis pas un dur. Si vous voulez savoir, je suis un pacifiste.

J'avais bien l'impression que le gars Ackley avait entendu le chambard, que ça l'avait réveillé. Aussi j'ai écarté les rideaux de la douche pour aller voir chez lui ce qu'il faisait. C'était pas souvent que j'y entrais, dans sa piaule. Ça chlinguait toujours un peu, bicause il avait pas tellement des habitudes de propreté.

Chapitre 7

Y avait un petit peu de lumière qui filtrait à travers les rideaux, venant de notre chambre et tout, alors je voyais vaguement Ackley dans son paddock. J'étais foutrement sûr qu'il dormait pas. J'ai dit « Tu dors, Ackley ?

— Nan. »

C'était pas mal sombre et j'ai trébuché sur un soulier et j'ai bien failli me ramasser. Ackley s'est assis dans son lit, appuyé sur un coude. Il avait plein de blanc sur la figure, du produit pour les boutons. Dans l'obscurité ça lui donnait un peu l'air d'un fantôme.

J'ai dit « Qu'est-ce que tu fabriques ?

— Ce que je fabrique ? Figure-toi que j'essayais de dormir quand vous deux les mecs vous avez commencé tout ce boucan. Pourquoi vous vous êtes bagarrés ?

— Où elle est, la lumière ? » J'arrivais pas à trouver l'interrupteur. Je passais la main partout sur le mur.

« Pourquoi que tu veux de la lumière ? C'est juste à côté de ta main. »

J'ai fini par trouver le bouton. J'ai appuyé. Ackley a replié son bras devant ses yeux.

« Bordel » il a dit, « qu'est-ce qui t'est arrivé ? » Il parlait du sang et tout.

« J'ai eu une petite discussion avec Stradlater. » Je me suis assis sur le plancher. Y avait jamais de sièges dans cette piaule. Ce qu'ils en foutaient je me le demande. J'ai dit « Écoute, t'as pas envie de jouer un peu à la canasta? » C'était un fana de la canasta.

« Tu saignes encore. Putain. Tu ferais mieux de mettre quelque chose dessus.

— Ça va s'arrêter. Écoute. Qu'est-ce que tu penses d'une partie de canasta?

— De canasta. Putain. Tu sais quelle heure il est, non?

— Il est pas tard. Dans les onze heures, onze heures et demie. Pas plus.

— *Pas plus !* Puis il a dit : Écoute, moi demain matin je me lève pour aller à la messe, bordel. Vous deux, vous vous mettez à brailler et à vous battre en plein milieu de la nuit... et pourquoi vous vous êtes battus? »

J'ai dit « C'est une trop longue histoire. Je voudrais pas te les briser. C'est pour ton bien ». Je lui racontais jamais ma vie privée. D'abord, il était encore plus abruti que Stradlater. A côté d'Ackley, Stradlater c'était un génie. J'ai demandé « Hé, c'est okay si je dors dans le plumard d'Ely? Il rentre pas avant demain soir, non? » Je le savais qu'il rentrait pas. Ely allait chez lui pratiquement tous les week-ends.

« Moi j'ai pas la moindre idée de quand il rentre » a dit Ackley.

Ouah. C'était chiant. « Qu'est-ce que tu veux dire, bon Dieu? Tu sais pas quand il rentre? Il revient jamais avant le dimanche soir, non?

— Non. Mais bordel je peux pas dire à n'importe qui de coucher dans son plume si l'envie lui prend. »

Ça m'a tué. Je me suis étiré un peu — j'étais toujours assis par terre — et j'ai tapoté sa foutue épaule. J'ai dit « Môme Ackley, t'es un prince. Tu le savais?

— Non. Mais c'est normal, je peux pas dire à n'importe qui de coucher dans son...

— T'es un vrai prince. Môme, t'es un gars cultivé et raffiné. » Et allez donc. « T'aurais pas des cigarettes, par hasard? Si tu me dis que t'en as je tombe raide.

— Eh bien non, j'en ai pas. Écoute, pourquoi vous vous êtes bagarrés ? »

J'ai pas répondu. Tout ce que j'ai fait, c'est me lever et aller regarder par la fenêtre. Brusquement je me sentais très seul. J'avais presque envie d'être mort.

Ackley a demandé, pour la cinquantième fois « Pourquoi vous vous êtes bagarrés ? » Il commençait à m'emmerder.

J'ai dit « A cause de toi.

— De *moi* ? Putain.

— Ouais. Je défendais ton honneur. Stradlater disait que tu étais un pourri. Je pouvais pas laisser passer. »

Il s'est drôlement énervé. « Il a dit ça ? Sans blague ? »

J'ai admis que c'en était une, de blague, et je me suis couché sur le paddock d'Ely. Ouah, je me sentais si mal fichu. Je me sentais vachement seul.

J'ai dit « Ça chlingue ici. Tes chaussettes, on les sent de loin. Tu les donnes jamais à laver ?

— Si ça te plaît pas, tu sais ce qui te reste à faire » a dit Ackley, très spirituel. « Et tu pourrais peut-être éteindre cette saloperie de lumière ? »

Mais j'ai pas éteint tout de suite. Je suis resté allongé sur le plumard d'Ely, et je pensais à Jane et tout. Quand je pensais à elle et Stradlater dans l'auto de ce gros cul d'Ed Banky, garée quelque part, je me sentais devenir complètement cinglé. Chaque fois que j'y pensais l'envie me prenait de me jeter par la fenêtre. Ce qu'il y a, c'est que vous connaissez pas Stradlater. Moi je le connais. A Pencey, la plupart des gars comme Ackley, par exemple, ils *parlent* tout le temps de rapports sexuels avec les filles. Mais le gars Stradlater, lui, des rapports il en a pour de vrai. Personnellement je pourrais nommer au moins deux filles qui ont fait ça avec lui. Sans rire.

J'ai demandé « Môme Ackley, tu voudrais pas me dire l'histoire de ta vie aventureuse ?

— Toi tu voudrais pas éteindre la lumière ? Demain matin je me lève pour la messe. »

Je l'ai éteinte, sa foutue lumière, si fallait que ça pour le rendre heureux. Et je me suis recouché sur le plumard à Ely.

« Qu'est-ce que tu veux faire? dormir ici? » a demandé Ackley. Ouah, c'était vraiment l'hôte parfait.

« Peut-être. Ou peut-être pas. Arrête de te tracasser.

— Ça me tracasse pas. Mais si Ely s'amène j'ai pas envie qu'il trouve un gars dans son pageot.

— Relaxe-toi. Je vais pas dormir là. Ça me ferait mal d'abuser de ton hospitalité. »

Deux minutes plus tard il ronflait à pleins tubes. Je suis resté étendu dans le noir, et j'essayais de pas penser à la môme Jane avec Stradlater dans la foutue bagnole à Ed Banky. Mais c'était presque impossible. L'ennui, c'est que je connaissais la technique du mec Stradlater. Ce qui n'arrangeait rien. Une fois, lui et moi on avait été ensemble dans l'auto d'Ed Banky, Stradlater à l'arrière avec sa fille, et moi à l'avant avec la mienne. Faut voir la technique qu'il avait, le salaud. Tout d'abord il commençait à baratiner la fille sur un ton tranquille, très *sincère* — comme s'il était pas seulement un très beau gars mais aussi un gars très gentil et *sincère.* Rien qu'à l'écouter, j'avais envie de vomir. La fille répétait « Non *je t'en prie.* Pas ça. *Je t'en prie.* » Mais le gars Stradlater continuait de la baratiner avec sa voix si sincère, à l'Abraham Lincoln, et finalement y a eu ce terrible silence à l'arrière de l'auto. C'était vachement embarrassant. Je pense pas qu'ils l'ont vraiment fait, ce soir-là, mais ils ont été vachement près de le faire. Vachement.

Comme j'étais couché là, m'efforçant de pas trop réfléchir, j'ai entendu Stradlater qui revenait des lavabos et rentrait dans la chambre. Je l'entendais qui rangeait ses affaires de toilette crasseuses et tout, et puis qui ouvrait la fenêtre. C'est un adepte de l'air frais. Puis, au bout d'un petit moment, il a éteint la lumière. Il avait même pas jeté un coup d'œil pour voir où j'étais passé.

Dehors aussi, dans la rue, c'était déprimant. Y avait même

plus de bruit de voitures. Je me sentais tellement seul et mal foutu que j'ai voulu réveiller Ackley.

J'ai dit « Hey, Ackley », guère plus fort qu'un murmure pour que Stradlater entende pas à travers les rideaux de la douche.

Ackley non plus a pas entendu.

« Hey, Ackley ! »

Il a toujours pas entendu. Il dormait comme une souche.

« Hey, Ackley ! »

Cette fois il s'est réveillé.

Il a dit « Qu'est-ce qui te prend, bon Dieu ? Je dormais, bordel.

— Écoute. Comment on fait pour entrer dans un monastère ? » j'ai demandé. Une idée qui m'était venue. « Est-ce qu'y faut être catholique et tout ?

— Sûrement qu'y faut être catholique. Mon salaud, c'est pour me poser une question aussi idiote que tu m'as rév...

— Haha, rendors-toi. En fin de compte, j'entre pas au monastère. Avec ma chance habituelle, j'en choisirais probablement un avec dedans des moines tordus. Tous des foutus cons. Ou juste des cons. »

Quand j'ai dit ça, Ackley s'est dressé dans son lit. Il a braillé « Écoute, ce que tu dis de *moi* je m'en branle, mais si tu commences à raconter des vacheries au sujet de ma foutue religion, bordel...

— Doucement », j'ai dit. « Personne raconte des vacheries sur ta foutue religion. » Je suis descendu du pageot à Ely et j'ai ramé vers la porte. Je m'en ressentais pas de rester plus longtemps dans cette atmosphère débile. Je me suis quand même arrêté en route pour prendre la main d'Ackley et la secouer avec une ardeur pas trop convaincante. Il a retiré sa main. Il a dit « Qu'est-ce qui te prend ?

— Rien. Je voulais seulement te remercier d'être un tel foutu prince, c'est tout. » J'ai dit ça d'une voix très sincère. Et puis « T'es un chef, môme Ackley. Tu le sais ?

— Gros malin. Un jour quelqu'un va te casser la... »

Je me suis même pas donné la peine de l'écouter. J'ai refermé la foutue porte et je me suis trouvé dans le couloir.

Tout le monde dormait, ou bien était sorti, ou à la maison pour le week-end, et dans le couloir c'était très très calme et déprimant. Devant la porte de Leahy et Hoffman il y avait le carton vide d'un tube de dentifrice et en me dirigeant vers l'escalier j'ai tapé dedans à coups de pied avec mes pantoufles fourrées de mouton. Ce que je pensais faire, je pensais que je pourrais descendre voir ce que fabriquait Mal Brossard. Et puis tout d'un coup j'ai décidé que ce que j'*allais* faire c'était foutre le camp — à l'instant même et tout. Pas attendre au mercredi ni rien. Je voulais plus continuer à traîner là. Je me sentais trop cafardeux, trop seul. Alors j'ai décidé que je prendrais une chambre dans un hôtel à New York — un petit hôtel pas cher et tout — et que je me laisserais vivre jusqu'à mercredi. Et puis, mercredi, j'irais à la maison, bien reposé, en pleine forme. Je supposais que mes parents auraient pas la lettre du père Thurmer disant que j'étais renvoyé avant peut-être mardi ou mercredi. Je voulais attendre qu'ils l'aient reçue pour rentrer à la maison, et qu'ils aient complètement digéré la nouvelle. Je voulais surtout pas être là quand la lettre arriverait. Ma mère ce genre de truc ça la rend hystérique. Mais une fois que c'est digéré elle prend pas trop mal les choses. En plus, j'avais comme qui dirait besoin d'un peu de congé. J'étais à bout de nerfs. Sans blague.

Bon. En tout cas, c'est ce que j'ai décidé. Aussi je suis retourné dans ma chambre et j'ai allumé la lumière pour faire mes bagages et tout. Y avait déjà pas mal de choses dans mes valoches. Le gars Stradlater s'est même pas réveillé. J'ai allumé une cigarette et je me suis rhabillé et puis j'ai fini de remplir mes deux valises. Ça m'a pas pris plus de deux minutes. Les bagages avec moi c'est toujours du rapide.

Y a une chose qui m'a fichu un coup. Fallait que je remballe mes patins à glace tout neufs que ma mère venait de m'envoyer deux jours plus tôt. Oui ça m'a fichu un coup. Je pouvais voir ma mère entrer chez Spaulding et poser au vendeur un million de questions idiotes — et voilà que j'étais encore flanqué dehors. Je me suis senti vraiment triste. Elle m'avait pas acheté les patins qu'il fallait — je voulais des patins de compétition et elle avait pris des patins de hockey — mais quand même je me sentais vraiment triste. Presque chaque fois qu'on me fait un cadeau, pour finir je me sens vraiment triste.

Lorsque mes bagages ont été bouclés j'ai fait le compte de mon fric. Je me rappelle pas exactement combien j'avais mais j'étais à l'aise. La semaine d'avant, ma grand-mère m'avait sérieusement renfloué. J'ai une grand-mère qui s'en balance de dépenser son pognon. Elle perd un peu la tête — elle est vieille comme le monde — et elle m'envoie au moins quatre fois par an de l'argent pour mon anniversaire. En tout cas, même à l'aise, j'aurais pas craché sur quelques dollars de plus. On sait jamais. Alors ce que j'ai fait, je suis allé au bout du couloir réveiller ce type, Frederick Woodruff, qui m'avait emprunté ma machine à écrire. Je lui ai demandé combien il m'en donnerait. C'était un gars qu'avait du fric. Il a dit qu'il savait pas. Il a dit que ma machine il avait pas vraiment envie de l'acheter. Finalement il l'a quand même achetée. Elle coûte environ quatre-vingt-dix dollars et il m'en a donné seulement vingt dollars. Il était furax que je l'aie réveillé.

Quand j'ai été prêt à partir, avec mes valoches et tout, je me suis arrêté un petit moment près de l'escalier et j'ai jeté un dernier regard sur le couloir. J'avais les larmes aux yeux, je sais pas pourquoi. J'ai mis ma casquette sur ma tête et tourné la visière vers l'arrière comme j'aime et alors j'ai gueulé aussi fort que j'ai pu *Dormez bien, espèces de crétins.* Je parierais que j'ai réveillé tous ces salopards de l'étage. Et puis je suis parti. Un abruti avait jeté des épluchures de cacahuètes sur les marches de l'escalier ; un peu plus je me cassais la figure.

Chapitre 8

Il était trop tard pour appeler un taxi, aussi je suis allé à pied jusqu'à la gare. C'était pas très loin, mais il faisait un froid de loup et la neige rendait la marche pas commode et mes valoches me tapaient dans les jambes. Ça paraissait quand même bon de prendre l'air. Un seul ennui, le froid qui me piquait les narines et le bord de la lèvre supérieure là où Stradlater avait cogné. Il m'avait écrasé la lèvre contre les dents et c'était plutôt sensible. En tout cas pour mes oreilles j'avais vraiment du tout confort. Cette casquette que je m'étais offerte, elle avait des oreillettes repliées à l'intérieur et je les ai sorties — l'allure que ça me donnait je m'en foutais totalement. D'ailleurs y avait personne dehors. Les gens ils étaient tous au pieu.

J'ai eu de la chance. Quand je suis arrivé à la gare j'ai attendu le train pas plus de dix minutes. En l'attendant, j'ai ramassé de la neige pour me frotter la figure. Ça saignait encore un peu.

D'habitude, j'aime bien prendre le train, la nuit en particulier, avec la lumière allumée et les vitres tellement noires, et puis le type qui circule dans le couloir en vendant du café et des sandwichs et des magazines. Si je prends le train le soir, je peux même, d'habitude, lire une de ces histoires idiotes des magazines sans dégueuler. Vous voyez de quoi je parle. Une de ces histoires où il y a tous ces types à la con qui s'appellent David et toutes ces filles à la noix qui s'appellent Linda ou Marcia et qui passent leur temps à allumer les foutues pipes des susnommés David. Oui, d'habitude, je peux même lire une de ces histoires pourries quand je suis dans un train, le soir. Mais cette fois c'était différent. Ça me disait vraiment pas grand-chose. Je suis resté assis sans rien faire. Tout ce que j'ai fait, c'est ôter ma casquette et la mettre dans ma poche.

Et voilà qu'à Trenton, y a une dame qui est montée et qui s'est assise auprès de moi. Pratiquement le wagon était vide bicause ça commençait à être tard et tout, mais elle s'est assise auprès de moi plutôt que sur une banquette vide parce que j'étais sur la banquette près du couloir et elle avait un gros sac. Elle a posé le sac en plein milieu du couloir et le contrôleur ou n'importe qui aurait pu se prendre les pieds dedans. Elle portait une orchidée au revers de son tailleur, comme si elle venait d'une grande soirée ou quoi. Elle avait dans les quarante ou quarante-cinq ans, je suppose, mais elle était très bien. Les femmes, ça me tue. Sincèrement. Je ne veux pas dire que je suis un obsédé sexuel — oh non, quoique ça m'intéresse, le sexe. Mais les femmes, je les aime bien, voilà tout. Elles laissent toujours leurs foutus sacs en plein milieu du couloir.

Bon. On était assis là, et brusquement elle m'a dit « Excusez-moi, mais n'est-ce pas un autocollant de Pencey Prep ? » Elle regardait mes valises, dans le filet à bagages.

J'ai dit « Exact ». Oui, elle avait raison. J'avais un foutu autocollant de Pencey sur une des valoches. Pas malin de ma part, faut reconnaître.

Elle a dit « Oh vous êtes à Pencey ? » Elle avait une voix agréable. Ou plus précisément comme une agréable voix de téléphone. Elle aurait dû transporter un téléphone avec elle.

J'ai dit oui.

« Oh c'est merveilleux. Peut-être que vous connaissez mon fils. Ernest Morrow ? Il est à Pencey.

— Oui bien sûr. On est dans la même classe. »

Son fils était sans aucun doute le plus sale con qui soit jamais allé à Pencey, dans toute l'histoire pourrie de ce collège. Son fils, quand il venait de prendre sa douche, il arrêtait pas de faire claquer sa vieille serviette mouillée sur le cul des gars qu'il rencontrait dans le couloir. Voilà le genre de mec que c'était.

Elle a dit encore « Oh c'est merveilleux ». Mais pas d'un ton ringard. Elle était seulement très sympa et tout. « Il faudra que je raconte à Ernest que nous nous sommes rencontrés. Pourriez-vous me dire votre nom ? »

J'ai répondu « Rudolf Schmidt ». Je m'en ressentais pas de lui raconter toute l'histoire de ma vie. Rudolf Schmidt, c'était le nom du gardien de notre bâtiment.

Elle a demandé « Vous aimez Pencey ?

— Pencey ? Ça va. C'est pas le paradis, mais c'est un collège pas plus mauvais que les autres avec certains des profs qui sont très consciencieux.

— Ernest s'y plaît tellement ! »

J'ai dit « Oui, c'est sûr ». Puis je me suis mis à débiter des conneries. « Ernest, il s'adapte à tout et à tout le monde. Vraiment. Je veux dire, il sait vraiment comment s'y prendre pour s'adapter. »

Elle a dit « Vous trouvez ? » On voyait qu'elle était drôlement intéressée.

« Ernest ? Mais oui. » Je l'ai regardée ôter ses gants. Ouah, elle avait des diam's à tous les doigts.

Elle a dit « Je viens de me casser un ongle en sortant du taxi ». Elle a levé les yeux et elle a eu comme un sourire. Elle avait un sourire extra. Sans blague. La plupart des gens ont à peine un sourire, ou bien c'est un sourire dégueu. « Mon mari et moi, nous ne sommes pas sans inquiétude au sujet d'Ernest Nous avons l'impression qu'il n'est pas très sociable.

— Pas sociable ? Comment ça ?

— Eh bien... C'est un garçon très sensible. Il a toujours

eu du mal à se faire des amis. Peut-être prend-il les choses trop au sérieux pour son âge. »

Sensible. Ça m'a tué. Ce type, Morrow, il est à peu près aussi sensible qu'une lunette de WC.

Je l'ai bien regardée. Elle avait pas l'air d'une andouille. Elle avait l'air d'une personne très capable de se faire une idée claire du genre de petit con qu'elle a pour fils. Mais on peut jamais dire, avec les mères. Elles sont toutes légèrement fêlées. En tout cas celle-là me plaisait. La mère du gars Morrow. Elle était très chouette. Je lui ai demandé « Puis-je vous offrir une cigarette ? »

Elle a jeté un coup d'œil autour d'elle. « Je ne crois pas, Rudolf, que ce compartiment soit pour fumeurs. » Rudolf. Ça m'a tué.

« Aucune importance » j'ai dit. « On peut toujours fumer jusqu'à ce que quelqu'un râle. » Elle a accepté la cigarette et je lui ai donné du feu.

Elle s'y prenait bien. Elle aspirait la fumée et tout mais elle l'avalait pas à toute pompe comme le font la plupart des femmes de son âge. Elle avait du charme. Elle avait aussi beaucoup de sex-appeal, si vous voulez savoir.

Elle me regardait d'un air bizarre. Elle a dit tout d'un coup « Je me trompe peut-être mais j'ai l'impression que vous saignez du nez, Rudolf ».

J'ai hoché la tête ; et sorti mon mouchoir. « J'ai reçu une boule de neige dans la figure. Une très serrée, très dure. » Je lui aurais probablement raconté ce qui m'était arrivé en vrai si ça n'avait pas demandé trop de temps. En tout cas je l'aimais bien. Je commençais à regretter de lui avoir dit que mon nom était Rudolf Schmidt. J'ai dit encore « Ce brave Ernie. C'est un des gars les plus populaires à Pencey. Vous le saviez ?

— Oh non. »

J'ai hoché la tête. « Ça nous a pris pas mal de temps pour le connaître. C'est un drôle de garçon. Un garçon *étrange,* de bien des manières. Vous voyez ce que je veux dire ? Par exemple, la première fois qu'on s'est vus, j'ai pensé qu'il était plutôt snob. C'est ce que j'ai pensé. Mais j'avais tort. C'est juste qu'il a une personnalité tout à fait originale et que ça prend un certain temps pour le connaître. »

Mrs Morrow disait rien mais si vous aviez pu la voir. Ouah. Prenez la mère de n'importe qui et tout ce qu'elle veut entendre c'est que son fils est formidable.

Et alors je me suis lancé dans un super-baratin. J'ai demandé « Est-ce qu'il vous a parlé des élections? Les élections de notre classe? »

Elle a fait non de la tête. Je l'avais mise en transe. Sans blague.

« Eh bien, on était tout un tas à vouloir qu'Ernie soit président de la classe. C'est-à-dire, il était quasiment choisi à l'unanimité. C'est-à-dire qu'il était le seul gars capable de faire les choses comme il fallait. » Ouah. J'étais vachement lancé. « Mais qui a été élu? Harry Fencer... Et pourquoi? Pour la raison bien simple qu'Ernie a pas voulu nous laisser le présenter comme candidat. Parce qu'il est si modeste et timide et tout. Il a *refusé.* Ouah. Il est *vraiment* timide. Vous devriez l'encourager à surmonter sa timidité. » Je l'ai regardée. « Il vous a pas raconté ça?

— Oh non. »

Encore une fois j'ai hoché la tête. « C'est bien Ernie. Tout à fait lui. Il a qu'un seul défaut, il est trop timide et modeste Vous devriez l'aider à gagner un peu d'assurance. »

A ce moment précis, le contrôleur est venu réclamer le billet de Mrs Morrow et ça m'a donné l'occasion d'arrêter mes salades. Mais j'étais content de les lui avoir servies. Prenez un type comme Morrow qu'est toujours à taper sur le cul des gens à coups de serviette — et en cherchant à leur faire mal —, les types comme lui ils sont pas seulement des emmerdeurs quand ils sont jeunes, ils restent des emmerdeurs toute leur vie. Mais après tout ce que j'avais inventé on pouvait parier que Mrs Morrow continuerait à penser à lui comme à un gars très timide et modeste qu'avait pas voulu se porter candidat pour être président. C'est bien possible. On peut pas dire. Les mères, dans ces cas-là, elles sont plutôt bornées.

J'ai dit « Voulez-vous qu'on boive un verre ? » Moi ça me tentait. « Si on allait au wagon-bar. D'accord ? »

Elle a demandé « Etes-vous sûr d'avoir le droit de vous faire servir des boissons alcoolisées ? » Mais elle prenait pas ses grands airs. Elle était trop sympa pour prendre ses grands airs.

« Eh bien, non, pas exactement, mais en général ça passe, vu ma taille. » J'ai dit encore « Et puis j'ai pas mal de cheveux blancs ». Je me suis tourné de profil et je lui ai montré mes cheveux blancs. Ça l'a fascinée. J'ai dit « Bon, alors, on y va ? D'accord ? » J'aurais bien aimé qu'elle dise oui.

« Non, vraiment. Je crois qu'il vaut mieux pas. Mais je vous remercie beaucoup. » Elle a ajouté « D'ailleurs, le wagon-bar est probablement fermé. Il est très tard, vous savez ». Elle avait raison. J'avais oublié l'heure qu'il était.

Enfin elle m'a encore regardé et elle a fait la remarque que je redoutais. « Ernie m'a écrit qu'il rentre à la maison mercredi. Que les vacances de Noël commencent mercredi. J'espère que vous n'avez pas reçu de mauvaises nouvelles de votre famille. » Elle avait l'air de s'inquiéter pour de bon. C'était visible qu'elle cherchait pas simplement à se mêler de mes affaires.

J'ai dit « Non. A la maison tout le monde va bien. C'est moi qui dois subir une opération.

— Oh, je suis vraiment désolée. » Et on voyait qu'elle bluffait pas. Immédiatement, j'ai été tout aussi désolé d'avoir dit ça ; mais c'était parti.

« Rien de bien grave. Juste une minuscule tumeur au cerveau.

— Oh non. » Elle a mis la main devant sa bouche et tout.

« Mais ça ira, je m'en tirerai. C'est tout à fait à l'extérieur. Et un tout petit machin. Il faudra pas plus de deux minutes pour l'enlever. »

Et alors je me suis mis à étudier cet horaire des trains que j'avais sorti de ma poche. Rien que pour m'arrêter de mentir. Une fois que j'ai commencé, je pourrais continuer pendant des heures. Sans blague. *Des heures.*

Après, on a plus beaucoup parlé. Elle a feuilleté ce numéro de *Vogue* qu'elle avait, et moi j'ai regardé un petit moment par la fenêtre. Elle descendait à Newark. Elle m'a souhaité mille fois bonne chance pour l'opération et tout. Elle m'appelait toujours Rudolf. Finalement elle m'a invité à rendre visite à son Ernie durant l'été, à Gloucester, Massachusetts. Elle disait que la maison était en plein sur la plage, et ils avaient un court de tennis et tout, mais je l'ai remerciée en lui expliquant que je devais accompagner ma grand-mère en Amérique du Sud. Et là je poussais un peu vu que ma grand-mère sort presque jamais de sa maison sauf peut-être pour un petit truc comme une matinée théâtrale. Mais je serais pas allé voir ce con de Morrow pour tout l'or du monde, même si j'avais été totalement dans la dèche.

Chapitre 9

La première chose que j'ai faite en débarquant à Penn Station, ça a été d'entrer dans une cabine téléphonique. J'avais envie de donner un coup de bigo à quelqu'un. J'ai laissé mes bagages dehors, en m'arrangeant pour pouvoir les surveiller. Mais à peine j'étais à l'intérieur, je me suis demandé qui je pourrais bien appeler. Mon frère D.B. était à Hollywood. Ma petite sœur Phoebé va au lit à neuf heures — alors je pouvais pas l'appeler. Ça lui aurait rien fait que je la réveille, mais c'est pas elle qui aurait répondu; les parents auraient décroché; donc pas question. Ensuite j'ai voulu passer un coup de fil à la mère de Jane Gallagher, pour savoir quand Jane était en vacances, mais non, ça me disait rien. D'ailleurs il était vachement tard. Autrement il y avait bien cette fille, Sally Hayes, on sortait souvent ensemble, et elle je savais qu'elle était déjà en vacances — elle m'avait écrit une longue lettre à la con m'invitant à venir la veille de Noël l'aider à garnir le sapin et tout — mais j'avais peur que ce soit sa mère qui réponde. Sa mère connaissait ma mère et je pouvais me la représenter tirant illico ses conclusions et regalopant jusqu'au téléphone au risque de se casser une jambe pour annoncer à ma mère que j'étais à New York. Et puis j'avais pas follement envie de parler à la vieille Hayes. Une fois elle avait dit à Sally que j'étais un excité. Elle disait que j'étais un excité sans but dans la vie. Puis j'ai eu l'idée d'appeler Carl Luce, qui avait été à Whooton en même temps que moi. Mais je l'aimais pas des masses. Alors, pour finir, j'ai appelé personne. Au bout de vingt minutes au moins je suis ressorti de la cabine. J'ai repris mes valises et j'ai marché vers ce tunnel où sont les taxis, et j'en ai pris un.

Je suis tellement distrait que j'ai donné au chauffeur du taxi ma vraie adresse, comme ça, par habitude. J'avais complètement oublié que je devais me planquer deux ou trois jours dans un hôtel pour pas rentrer à la maison avant le début des vacances. Quand je m'en suis souvenu on en était déjà à la moitié du chemin. Alors j'ai dit « Hey, ça vous ennuierait de faire demi-tour quand ça sera possible ? Je vous ai pas donné la bonne adresse. Je voudrais retourner d'où on vient ».

Le chauffeur était un petit malin. « Je peux pas faire demi-tour ici, mon vieux, c'est un sens unique. Maintenant faut que je continue tout le chemin jusqu'à la Quatre-vingt-dixième rue. »

J'ai pas voulu me lancer dans une discussion. J'ai dit « Okay ». Puis ça m'est revenu à l'esprit, tout d'un coup, « Hey dites donc, vous avez vu les canards près de Central Park South ? Le petit lac ? Vous savez pas par hasard où ils vont ces canards, quand le lac est complètement gelé ? Vous savez pas ? » Je me rendais compte qu'il y avait guère plus d'une chance sur un million qu'il sache.

Il s'est retourné et il m'a regardé comme si j'étais vraiment fêlé. « A quoi tu joues ? A te foutre de ma gueule ?

— *Non* — c'est seulement que ça m'intéresserait de savoir. »

Il a rien répondu. Et moi j'ai plus rien dit. Jusqu'à ce qu'on sorte du parc dans la Quatre-vingt-dixième rue. Là il a dit « Bon. Alors p'tit gars ? Où ?

— Eh bien, le problème c'est que je veux pas aller dans un hôtel de l'East Side où je pourrais rencontrer des connaissances. Je voyage incognito. » Je déteste employer des expressions à la con comme ''voyager incognito''. Mais quand je suis avec un mec ringard, forcément je lui parle ringard. « Est-ce que vous sauriez par hasard ce qu'il y a comme orchestre au Taft, ou au New Yorker?

— Pas la moindre idée, p'tit gars.

— Bon — eh bien déposez-moi à l'Edmont. Si vous voulez on peut s'arrêter en route et prendre un verre. Je vous invite. Je suis en fonds.

— Impossible. Désolé. » Très cordial, le pépère. Très forte personnalité.

On est allés à l'Edmont et j'ai rempli la fiche. Quand j'étais dans le taxi j'avais mis ma casquette sur ma tête juste comme ça, mais je l'ai ôtée avant d'entrer à l'hôtel. Je voulais pas avoir l'air d'un tordu. Ce qui est plutôt ironique car après j'ai appris que ce foutu hôtel était plein de pervers et de crétins. Des tordus en tous genres.

On m'a donné une chambre pourrie, avec comme vue par la fenêtre l'autre côté de l'hôtel. De la vue ou pas de vue, je m'en tamponnais. J'étais trop déprimé pour que ça me touche. Le groom qui m'a conduit à ma piaule était un très vieux type, dans les soixante-cinq piges. Je l'ai trouvé encore plus déprimant que la chambre pourrie. C'était un de ces gars au crâne déplumé qui essaient de cacher leur calvitie en ramenant en travers les cheveux qui leur restent sur le côté. Moi, plutôt que de faire ça, j'aimerais mieux être chauve. En tout cas, quel boulot exaltant pour un type dans les soixante-cinq piges. Trimbaler les valises des autres et attendre le pourboire. Je suppose qu'il était pas trop intelligent mais c'est quand même effroyable.

Après son départ, je suis resté un moment tout habillé à regarder par la fenêtre. Vous pourriez pas croire ce qui se trafiquait dans l'autre aile de l'hôtel. Et les gens se donnaient même pas la peine de descendre les stores. J'ai vu un mec avec des cheveux gris, un air très distingué, et il était en caleçon, et il faisait quelque chose que vous trouveriez à peine croyable si je vous le raconte. Primo il a posé sa valise sur le lit. Secundo il en a sorti un tas de vêtements de femme et il s'est habillé avec. Des vrais vêtements de femme — bas de soie, souliers à hauts talons, soutien-gorge, et un de ces corsets avec les lacets qui pendaient et tout. Et puis il a enfilé cette robe du soir, noire et très étroite. J'invente pas, je vous jure. Enfin il s'est mis à marcher de long en large dans la chambre à petits pas comme font les femmes, en fumant une cigarette et en se regardant dans la glace. Et il était tout seul. A moins qu'il y ait eu quelqu'un dans la salle de bains — là je peux pas dire. Et puis, par la fenêtre juste au-dessus de la sienne ou presque j'ai vu un gars et une fille qui s'aspergeaient mutuellement avec l'eau qu'ils avaient dans la bouche. C'était probablement pas de l'eau mais du whisky et de l'eau, mais je voyais pas ce qu'il y avait dans leurs verres. En tout cas, d'abord le gars prenait une gorgée et la crachait sur la fille, et après elle faisait la même chose sur lui. Bon Dieu, chacun son tour. Vous auriez dû les voir. Ça les rendait hystériques, comme s'il leur était jamais rien arrivé d'aussi drôle. Sans blague, c'était un hôtel qui grouillait de pervers. J'étais probablement le seul mec normal — si on peut dire. J'ai été fichument tenté d'envoyer un télégramme à Stradlater lui suggérant de prendre le premier train pour New York. Dans cet hôtel il aurait été le roi.

L'ennui, c'est que les idioties de ce genre, même si on voudrait pas que ça existe, à les regarder on est comme fasciné. Par exemple, cette fille qui se faisait cracher sur la figure, elle était vraiment pas mal. C'est ça mon problème. Dans ma tête, je suis probablement le type le plus vicieux que vous ayez jamais rencontré. Quelquefois je pense à des choses vraiment dégoûtantes que ma foi je ferais bien si l'occasion s'en présentait. Même, je me rends compte que ça peut être marrant, dans le genre dégueulasse, si un gars et une fille ont trop bu tous les deux, de s'asperger mutuellement la figure avec de l'eau ou quoi. Mais c'est *l'idée* qui me plaît pas, elle est puante, si on l'analyse. Je me dis que si on n'aime pas trop une fille, on devrait pas chahuter du tout avec elle, et si on l'aime, alors on est censé aimer sa figure et si on aime sa figure on devrait pas lui faire des saletés comme l'asperger d'eau et tout. C'est pas bien que des trucs dégoûtants puissent être tellement marrants. Quand on essaie de pas être *trop* dégoûtant, quand on essaie de pas gâcher quelque chose de vraiment bon, les filles elles vous aident pas beaucoup. Y a deux ans, j'ai connu une fille qu'était encore plus dégoûtante que moi. Ouah, pour une dégoûtante, c'en était une. Mais pendant un moment on s'est bien marrés, dans le genre dégoûtant. Le sexe, j'y comprends vraiment rien. On sait jamais où on en est. Pour le sexe j'arrête pas de me donner des règles et aussitôt je les oublie. L'année dernière je me suis donné pour règle de plus tripoter les filles que je trouve emmerdeuses. Et pourtant, la même semaine — le jour même je crois bien — avec cette andouille d'Anne-Louise Shermann, on a passé toute la soirée à se papouiller. Le sexe, c'est vraiment quelque chose que j'arrive pas à comprendre. Je vous jure ça me dépasse.

Comme je restais planté là, il m'est venu à l'idée que la môme Jane, je pourrais lui bigophoner à son collège au lieu d'appeler sa mère pour m'informer de la date des vacances. Les élèves avaient pas le droit de recevoir des communications tard le soir mais j'avais arrangé ma petite histoire. J'allais dire à la personne qui répondrait au téléphone que j'étais l'oncle de Jane. J'allais dire que la tante de Jane venait de mourir dans un accident d'auto. J'allais dire qu'il fallait que je parle à Jane immédiatement. Ça aurait sûrement marché. Si je l'ai pas fait c'est pour la seule raison que j'étais pas en forme. Ces combines-là, si on est pas en forme ça marche pas.

Au bout d'un petit moment je me suis assis dans un fauteuil et j'ai fumé deux cigarettes. Je dois reconnaître que je me sentais plutôt excité, sexuellement parlant. Alors tout d'un coup j'ai eu une idée, j'ai sorti mon portefeuille et je me suis mis à chercher l'adresse que m'avait donnée ce type de Princeton que j'avais rencontré à une surprise-partie l'été dernier. J'ai fini par la trouver. Dans mon portefeuille le papier avait pris une drôle de couleur mais on pouvait encore lire. C'était l'adresse d'une fille qu'était pas vraiment une prostituée mais qui faisait ça à l'occasion une fois de temps en temps à ce que m'avait dit le type de Princeton. Un jour, il l'avait amenée à un bal à Princeton et il avait bien failli se faire renvoyer. Elle avait été strip-teaseuse de music-hall ou quelque chose dans le genre. Bon. Je suis allé au téléphone et je l'ai appelée. Son nom c'était Faith Cavendish, et elle vivait à Stanford Arms Hotel, à l'angle de la Soixante-cinquième avenue et de Broadway. Sûrement un endroit minable.

D'abord j'ai pensé qu'elle était pas chez elle. Pas de réponse. Finalement quelqu'un a décroché.

J'ai fait « Allô ? » d'une voix grave pour qu'elle puisse pas deviner mon âge ou quoi. D'ailleurs j'ai la voix plutôt grave de nature.

Une voix de femme a dit « Allô ». D'un ton pas trop aimable. Moi j'ai dit « Je parle bien à Miss Faith Cavendish ? »

Elle a demandé « Qui c'est? Bordel, qui c'est qui m'appelle à une heure pareille ? »

Ça m'a foutu les foies. J'ai pris un ton tout ce qu'il y a d'adulte « Bon, je sais qu'il est très tard. Je vous prie de m'excuser, mais j'avais hâte de vous joindre ». J'ai dit ça d'un ton vachement charmeur. Vachement.

Elle a encore demandé « Qui c'est ?

— Écoutez, vous me connaissez pas, mais je suis un ami d'Eddie Birdsell. Il m'a conseillé, si un jour je venais en ville, de vous inviter à prendre un verre.

— *Qui ça*? Vous êtes un ami de *qui*? » Ouah ! une vrai tigresse. Elle en était presque à m'engueuler.

J'ai dit « Edmund Birdsell. Eddie Birdsell ». Je me souvenais plus si son prénom était Edmund ou Edward. Je l'avais rencontré une fois seulement, à cette foutue surprise-partie.

« J'connais personne qui s'appelle comme ça mon petit père. Et allez pas vous figurer que ça m'amuse qu'on m'réveille en plein milieu... »

J'ai insisté « Eddie Birdsell ? De Princeton ».

Je me rendais compte qu'elle se creusait la tête.

« Birdsell, Birdsell... De Princeton... Princeton College ?

— C'est ça.

— Et vous, vous êtes aussi de Princeton ?

— Disons... plus ou moins.

— Oh... Comment va Eddie ? Mais bordel c'est tout de même un peu fort d'appeler quelqu'un à c't'heure-là.

— Il va bien. Il m'a demandé de vous faire ses amitiés.

— Ben, merci. Faites-lui les miennes. » Puis elle a dit « Il est extra. Qu'est-ce qu'il fabrique à présent ? » Elle devenait tout à coup drôlement amicale.

« Oh toujours pareil. » Ce qu'il fabriquait, qu'est-ce que j'en savais, moi. Ce type, je le connaissais à peine. J'ignorais même s'il était encore à Princeton. J'ai dit « Écoutez, ça vous conviendrait qu'on se retrouve pour prendre un verre quelque part ?

— Dites donc, vous savez l'heure qu'il est ? C'est quoi votre nom, sans indiscrétion ? » Subitement voilà qu'elle prenait l'accent anglais. « A vous entendre vous devez être plutôt jeunot. »

— J'ai ri. « Merci pour le compliment. » J'étais tout ce qu'il y a de plus aimable. « Je m'appelle Holden Caulfield. » J'aurais dû lui donner un faux nom mais j'y ai pas pensé.

— Ben écoutez, Mr Cawffle, j'ai pas l'habitude d'accepter des rendez-vous en plein milieu de la nuit. Je travaille, moi. »

J'ai dit « Demain c'est dimanche.

— Ben quand même. Faut qu'je dorme pour être fraîche demain. Vous savez ce que c'est.

— Je pensais qu'on pourrait juste prendre un verre ensemble. Il est pas tellement tard. »

Elle a dit « Ben, c'est très gentil de votre part. D'où

est-ce que vous m'appelez ? Où vous êtes en ce moment ?

— Moi ? Je suis dans une cabine téléphonique. »

Elle a dit « Oh ». Et puis il y a eu un long silence. « Ben, j'aimerais beaucoup vous rencontrer un jour ou l'autre, Mr Cawffle. Vous avez l'air très gentil. Vous avez l'air d'un très gentil garçon. Mais il est *si tard*...

— Je pourrais venir jusque chez vous.

— En temps ordinaire je dirais "super". Je serais ravie que vous passiez prendre un verre, mais je loge avec une copine et en c'moment elle est malade. Elle ferme pas l'œil de la nuit et voilà qu'à la minute, d'un coup, le sommeil l'a prise. Alors, vous comprenez...

— Oh. Quel dommage.

— Vous êtes descendu où ? On pourrait p't-être se voir demain ? »

J'ai dit « Demain je pourrai pas. Ce soir seulement c'était possible ». J'ai été con. J'aurais pas dû dire ça.

« Ah bon. Je regrette beaucoup.

— Je dirai bonjour à Eddie de votre part.

— C'est ça. Merci. J'espère que vous serez content de votre séjour à New York. C'est super, New York.

— Je sais. Merci. Bonne nuit. » J'ai raccroché.

Ouah. J'avais tout fichu en l'air. J'aurais quand même dû m'arranger pour aller boire un coup avec elle ou quo

Chapitre 10

Il était pas encore très tard. L'heure qu'il était j'en suis pas sûr mais je sais qu'il était pas très tard. S'il y a une chose que je déteste c'est me mettre au lit quand je suis même pas fatigué. Donc j'ai ouvert mes valises et j'ai sorti une chemise propre et je suis allé à la salle de bains pour me laver et me changer. Ce que je voulais faire, je voulais descendre au rez-de-chaussée et voir ce qui se passait dans la Lavender Room. La Lavender Room c'était une boîte de nuit qu'ils avaient dans l'hôtel même.

Comme j'étais en train de mettre une chemise propre j'ai presque décidé de passer un coup de fil à ma petite sœur Phoebé. J'avais vraiment envie de lui parler. Une gosse pleine de bon sens et tout. Mais je pouvais pas courir le risque de lui téléphoner parce que c'était seulement une gamine et à cette heure-là elle était sûrement plus debout, et encore moins près du téléphone. J'ai considéré la possibilité de raccrocher si mes parents répondaient, mais ça aurait foiré. Ils auraient deviné que c'était moi. Ma mère sait toujours quand c'est moi. Elle a le don de télépathie. Mais sûr que ça m'aurait pas déplu de bavarder un petit moment avec la môme Phoebé.

Vous devriez la voir. De toute votre vie vous avez jamais vu une gamine aussi mignonne et aussi futée. Elle est très intelligente. Depuis qu'elle va en classe, elle a eu que des

A. En fait, je suis vraiment le seul idiot de la famille. Mon frère D.B. est un écrivain et tout, et mon frère Allie, celui qui est mort, celui dont je vous ai parlé, c'était un génie. Je suis vraiment le seul idiot. Mais la môme Phoebé, vous devriez la voir. Elle a ce genre de cheveux roux, un petit peu comme étaient ceux d'Allie, qu'elle porte très courts en été. En été, elle les aplatit derrière ses oreilles, elle a de chouettes petites oreilles. L'hiver ils sont plutôt longs. Quelquefois ma mère lui fait des nattes mais pas toujours. En tout cas, ça lui va bien. Phoebé n'a que dix ans. Elle est un peu maigrichonne comme moi, mais joliment maigrichonne. Une mignonne petite crevette. Je l'ai observée une fois de la fenêtre alors qu'elle traversait la Cinquième Avenue pour aller au parc et c'est ce qu'elle est, une mignonne petite crevette. Cette môme, si on lui dit des trucs, elle sait toujours exactement de quoi on parle. Je veux dire, vous pouvez l'emmener n'importe où. Par exemple, si vous l'emmenez voir un film dégueulasse elle saura que le film est dégueulasse. Si vous l'emmenez voir un film plutôt bon elle saura que le film est plutôt bon. D.B. et moi on l'a emmenée voir ce film français *La femme du boulanger*, avec Raimu. Ça l'a tuée. Mais son film favori c'est *Les trente-neuf marches* avec Robert Donat. Ce foutu machin elle le connaît par cœur bicause je l'ai emmenée le voir au moins dix fois. Quand par exemple le gars Donat arrive à cette ferme écossaise, dans sa cavale pour échapper aux flics et tout, Phoebé dira très fort dans la salle de cinéma — juste en même temps que le type du film : « Tu manges du hareng? » Elle connaît tout le dialogue par cœur. Et quand ce professeur dans le film, qui est en fait un espion allemand, lève le petit doigt avec une phalange en moins, pour désigner Robert Donat, la môme Phoebé le gagne de vitesse — elle lève *son* petit doigt vers moi dans le noir, juste sous mon nez. Elle est au poil. Vous la trouveriez au poil. Le seul ennui c'est qu'il lui arrive d'être un peu trop expansive. Pour son âge, elle est très émotive. Vraiment. Autre chose encore qu'elle fait, elle écrit tout le temps des livres. Seulement elle les finit jamais. Ça parle toujours d'une petite fille qui s'appelle Hazel Weatherfield — mais la môme Phoebé elle écrit ça « Hazle ». Hazle Weatherfield est une fille détective. Elle est censée être orpheline mais de temps en temps son paternel se pointe. Son paternel est toujours un gentleman, il est grand, il est séduisant, il a dans les vingt ans. Ça me tue. La môme Phoebé vous l'aimeriez, je vous jure. Quand elle était toute petite elle était déjà futée. Quand elle était toute petite, moi et Allie on l'emmenait au parc avec nous, spécialement le dimanche. Allie prenait son bateau à voiles, le dimanche il aimait bien s'amuser avec, et on emmenait la môme Phoebé. Elle avait mis ses gants blancs et elle marchait avec nous, comme une dame et tout. Lorsqu'on se lançait, Allie et moi, dans une conversation sur les choses en général, la môme Phoebé, elle écoutait. Comme c'était qu'une gamine, ça nous arrivait d'oublier qu'elle était là mais elle nous le rappelait. Elle arrêtait pas de nous interrompre. Elle bousculait un peu Allie ou bien elle me bousculait et elle demandait « *Qui?* Qui a dit ça? Bobby ou la dame? » Et on lui disait qui avait dit ça, alors elle disait « Oh » et puis elle continuait bien vite à écouter et tout. Allie aussi, ça le tuait. Je veux dire que lui aussi il la trouvait au poil. Maintenant elle a dix ans et c'est plus un bébé mais elle a pas changé, les gens qui l'entendent ça les tue — du moins tous ceux qu'ont un brin de sens commun.

Bon. C'est quelqu'un à qui on a toujours envie de téléphoner. Mais j'avais trop peur que mes parents répondent et découvrent que j'étais à New York et foutu à la porte de Pencey et tout. Aussi j'ai simplement fini de boutonner ma chemise. Une fois prêt j'ai pris l'ascenseur et je suis descendu dans le hall pour voir ce qui se passait.

Dans le hall il y avait seulement quelques mecs du genre marlou et quelques blondes du genre putain. Mais on entendait jouer l'orchestre, ça venait de la Lavender Room. Lorsque je suis entré c'était pas la grande foule mais ils m'ont quand même salement mal placé, à une table tout au fond. J'aurais dû agiter un billet d'un dollar sous le nez du maître d'hôtel. A New York, l'argent a toujours son mot à dire — sans blague.

L'orchestre était infect. Buddy Singer. Ça y allait mais c'était plouc. En plus il y avait très peu de gens de mon âge. Personne de mon âge, en fait. On voyait que des vieux types qui paradaient avec leurs petites amies. Sauf à la table juste à côté. A la table juste à côté il y avait trois filles à peu près dans les trente piges. Trois filles plutôt moches et elles avaient sur le crâne la sorte de chapeaux qui tout de suite vous faisait dire qu'elles vivaient pas à New York. Quand même la blonde était pas trop mal. Elle était assez mignonne, la blonde, et j'ai commencé à lui faire un peu de l'œil mais juste à ce moment le garçon est venu prendre ma commande. J'ai demandé un scotch and soda et je lui ai dit de pas mélanger. J'ai demandé à toute pompe, parce que si vous hésitez ils pensent que vous avez pas vingt et un ans et ils refusent de vous servir des boissons alcoolisées. Ça n'a pas manqué, il a dit « Excusez-moi, mais auriez-vous quelque chose qui me permette de vérifier votre âge ? Votre permis de conduire, par exemple ? »

Je lui ai lancé un regard glacé, comme s'il m'avait mortellement insulté et j'ai dit « Est-ce que j'ai l'air d'avoir moins de vingt et un ans ?

— Excusez-moi, monsieur, mais nous avons nos...

— Okay, okay. » Et puis merde, je me suis dit. « Donnez-moi un coca. » Déjà il s'en allait mais je l'ai rappelé. « Vous pouvez pas y mettre deux gouttes de rhum ? » J'ai demandé ça très poliment et tout. « Je me vois pas rester dans un endroit aussi ringard sans un petit remontant. Pouvez pas me mettre deux gouttes de rhum ?

— Excusez-moi monsieur... » Il en démordait pas. Je lui en ai pas voulu, faut se mettre à sa place. S'ils se font prendre à servir de l'alcool à un mineur ils perdent leur boulot. Et mineur, je le suis foutrement.

J'ai recommencé à faire de l'œil aux trois sorcières de la table voisine. C'est-à-dire à la blonde. Pour les deux autres, aurait vraiment fallu être en manque. Je suis resté très discret. Je leur ai juste jeté à toutes les trois mon coup d'œil super-relaxe et tout. Ce qu'elles ont fait, elles, toutes les trois, c'est se bidonner comme des andouilles. Sans doute elles trouvaient que j'étais trop jeune pour juger quelqu'un d'un seul regard et tout. Ça m'a exaspéré. On aurait cru que je voulais les épouser, ma parole. Après ça j'aurais dû les ignorer mais l'ennui c'est que j'avais envie de danser. Par moments, le besoin de danser vous saisit aux tripes et j'étais dans un de ces moments-là. Alors subitos' je me suis penché et j'ai demandé « Est-ce qu'une de vous aurait envie de danser ? » J'ai demandé ça avec les formes. D'une voix tout ce qu'il y a de convenable. Mais bordel, ça aussi elles l'ont pris à la rigolade. Elles se sont remises à glousser. Trois vraies andouilles. Sans blague. J'ai dit « Allons-y, je vais danser avec vous chacune à son tour. D'accord? Ça vous va? Allons-y ». J'avais vraiment besoin de me dégourdir un peu.

Finalement, la blonde s'est levée pour danser avec moi parce que c'était visible que je m'adressais spécialement à elle et on s'est dirigés vers la piste. Quand elles ont vu ça les deux autres ont frôlé la crise d'hystérie. Fallait vraiment que je sois privé pour avoir eu l'idée de m'occuper de ces nénettes. Mais après tout ça valait la peine. La blonde était douée pour la danse, une des meilleures partenaires que j'aie jamais eues. Sans blague, il y a des crétines qui vous sidèrent complètement quand elles dansent. Prenez une fille vraiment intelligente et la moitié du temps quand vous dansez avec elle, elle cherche à *vous* conduire ou bien elle danse tellement mal que la seule solution c'est de rester assis et de s'imbiber en sa compagnie.

J'ai dit à la blonde « Vous dansez vachement bien. Vous devriez être professionnelle. Sérieusement. J'ai dansé une fois avec une pro et vous êtes deux fois meilleure. Avez-vous déjà entendu parler de Marco et Miranda ? »

Elle a dit « Quoi ? » Elle écoutait même pas. Elle regardait tout autour d'elle.

« Je disais avez-vous déjà entendu parler de Marco et Miranda ?

— J'vois pas. Non, j'vois pas.

— Eh bien, ce sont des danseurs. Elle est danseuse. Elle danse mais elle est pas terrible. Elle fait tout ce qu'elle est censée faire mais elle est pas tellement terrible. Savez-vous quand on peut dire qu'une fille est une danseuse vraiment terrible ? »

Elle a dit « Hein, quoi ? » Elle écoutait même pas. Elle avait la tête ailleurs.

« Je disais savez-vous quand on peut dire qu'une fille est une danseuse vraiment terrible ?

— Euh...

— Eh bien... là où j'ai ma main dans votre dos. Si je pense qu'y a rien sous ma main — pas de fesses, pas de jambes, pas de pieds *rien* — alors la fille est une danseuse vraiment terrible. »

Mais elle écoutait toujours pas. Aussi je l'ai ignorée un moment. On a seulement dansé. Et cette conne, bon Dieu, elle y allait. Buddy Singer et son orchestre infect jouaient *Just one of those things* et même eux ils arrivaient pas à bousiller ça complètement. C'est un machin super. En dansant je me suis pas lancé dans des trucs compliqués — je peux pas souffrir les mecs qui en dansant font ces trucs-là pour épater — mais je la faisais se remuer vachement et elle me suivait impec. Le plus drôle c'est que je pensais qu'elle aussi elle se donnait du bon temps et tout d'un coup elle m'a lancé cette réflexion stupide « Moi et mes copines, hier soir, on a vu Peter Lorre. L'acteur de cinéma. En chair et en os. Il achetait son journal. Il est *mignon* ».

J'ai dit « Vous avez de la chance. Vous avez vraiment de la chance, vous savez ». Quelle idiote. Mais elle dansait impec. J'ai pas pu m'empêcher de poser un instant ma bouche sur sa conne de tête, dans la raie des cheveux. Elle a gueulé.

« Hé, qu'est-ce qui vous prend ?

— Rien. Rien me prend », j'ai dit. « Vous dansez superbement. J'ai une petite sœur qu'est seulement en septième. Vous dansez aussi bien qu'elle et elle danse drôlement mieux que n'importe qui, vivant ou mort, bordel.

— Vous pouvez pas être poli ? »

Ouah. Une femme du monde. Putain, une *reine.*

J'ai demandé « D'où vous êtes ? »

Elle a pas répondu. Elle était trop occupée à regarder aux alentours pour le cas où Peter Lorre se serait encore pointé je suppose.

J'ai répété « D'où vous êtes toutes les trois ? »

Elle a dit « Quoi ?

— D'où vous êtes ? Si ça vous coûte répondez pas. Faudrait surtout pas vous surmener.

— Seattle, Washington. » Elle a dit ça comme si elle me faisait vraiment une faveur.

J'ai dit « Vous avez beaucoup de conversation. On vous l'a déjà signalé ?

— Quoi ? »

J'ai pas insisté. Ça lui passait par-dessus la tête. « S'ils jouent quelque chose de rapide, on swingue un peu ? Pas le swing ringard, pas en sautant sur place, un swing en souplesse. Quand ça sera du rapide, les vieux types, les gros lards, tout le monde va s'asseoir, alors on aura de la place. D'accord ? »

Elle a dit « Ça m'est égal. Hé, quel âge que vous avez ? »

Ça m'a pas tellement plu. J'ai dit « Oh putain, allez pas tout gâcher. J'ai douze ans, bordel. Je suis grand pour mon âge.

— *Écoutez.* J'vous l'ai déjà dit. J'aime pas cette façon de parler. Si vous continuez comme ça j'retourne avec mes copines. »

Je me suis confondu en excuses parce que l'orchestre se lançait dans du rapide. Elle s'est mise à danser un boogie-woogie avec moi mais pas ringard, tout en souplesse. Elle était vraiment douée. Je la touchais et ça suffisait. Et quand elle tournait sur elle-même, elle tortillait du cul si joliment. J'en restais estomaqué. Sans blague. Quand on est allés se rasseoir j'étais à moitié amoureux d'elle. Les filles c'est comme ça, même si elles sont plutôt moches, même si elles sont plutôt connes, chaque fois qu'elles font quelque chose de chouette on tombe à moitié amoureux d'elles et alors on sait plus où on en est. Les filles. Bordel. Elles peuvent vous rendre dingue. Comme rien. Vraiment.

Elles m'ont pas invité à m'asseoir à leur table — principalement parce qu'elles étaient pas au courant de ce qui se fait — mais moi je me suis installé avec elles. La blonde qui dansait si bien s'appelait Bernice quelque chose — Crabs ou Krebs. Le nom des deux moches c'était Marty et Laverne. Je leur ai dit, juste comme ça, que je m'appelais Jim Steele. Puis je me suis efforcé d'avoir avec elles une petite convers' intelligente. Pratiquement impossible. Fallait tout leur souffler. On aurait pas pu dire laquelle des trois était la plus stupide. Et toutes les trois elles arrêtaient pas de jeter des coups d'œil autour d'elles comme si elles s'attendaient à voir débarquer à tout instant une troupe de vedettes du ciné. Elles devaient se figurer que les stars, quand il en venait à New York, ça fréquentait la Lavender Room, plutôt que le Stork Club ou l'El Morocco. Bon, il m'a bien fallu une demi-heure pour trouver où elles travaillaient et tout, à Seattle. Elles étaient dans le même bureau d'une compagnie d'assurances. J'ai voulu savoir si le travail leur plaisait mais pas possible d'obtenir une réponse sensée de ces trois idiotes. Je pensais que les deux moches, Marty et Laverne, étaient peut-être sœurs, mais quand je leur ai demandé elles se sont vexées. On voyait qu'aucune des deux avait envie de ressembler à l'autre et on pouvait pas le leur reprocher mais, bon, c'était tout de même marrant.

J'ai dansé avec elles — les trois — à tour de rôle. Une des moches, Laverne, dansait pas trop mal mais l'autre, la môme Marty, c'était la catastrophe. On aurait cru trimbaler la Statue de la Liberté autour de la piste. La seule façon de pas trop souffrir en la traînant c'était de lui dire des blagues. Alors je lui ai annoncé que je venais de voir Gary Cooper à l'autre bout de la salle.

« Où ça ? elle a demandé, vachement excitée. *Où* ?

— Oh. Vous l'avez loupé. Il vient de sortir. Pourquoi que vous avez pas regardé quand je vous l'ai dit ? »

Elle s'est pratiquement arrêtée de danser et elle a essayé d'apercevoir la tête de Gary au-dessus des têtes des danseurs. Elle a dit « Oh, crotte ! » Je lui avais quasiment brisé le cœur. Sans rire. Je regrettais déjà de l'avoir charriée. Y a des gens, on devrait jamais les charrier, même s'ils l'ont pas volé.

En tout cas, voilà le plus drôle. Quand on est retourné s'asseoir, la Marty a dit aux deux autres que Gary Cooper venait de partir. Ouah, Laverne et Bernice, quand elles ont entendu ça j'ai bien cru qu'elles allaient se suicider. Elles étaient dingues et elles ont demandé à Marty si elle l'avait vu et tout. La Marty, elle a répondu qu'elle avait juste réussi à l'entrevoir une minute. Ça m'a tué.

Le bar fermait pour la nuit, aussi je leur ai vite payé à boire à chacune, deux fois de suite avant que ça ferme, et pour moi j'ai commandé deux autres cocas. Y avait des verres plein la table. Laverne la moche en finissait pas de se foutre de moi bicause je buvais du coca. Elle avait un sens de l'humour à toute épreuve. Elle et Marty sifflaient des Tom Collins — et ça en plein mois de décembre. Elles avaient rien trouvé de mieux, les connasses. La blonde Bernice, elle buvait du whisky à l'eau. Et elle aussi elle avait une bonne descente. Toutes les trois elles continuaient de chercher les vedettes de cinéma. C'est à peine si elles échangeaient quelques mots. La môme Marty parlait plus que les deux autres mais ce qu'elle disait, c'était barbant et vieux jeu comme d'appeler les chiottes le ''petit coin'' et elle trouvait que le malheureux joueur de clarinette tout avachi du Buddy Singer était vraiment terrible quand il se levait et jouait en solo. Elle appelait sa clarinette un ''bâton de réglisse''. Des trucs à l'eau de rose. L'autre moche, Laverne, elle se croyait du genre très spirituel. Elle arrêtait pas de me dire de téléphoner à mon père et de lui demander ce qu'il faisait ce soir. Elle voulait à tout prix savoir s'il avait une petite amie. *Quatre fois* elle m'a remis ça — pour sûr qu'elle avait de l'esprit! Bernice, la blonde, c'est à peine si elle ouvrait la bouche. Si je lui disais quelque chose elle faisait « Quoi? » Au bout d'un moment ça vous tape sur les nerfs.

Subitement, quand elles ont eu vidé leurs verres, toutes les trois se sont agitées et elles ont dit qu'elles allaient au lit. Elles ont dit qu'elles voulaient se lever de bonne heure pour la première représentation au Radio City Music-Hall. J'ai essayé de les persuader de rester encore un peu mais elles ont refusé. Alors on s'est dit bonne nuit et tout. Je leur ai dit que j'irais les voir si je passais un jour à Seattle, mais ça m'étonnerait — que j'aille les voir je veux dire.

Avec les cigarettes et tout j'en ai eu pour à peu près treize dollars. Je trouve qu'elles auraient pu offrir de payer les consommations qu'elles avaient prises avant que j'arrive, bien sûr j'aurais pas accepté mais elles auraient pu au moins le proposer. Au fond, ça m'était plutôt égal. Elles avaient tellement peu d'éducation et elles s'étaient mis sur la tête des minables chapeaux de carnaval. Et aussi leur histoire de se lever de bonne heure pour la première représentation au Radio City Music-Hall, ça me donnait le cafard. Si quelqu'un, par exemple une fille sous un horrible chapeau fait tout ce chemin, de Seattle (Washington) à New York, bon Dieu — et en fin de compte se lève tôt le matin pour aller voir une saleté de première représentation au Radio City Music-Hall ça me fout un cafard monstre. Je leur aurais bien payé *cent* consommations pour qu'elles me racontent pas ça, ces trois connes.

J'ai quitté la Lavender Room pas longtemps après elles. D'ailleurs ça fermait et l'orchestre était parti depuis des siècles. Et surtout c'était un de ces endroits où on se sent vachement mal si on est pas avec quelqu'un qui sait danser et que le garçon vous laisse commander rien d'autre que du coca. Y a pas au monde une seule boîte de nuit où on puisse rester assis pendant des heures sans une goutte d'alcool pour se biturer. A moins d'être avec une fille qui vous tape vraiment dans l'œil.

Chapitre 11

D'un coup, comme j'étais encore dans le hall, Jane Gallagher m'est revenue à l'esprit. Et une fois que je l'ai eue à l'esprit je pouvais plus m'en débarrasser. Je me suis assis dans le fauteuil cradoc du hall et j'ai pensé à elle et Stradlater, ensemble dans la foutue voiture d'Ed Banky, et même si j'étais à peu près sûr que Stradlater l'avait pas fait avec elle — parce que la môme Jane, je la lisais comme un livre — j'avais quand même toujours ça à l'esprit. Oui je la lisais comme un livre. Je veux dire qu'en plus du jeu de dames elle aimait le sport et une fois que je l'ai bien connue on a joué ensemble au tennis presque tous les matins et au golf presque tous les après-midi. J'en suis arrivé à la connaître intimement. Je ne parle de rien de *physique* — non c'était pas physique — mais on se voyait tout le temps. On a pas besoin de trucs vraiment sexuels pour connaître une fille.

On s'est rencontrés bicause ce dobermann qu'elle a, il avait pris l'habitude de venir pisser sur notre pelouse et chaque fois ma mère ça la mettait en rogne. Elle a bigophoné à la mère de Jane et elle en a fait tout un plat. Ce genre de chose, ma mère peut en faire tout un plat. Et voilà que le lendemain, au club, j'ai vu Jane couchée sur le ventre près de la piscine, et je lui ai dit bonjour. Je savais qu'elle habitait la maison d'à côté mais je lui avais encore jamais parlé. Cette fois-là mon bonjour elle l'a reçu plutôt froidement. J'ai eu un mal de voleur à la convaincre que moi j'en avais rien à glander que son chien pisse ici ou là, et même dans notre salle de séjour. Bref. Après ça Jane et moi on est devenus copains et tout. Le même après-midi j'ai joué au golf avec elle. Elle a perdu huit balles. *Huit.* Pour lui apprendre à au moins ouvrir les yeux quand elle fait un swing ça a pas été de la tarte. J'ai tout de même énormément amélioré son jeu. Au golf je suis très fort. Si je vous disais mon score pour un parcours vous me croiriez probablement pas. Une fois j'ai failli être dans un court métrage. Mais à la dernière minute j'ai refusé. Quand on déteste autant le cinéma, je me suis dit, faudrait être gonflé pour les laisser vous mettre dans un court métrage.

Jane, c'est une drôle de fille. Je ne la décrirais pas comme une vraie beauté. Mais moi je la trouvais chouette. C'était comme si elle avait des tas de bouches. Je veux dire que lorsqu'elle parlait et qu'elle commençait à s'exciter sa bouche allait dans cinquante directions à la fois, ses lèvres et tout. Ça me tuait. Et sa bouche elle la fermait jamais complètement. Elle la gardait toujours un petit peu entrouverte, spécialement quand elle s'apprêtait à taper sur une balle de golf ou quand elle lisait un bouquin. Elle était toujours en train de lire et elle lisait de bons bouquins. Elle lisait aussi plein de poésie et tout. C'est la seule, à part ma famille, à qui j'ai montré le gant de base-ball d'Allie avec les poèmes écrits dessus. Elle avait pas connu Allie parce qu'elle venait dans le Maine pour la première fois cet été-là — avant ça elle allait à Cape Cod — mais je lui ai raconté plein de choses sur Allie. Ces choses-là, ça l'intéressait.

Ma mère l'aimait pas tellement. C'est-à-dire que ma mère se figurait toujours que Jane et sa mère faisaient exprès de prendre des airs et de pas lui dire bonjour. Ma mère les voyait souvent au village parce que Jane et sa mère allaient au marché dans leur Lasalle décapotable. Et même, ma mère trouvait que Jane était très ordinaire. Moi pas. Elle avait un genre qui me plaisait, voilà tout.

Je me souviens d'un après-midi. La seule fois où Jane et moi on a été pas loin de flirter. C'était un samedi et il pleuvait des cordes, et j'étais chez elle, sous le porche, ils avaient un de ces grands porches fermé sur trois côtés. On jouait aux dames. De temps en temps je me moquais d'elle parce qu'elle laissait ses reines sur la rangée du fond. Mais c'était pas méchant. Jane, on avait jamais envie de trop se moquer d'elle. Je crois bien que j'aime me moquer un petit peu des filles quand l'occasion s'en présente mais c'est curieux, les filles que je préfère j'ai jamais envie de m'en moquer vraiment. Parfois je me dis que ça leur plairait. Au fond, je *sais* que ça leur plairait. Mais c'est dur de commencer quand on les connaît depuis très longtemps et qu'on l'a jamais fait. Bon. J'en étais à vous parler de cet après-midi où Jane et moi on a presque flirté. Il pleuvait des hallebardes, on était sous le porche et tout d'un coup ce salopard d'ivrogne s'est pointé, le mec marié avec la mère de Jane, et il a demandé à Jane s'il y avait des clopes dans la baraque. Je le connaissais pas beaucoup ni rien mais il avait l'air d'un type qui vous adresserait pas la parole sauf pour vous demander de faire quelque chose pour lui. Un pourri. Bref, Jane lui a pas répondu quand il a voulu savoir s'il y avait des clopes dans la baraque. Alors il a répété la question. Et elle a toujours pas répondu. Elle a même pas levé les yeux du damier. Finalement le type est rentré dans la maison. Et j'ai demandé à Jane ce qui se passait. Même à moi elle a pas répondu. Elle faisait comme si elle se concentrait sur la façon de déplacer ses pions. Puis, subitement, une larme est tombée sur le damier. Sur un des carrés rouges, ouah, je la vois encore. Elle l'a simplement étalée avec son doigt. Ça m'a drôlement emmerdé, je sais pas pourquoi. Alors je me suis levé et je l'ai fait se pousser un peu sur la balancelle pour m'asseoir près d'elle. J'étais pratiquement sur ses genoux. Et là elle s'est mise à pleurer pour de bon et en un rien de temps j'étais en train de la couvrir de baisers — *partout* — sur le nez le front les sourcils et tout — sur les oreilles — partout sauf sur la bouche. Sur la bouche elle voulait pas. Bref, c'est cette fois-là qu'on a été le plus près de flirter. Au bout d'un moment elle s'est levée et elle est rentrée prendre son sweater rouge et blanc — et je l'ai trouvée très chouette, avec — et puis on est allés au cinoche. En route je lui ai demandé si le salopard d'ivrogne — le mec marié avec sa mère — l'avait jamais baratinée. Elle était plutôt jeune, mais vachement bien roulée et ça m'aurait pas étonné de ce salaud. Mais elle a dit non. Et j'ai jamais su ce qui tournait pas rond. Y a des filles, avec elles vous savez jamais ce qui tourne pas rond.

Faudrait pas vous figurer, parce qu'on évitait les papouilles, qu'elle était un vrai glaçon. Grave erreur. Par exemple, on se donnait toujours la main. Bon, d'accord, c'est pas grand-chose. Mais pour ce qui est de se donner la main elle était super. La plupart des filles, si on les tient par la main, c'est comme si leur main était morte dès l'instant qu'on la prend, ou bien au contraire elles s'empressent de remuer la main sans arrêt comme si elles pensaient que ça va vous distraire. Avec Jane c'était différent. On allait au cinéma ou quoi et immédiatement on se tenait par la main et on restait comme ça jusqu'à la fin du film. Sans changer la position et sans en faire toute une histoire. Avec Jane, même si on avait la main moite y avait pas à s'inquiéter. Tout ce qu'on peut dire c'est qu'on était heureux. Vraiment heureux.

Je viens de penser à un autre truc. Un truc que Jane a fait une fois, au ciné, et qui m'a renversé. Je crois qu'ils passaient les Actualités et subitement j'ai senti une main dans mon cou et c'était la main de Jane. Marrant, non? Ce que je veux dire c'est qu'elle était très jeune et tout, et la plupart des filles que vous voyez mettre leur main sur la nuque de quelqu'un elles ont dans les vingt-cinq - trente ans et elles font ça à leur mari ou à leur gosse. Par exemple je le fais de temps en temps à ma petite sœur Phoebé. Mais si une fille est très jeune et tout et qu'elle le fait, c'est un geste tellement chouette que ça vous tue.

Bon. C'est à ça que je pensais comme j'étais assis dans ce fauteuil cradoc du hall de l'hôtel. La môme Jane. Chaque fois que j'en arrivais à son rancard avec Stradlater dans cette foutue voiture à Eddie Banky, je me sentais devenir dingue. Je savais bien qu'elle l'arrêterait illico s'il essayait de lui faire ça mais quand même j'étais dingue. A vrai dire je veux même pas en parler.

Le hall était presque vide. Jusqu'aux blondes à l'air de putes qui avaient disparu et brusquement j'ai eu envie de mettre les voiles. C'était trop déprimant. Et j'étais pas du tout fatigué ni rien. Alors je suis monté dans ma chambre et j'ai enfilé mon manteau. J'ai aussi jeté un coup d'œil par la fenêtre pour voir si tous les pervers étaient encore en action mais y avait plus de lumière ni rien. J'ai pris l'ascenseur pour redescendre et j'ai trouvé un taxi et j'ai demandé au chauffeur de m'emmener chez Ernie. Ernie's, c'est cette boîte de nuit dans Greenwich Village que fréquentait mon frère D.B. avant d'aller se prostituer à Hollywood. De temps en temps il m'emmenait avec lui. Ernie est un grand gros type qui joue du piano. Un snobinard de première qui vous dira pas un mot si vous êtes pas un ponte ou une célébrité ou quoi. Mais le piano il sait en jouer. Il joue si bien qu'il est un peu à la noix en quelque sorte. Je sais pas trop ce que je veux dire par là mais c'est pourtant bien ce que je veux dire. Sûr que j'aime l'entendre jouer, mais quelquefois, son piano, on a envie de le foutre en l'air. C'est sans doute parce que lorsqu'il joue, quelquefois, même ce qu'il joue ça vous montre qu'il est un gars qui parle seulement aux grands pontes.

Chapitre 12

Le taxi que j'ai pris était un vieux tacot qui sentait comme si on avait dégueulé dedans. Si je vais quelque part tard le soir c'est toujours dans un de ces trucs vomitifs. En plus, dehors, c'était tout calme et vide, spécialement pour un samedi soir. Je voyais à peu près personne dans les rues. Juste de temps en temps un mec et une fille qui traversaient au carrefour en se tenant par la taille et un petit groupe de loubards avec leurs copines, tous se marrant comme des baleines pour des trucs sans doute même pas drôles. New York c'est un endroit terrible. Quand quelqu'un se marre dans la rue ça s'entend à des kilomètres. On se sent tout seul et misérable. J'arrêtais pas de me dire que j'aurais tellement aimé rentrer à la maison et discuter le coup avec la môme Phoebé. Mais au bout d'un moment, finalement, le chauffeur et moi on s'est mis à se parler. Son nom c'était Horwitz. Un type bien mieux que celui de l'autre taxi. Alors j'ai pensé que peut-être il savait, lui. Pour les canards.

J'ai dit « Hé, Horwitz. Vous passez jamais près du petit lagon, dans Central Park ? Du côté de Central Park South ?

— Le *quoi* ?

— Le lagon. Une sorte de petit lac. Où sont les canards. Vous voyez ?

— Ouais, et alors ?

— Ben vous voyez les canards qui nagent dedans ? Au

printemps et tout ? Est-ce que par hasard vous sauriez pas où ils vont en hiver ?

— Où ils vont *qui* ?

— Les canards. Si jamais par hasard vous saviez. Est-ce que quelqu'un vient avec un camion ou quoi et les emporte ou bien est-ce qu'ils s'envolent d'eux-mêmes — pour aller vers le Sud, par exemple ? »

Le gars Horwitz s'est retourné et il m'a regardé. C'était le genre de type pas très patient. Pas un mauvais type, remarquez. Il a dit « Putain, qu'est-ce que j'en sais, moi. Un truc aussi idiot, putain, qu'est-ce que j'en sais ? »

J'ai dit « Bon, faut pas vous fâcher ». Parce qu'il se fâchait, j'avais bien l'impression.

« Qui est-ce qui se fâche ? Personne se fâche. »

S'il devenait tellement susceptible valait mieux arrêter les frais. Mais c'est lui qui a remis ça. Il s'est encore retourné et il a dit « Les poissons y vont nulle part. Ils restent là où y sont, les poissons. Juste où y sont dans le foutu lac.

— Les poissons... c'est pas pareil. Les poissons ils sont pas pareils. Je parle des *canards*. »

Il a dit, Horwitz, « Et en quoi c'est pas pareil ? » Il a dit « Pour moi c'est tout pareil ». Quand il parlait c'était comme s'il y avait vraiment quelque chose qui le fâchait. « C'est plus dur pour les poissons, l'hiver et tout, plus dur que pour les canards, merde. Réfléchissez un peu, merde. »

Ça m'a coupé le sifflet pour une minute. Et puis j'ai dit « D'accord. Et qu'est-ce qu'ils font les poissons et tout quand le petit lac est complètement gelé, un vrai bloc de glace avec dessus des gens qui patinent et tout ? »

Le gars Horwitz, il s'est encore retourné. Il a gueulé « C'qu'y font ? Qu'est-ce que vous voulez dire, bon Dieu ? Y restent où y sont, bordel.

— Ils peuvent pas faire comme si la glace était pas là. Ils peuvent pas simplement faire comme si.

— Qui a dit qu'ils faisaient comme si ? Personne fait comme si », a dit Horwitz. Il s'excitait tellement et tout que j'avais peur qu'il rentre dans un lampadaire ou quoi. « La foutue glace, ils vivent *dedans.* C'est leur nature, bordel. Ils restent gelés raides sur place tout l'hiver.

— Tiens. Et alors qu'est-ce qu'ils mangent ? S'ils sont gelés *raides,* ils peuvent pas nager ici et là pour se chercher de quoi manger et tout.

— Leur *corps,* bordel. T'es bouché ? Leur corps aspire sa nutrition et tout dans les algues et les cochonneries qui sont dans la glace. Ils gardent leurs *pores* ouverts tout le temps. Putain, c'est leur nature. Tu vois ? » Il a encore fait un vrai demi-tour pour m'expliquer ça.

J'ai dit « Oh ». J'ai laissé tomber. J'avais peur qu'il finisse par bousiller son taxi ou quoi. En plus, il était tellement susceptible qu'y avait pas de plaisir à discuter avec lui. J'ai dit « Voulez-vous qu'on s'arrête pour prendre un verre quelque part ? »

Il a pas répondu. J'imagine qu'il continuait à réfléchir. J'ai répété mon invitation. C'était plutôt un bon type. Très amusant et tout.

« J'ai pas de temps à perdre, mon pote. Et d'ailleurs quel âge que t'as ? Pourquoi que t'es pas encore au lit ?

— J'ai pas sommeil. »

Quand je suis descendu devant Ernie's, le gars Horwitz il a remis ça, pour les poissons. Sûr que ça le travaillait. Il a dit « Écoute. Si t'étais un poisson, la bonne Nature prendrait soin de toi, pas vrai ? D'accord ? Tu crois quand même pas que les poissons ont plus qu'à crever quand l'hiver rapplique ?

— Non, mais...

— T'as foutrement raison » a dit Horwitz, et il a démarré comme un bolide. C'était bien le type le plus susceptible que j'aie jamais rencontré. Tout ce qu'on lui disait le contrariait.

Même à cette heure-là, Ernie's était encore plein à craquer. Principalement des ploucs des collèges et des ploucs de l'Université. Presque tous les bon Dieu de collèges du monde entier commencent les vacances de Noël plus tôt que ceux où je vais, moi. C'était tellement comble qu'il fallait drôlement se magner rien que pour mettre son manteau au vestiaire. Mais ça faisait assez tranquille parce qu'Ernie était en train de jouer. Quand il s'asseyait au piano, c'était comme si on assistait à quelque chose de *sacré.* Personne est bon à ce point-là. Avec moi il y avait trois couples qui attendaient qu'on leur donne une table et qui poussaient et se dressaient sur la pointe des pieds pour mieux regarder le gars Ernie à son piano. On avait dirigé sur lui un grand projecteur, et placé devant le piano un énorme miroir, comme ça tout le monde pouvait voir sa figure pendant qu'il jouait. On pouvait pas voir ses mains, juste sa vieille grosse figure. La belle affaire. Je suis pas trop sûr du titre de cette chanson qu'il jouait mais en tout cas il l'esquintait vachement avec des trilles à la manque dans les notes hautes et un tas d'autres astuces que je trouvais très emmerdantes. Mais après la dernière note vous auriez entendu la foule! De quoi vomir. Déchaînés, les mecs. C'était exactement les mêmes crétins qui se fendent la pipe au cinéma pour des trucs chiants. Je vous jure, si j'étais un pianiste ou un acteur ou quoi et que tous ces abrutis me trouvent du tonnerre j'en serais malade. Je pourrais même pas supporter qu'ils m'applaudissent. Les gens applaudissent quand il faut pas. Si j'étais pianiste je jouerais enfermé dans un placard. Bref. Quand il a eu terminé, que tout le monde applaudissait à tour de bras, Ernie a pivoté sur son tabouret et il s'est fendu d'un très modeste petit salut bidon. Comme s'il était un type vachement *modeste* en plus d'être un pianiste du tonnerre. Ça faisait vraiment charlot, vu qu'il est tellement snob. Le plus bizarre, quand il a eu terminé, c'est que moi j'ai eu envie de le plaindre. Je crois qu'il sait même plus distinguer quand il joue bien ou mal. C'est pas totalement sa faute. C'est à cause de ces abrutis qui applaudissent à tour de bras. Si on les laissait faire, ils embrouilleraient n'importe qui. En tout cas ça m'a encore foutu le bourdon et j'ai été à deux doigts de reprendre mon manteau et de rentrer à l'hôtel. Mais il était trop tôt, et je tenais pas à me retrouver seul.

Finalement on m'a donné cette table puante juste contre le mur et derrière une saleté de pilier qui m'empêchait de voir. C'était une de ces tables minuscules, tellement coincées que si les gens se lèvent pas pour vous laisser passer — et ils le font jamais, les salauds — faut pratiquer l'escalade pour s'y asseoir. J'ai commandé un scotch-and-soda, c'est ce que je préfère après le daiquiri. Chez Ernie, même un gosse de six ans pourrait boire de l'alcool tellement c'est sombre et tout, et en plus tout le monde s'en fout de votre âge. Et vous seriez un drogué, tout le monde s'en foutrait tout pareil.

Autour de moi c'était rien que des ploucs. Je vous jure. A cette autre table minuscule, juste à ma gauche, pratiquement sur moi, il y avait un type pas gâté avec une fille pas gâtée. Ils devaient avoir à peu près mon âge, ou peut-être un petit peu plus. C'était marrant, on voyait qu'ils se donnaient un mal de chien pour pas écluser trop vite le minimum qu'il fallait commander. J'avais rien à faire de mieux, alors j'ai écouté un moment leur convers'. Le type parlait à la fille d'un match de football qu'il avait vu l'après-midi. Il lui racontait l'action dans les moindres détails — sans blague. J'ai jamais entendu quelqu'un d'aussi barbant. Et ça se voyait que la fille était pas intéressée mais elle était encore moins gâtée que lui alors je suppose qu'elle pouvait pas faire autrement que l'écouter. Pour les filles vraiment moches, c'est pas drôle. Je les plains. Quelquefois j'ai même pas le courage de les regarder, spécialement quand elles sont avec un abruti qui leur raconte un match de football à la con. A ma droite, les discours, c'était plutôt pire. A ma droite il y avait un mec typiquement « Yale » en costume de flanelle grise avec un gilet à carreaux genre pédé. Ces salauds des facs snobinardes ils se ressemblent tous. Mon père voudrait que j'aille à Yale, ou peut-être à Princeton, mais bon Dieu je mettrai jamais les pieds dans une de ces universités pour poseurs de première, plutôt crever. En tout cas ce mec typiquement « Yale » était avec une fille extra. Ouah. Vraiment super. Mais fallait les entendre. D'abord ils étaient tous deux un peu partis. Lui, il la tripotait sous la table et en même temps il lui racontait qu'un gars de son dortoir s'était presque suicidé en avalant tout un tube d'aspirine. Et la nana disait « Oh c'est horrible... Non, darling. Je t'en prie. Pas ici ». Imaginez que vous papouillez une nana tout en lui racontant le suicide d'un copain. Ça m'a tué.

Sûr, je commençais à me sentir comme un veau primé au concours à rester là assis tout seul. Avec rien d'autre à faire que boire et fumer. Quand même, ce que j'ai fait, j'ai dit au garçon de demander à Ernie s'il voulait prendre un pot avec moi. Je lui ai dit de lui dire que j'étais le frère de D.B. Je crois qu'il a pas seulement pris la peine de transmettre le message. Ces salauds-là, ils font jamais ce qu'on leur demande.

Subitement, une fille s'est approchée en s'exclamant « Holden Caulfield ! » Elle s'appelait Lillian Simmons. Mon frère était sorti un certain temps avec elle. Elle avait de très gros nichons.

J'ai dit « Salut ». J'ai essayé de me lever, bien sûr, mais c'était pas commode, là où je me trouvais. Elle était en compagnie d'un officier de marine qui avait tout l'air d'avoir avalé un manche à balai.

« Quel plaisir de vous rencontrer » a dit la môme Lillian Simmons. Du flan. « Et votre grand frère, qu'est-ce qu'il devient ? » C'était la seule chose qui l'intéressait.

« Il va bien. Il est à Hollywood.

— A Hollywood ? C'est merveilleux ! Qu'est-ce qu'il y fait ? »

J'ai dit « Je sais pas. Il écrit ». J'avais pas envie de parler de ça. Je voyais que pour elle c'était génial que D.B. soit à Hollywood. Tout le monde ou presque est du même avis. Et la plupart du temps des gens qu'ont pas même lu ses nouvelles. Moi ça me rend dingue.

Lillian a dit « C'est super ». Puis elle m'a présenté au type de la Navy. Il s'appelait le capitaine Blop ou quelque chose du genre. C'était un de ces gars qui se figurent qu'on va les prendre pour une tapette s'ils vous fracturent pas les os en quarante morceaux quand ils vous serrent la pince. Bon Dieu, je déteste cette faune. « Vous êtes seul, baby ? » m'a demandé la môme Lillian. Elle bloquait tout le passage. Ça se voyait qu'elle adorait bloquer le passage. Le serveur attendait qu'elle dégage mais elle faisait pas attention à lui. C'était marrant. Ça se voyait aussi que le serveur l'aimait pas trop, et jusqu'au type de la Navy qui l'aimait pas trop, même s'il la rancardait. Et moi non plus je l'aimais pas trop. Personne. Aurait plutôt fallu la plaindre. Elle m'a demandé « Vous n'avez pas de copine, baby ? » J'avais réussi à me mettre debout et elle m'aurait pas seulement dit de me rasseoir. Le genre à vous laisser pendant des heures sur vos cannes. Elle a dit au type de la Navy « C'est pas un beau gars ? », et à moi « Holden, vous embellissez à vue d'œil ». Le type lui a dit de pas rester dans le chemin, qu'ils bloquaient le passage. Elle m'a dit « Venez vous asseoir avec nous, Holden. Amenez-vous avec votre verre ».

C'était clair qu'elle essayait de se mettre bien avec moi pour que je raconte ça à D.B. J'ai dit que je m'apprêtais à partir. « J'ai quelqu'un à voir.

— Tiens, tiens, ce petit bonhomme. Eh bien tant mieux. Le grand frère, quand vous le verrez, dites-lui que je ne peux pas le souffrir. »

Et elle s'est barrée. Le type de la Navy et moi on s'est servis de l'« Enchanté d'avoir fait votre connaissance ». Un truc qui me tue. Je suis toujours à dire « Enchanté d'avoir fait votre connaissance » à des gens que j'avais pas le moindre désir de connaître. C'est comme ça qu'il faut fonctionner si on veut rester en vie.

Puisque j'avais dit que je devais rejoindre quelqu'un j'avais pas le choix, fallait que je parte. Même pas moyen de traîner un peu pour entendre le père Ernie jouer quelque chose d'à moitié convenable. Comme j'allais sûrement pas m'asseoir à une table avec la môme Lillian Simmons et son capitaine de frégate et m'ennuyer à crever j'ai mis les voiles. Mais quand je suis allé récupérer mon manteau j'étais furax. Y a toujours des gens pour vous gâcher le plaisir.

Chapitre 13

Je suis rentré à pied à l'hôtel. Quarante et un pâtés de maisons. Je l'ai pas fait parce que j'avais envie de marcher ni rien. C'était plutôt parce que j'en avais marre de prendre des taxis. Les taxis, on s'en fatigue comme on se fatigue des ascenseurs. Tout d'un coup on veut aller à pied, même si c'est loin ou même si c'est haut. Quand j'étais petit, ça m'arrivait souvent de monter par l'escalier jusqu'à notre appartement. Au douzième étage.

On voyait presque pas qu'il avait neigé. Y avait presque plus trace de neige sur les trottoirs. Mais il faisait un froid glacial et j'ai sorti ma casquette de ma poche pour me la mettre sur le crâne. Je me foutais pas mal de l'allure que j'avais. J'ai même rabattu les oreillettes. J'aurais bien voulu savoir qui m'avait fauché mes gants à Pencey, parce que mes mains étaient gelées. C'est pas que j'aurais fait grand-chose, si j'avais su. Je suis un type assez dégonflé. J'essaie de pas le montrer mais c'est pourtant vrai. Par exemple, si à Pencey j'avais découvert celui qui m'avait volé mes gants je serais probablement allé voir le salopard dans sa piaule et j'aurais dit « Okay. Maintenant, si tu me rendais mes gants ? » Et le salopard qui les avait piqués aurait probablement répliqué, d'un air innocent et tout « Tes gants ? Quels gants ? » Et alors ce que j'aurais fait, j'aurais ouvert le placard et trouvé les gants quelque part. Peut-être cachés dans ses foutues godasses. Je les aurais sortis de là et montrés au gars en disant « Je suppose que ce sont *tes* gants ? » Alors le salopard m'aurait servi le regard trompeur de l'agneau sans tache et il aurait répondu « C'est bien la première fois que je vois ces gants-là. S'ils sont à toi, prends-les. J'en veux pas de ces saletés ». Et alors je serais probablement resté sans bouger pendant cinq bonnes minutes, les foutus gants à la main et tout, en me disant que ce type je devrais bien lui balancer mon poing sur la gueule et lui défoncer la mâchoire. La suite, c'est que je manquerais d'estomac. Je resterais là à m'efforcer d'avoir l'air d'un dur. Ou alors peut-être je dirais quelque chose de cinglant et vachard pour le vexer au lieu de lui casser les dents. Bon. Mais si je lui disais quelque chose de cinglant et vachard il réagirait en venant vers moi pour me déclarer « Écoute, Caulfield. Est-ce que tu me prends pour un malhonnête ? » Alors, au lieu de répondre « Tout juste, espèce de salaud » je dirais simplement, j'imagine « Ce que je sais c'est que mes foutus gants étaient dans tes godasses ». Alors le gars saurait immédiatement que je cognerais pas et il dirait probablement « Écoute. Réglons ça tout de suite. Est-ce que tu prétendrais que je suis un voleur ? » Et moi je dirais probablement « Personne a dit que quelqu'un était un voleur. Ce que je sais, c'est que j'ai retrouvé mes gants dans tes foutues godasses ». Et ça pourrait durer des heures. Finalement, je me tirerais sans l'avoir effleuré. J'irais sans doute aux chiottes pour fumer une sèche en douce et me regarder devenir un gros dur dans la glace des lavabos. En tout cas voilà ce que j'avais dans la tête tout le long du chemin en rentrant à l'hôtel. C'est pas drôle d'être un trouillard. Peut-être que je suis pas *totalement* un trouillard. Je sais pas. Je crois que je suis peut-être en partie un trouillard et en partie le genre de type qui se fout pas mal de perdre ses gants. Un de mes problèmes c'est que ça m'emmerde pas vraiment quand je perds mes affaires. Ma mère, quand j'étais gosse, ça la rendait folle. Y a des gars qui passent *des jours* à chercher quelque chose qu'ils ont perdu. Je possède vraiment rien que ça m'ennuierait vachement de perdre, il me semble. C'est peut-être pour ça que je suis en partie un trouillard. Mais c'est pas une excuse. Absolument pas. Ce qu'il faudrait c'est pas être du tout un trouillard. Si on est censé défoncer la mâchoire de quelqu'un, si on se sent l'envie de le faire, on devrait le faire. Mais pour ça je suis pas doué. J'expédierais plutôt un gars par la fenêtre ou bien je lui trancherais la tête à la hache plutôt que lui défoncer la mâchoire. Je déteste les batailles à coups de poing. Ça m'ennuie pas trop de recevoir les coups — bien sûr sans aller jusqu'à dire que j'en raffole — mais ce qui me fout les jetons dans un échange de coups de poing c'est la gueule du mec. Voilà le problème. Ça irait mieux si tous les deux on avait les yeux bandés. Quand on y réfléchit, c'est une trouille d'un genre spécial, mais c'est quand même la trouille. Faut bien l'admettre.

Plus je pensais à mes gants et à ma trouille et plus je me sentais à plat et donc j'ai décidé d'arrêter quelque part pour prendre encore un verre. J'en avais pris que trois chez Ernie et j'avais même pas fini le dernier. Ce qui est sûr, c'est que j'ai une fichue descente. Quand je suis lancé je peux boire toute la nuit sans seulement qu'il y paraisse. Une fois, à Whooton, cet autre gars Raymond Goldfarb et moi, on a acheté une demi-bouteille de whisky et un samedi soir on est allés la siffler à la chapelle pour que personne nous surprenne. Lui il était schlass, mais moi ça se voyait presque pas. J'étais seulement très flegmatique. J'ai vomi avant d'aller me coucher mais y avait pas vraiment nécessité. Je me suis forcé.

Donc, avant d'arriver à l'hôtel j'ai voulu entrer dans ce bar puant mais deux gars en sont sortis, complètement défoncés, et ils m'ont demandé où était le métro. L'un d'eux était un mec d'un type très cubain, il arrêtait pas de me souffler à la figure son haleine empestée pendant que je lui indiquais la direction. Finalement, ce bar de malheur, j'y suis même pas allé. Je suis simplement rentré à l'hôtel.

Le hall était vide. Ça chlinguait comme cinquante millions de cigares refroidis. Je vous jure. J'avais toujours pas sommeil mais je me sentais mal foutu. Déprimé et tout. Je me disais que je serais presque mieux mort, tout compte fait.

Et voilà qu'en plus je me suis mis dans la merde.

Comme j'entrais dans l'ascenseur, le liftier m'a dit brusquement « C'que ça vous intéresse de passer un bon moment? Ou bien c'est trop tard pour vous? »

Je lui ai demandé de quoi il parlait. Je voyais pas où il voulait en venir.

« Qu'est-ce que tu dirais d'une pépée? »

J'ai dit « Moi? » Une réponse idiote mais c'est très embarrassant quand quelqu'un se met à vous poser une question comme celle-là.

« Quel âge que t'as, chef? » il a dit.

« Pourquoi? » j'ai dit. « Vingt-deux.

— Humm. Alors? C'que ça t'intéresse? Cinq dollars la passe. Quinze dollars pour toute la nuit. » Il a jeté un coup d'œil à sa montre « Jusqu'à midi. Cinq dollars la passe, quinze dollars jusqu'à midi ».

J'ai dit « Okay ». C'était contre mes principes et tout, mais je me sentais si déprimé que j'ai même pas réfléchi.

« Okay quoi? Une passe ou jusqu'à midi? Faut que je sache.

— Juste une passe.

— Okay. C'est quelle chambre? »

J'ai regardé le truc rouge sur la clef, avec le numéro. J'ai dit « Douze-vingt deux ». Je regrettais déjà d'avoir mis ça en train mais maintenant c'était trop tard.

« Okay. J't'envoie une fille dans un petit quart d'heure. » Il a ouvert les portes. Je suis sorti. J'ai demandé « Hey, elle est jolie? Je veux pas d'une vieille pouffiasse.

— Ce sera pas une vieille pouffiasse. T'inquiète pas.

— Je paie à qui?

— A elle. Allons-y, chef. » Il m'a pratiquement fermé les portes au nez.

Je suis rentré dans ma chambre et j'ai passé un peu d'eau sur mes cheveux mais avec la coupe en brosse on peut pas vraiment les coiffer ni rien. Puis j'ai fait un test pour voir si mon haleine empestait pas trop, après toutes les cigarettes et puis les scotch-and-soda que j'avais bus chez Ernie. On met la main en dessous de la bouche et on envoie le souffle vers le haut en direction des narines. Ça semblait pas trop infect mais je me suis quand même lavé les dents. Puis j'ai encore changé de chemise. Je savais bien que j'avais pas à me pomponner ou quoi pour une prostituée mais ça me donnait au moins quelque chose à faire. J'étais sexuellement excité et tout mais j'étais aussi un petit peu inquiet. Si vous voulez savoir, eh bien, je suis puceau. Sans blague. J'ai pourtant eu plusieurs occasions de plus l'être mais je suis pas encore allé jusqu'au bout. Il arrive toujours quelque chose. Par exemple, si on est chez la fille, ses parents rappliquent toujours au mauvais moment, ou bien on a peur qu'ils rappliquent. Ou si on est sur la banquette arrière d'une voiture y a toujours à l'avant le rancard de quelqu'un d'autre — une fille je veux dire — qui essaie toujours de savoir ce qui se passe dans tous les coins de la foutue bagnole. Je veux dire qu'une fille qu'est à l'avant en finit pas de se retourner pour voir ce qui se trafique à l'arrière. Quand même, au moins deux fois j'ai bien manqué faire ça. Une fois surtout, je me souviens. Mais quelque chose a foiré, je me rappelle plus quoi. Ce qu'il y a, c'est que lorsqu'on est tout près de le faire avec une fille — qu'est pas une prostituée ni rien — elle cesse pas de vous dire d'arrêter. Et moi l'ennui c'est que j'arrête. La plupart des types arrêtent pas. Moi je peux pas m'en empêcher. On sait jamais si les filles elles veulent *vraiment* qu'on arrête ou si elles ont juste une frousse terrible, ou si elles vous disent d'arrêter pour que, si vous continuez, ce soit *votre* faute et pas la leur. En tout cas, moi j'arrête. L'ennui c'est que j'en arrive toujours à les plaindre. Je veux dire que la plupart des filles sont tellement demeurées et tout. Quand ça fait un petit moment qu'on les tripote on les voit qui perdent la tête. Prenez une fille qui devient vraiment passionnée, eh bien elle a plus sa tête. Je sais pas. Elles me disent « Arrête », alors j'arrête. Quand je les reconduis chez elles je regrette toujours de les avoir écoutées, mais à chaque fois je recommence pareil. Bref.

Bref, tout en me changeant de chemise je me suis dit qu'en somme c'était le jour ou jamais. Je me figurais que si elle était une putain et tout ce serait un bon exercice préparatoire au cas où je me marierais un jour, par exemple ; quelque chose qui parfois me tracasse. A Whooton, j'ai lu ce bouquin où il y a un gars très sophistiqué, sensuel, aux superbonnes manières. Son nom c'était monsieur Blanchard, je m'en souviens encore. Un livre pourri mais ce Blanchard était pas mal. Il avait un grand château et tout en Europe, sur la Riviera, et là il passait son temps à battre des femmes à coups de club de golf. C'était un vrai tombeur et tout ; les femmes lui résistaient pas. Dans un passage il disait que le corps d'une femme est comme un violon et tout, et qu'il faut un musicien super-doué pour en jouer convenablement. Un vrai bouquin à la gomme, je m'en rends compte — mais cette histoire de violon, quand même, ça m'est resté. Et c'était en partie pour ça que je voulais un peu de pratique au cas où un jour je me marierais. Caulfield et son Violon Magique, ouah. C'est à la gomme, je m'en rends compte, mais c'est pas *trop* à la gomme. Ça me plairait assez de devenir plutôt bon à jouer de cette musique-là. La moitié du temps, si vous voulez vraiment la vérité, quand je chahute avec une fille, bon Dieu, j'ai un mal fou à seulement savoir ce que je cherche. Prenez cette fille dont j'ai parlé, avec qui j'ai bien failli faire ça. M'a fallu pas loin d'une heure pour seulement lui enlever son soutien-gorge. Quand je l'ai eu enlevé, elle était prête à me cracher à la figure.

Bon. Je tournicotais dans la chambre, attendant que la putain se pointe. Je continuais à me dire « Espérons qu'elle est jolie ». Mais au fond je m'en foutais un peu. J'étais seulement pressé d'en avoir terminé. Finalement on a frappé et quand je suis allé ouvrir, ma valise était en plein dans le chemin et je suis tombé dessus et j'ai bien failli me casser les rotules. Je choisis toujours le bon moment pour trébucher contre une valise ou quoi.

Lorsque j'ai ouvert la porte, la putain se tenait là. Elle était en manteau et tête nue. Avec des cheveux blonds mais ça se voyait que c'était pas naturel. Toutefois, elle ressemblait pas à une vieille pouffiasse. J'ai dit « Comment allez-vous? » Ouah. Les bonnes manières.

« C'est vous l'type que Maurice a dit? » elle a demandé. D'un air pas trop sympa.

« Le garçon d'ascenseur?

— Ouais.

— C'est moi. Entrez, je vous prie. » Je prenais comme de l'aisance. Je vous jure.

Elle est entrée aussitôt, elle a enlevé son manteau et elle l'a jeté sur le lit. Dessous, elle avait une robe verte. Puis elle s'est assise de côté sur la chaise devant le bureau et elle s'est mise à balancer le pied. Pour une prostituée, elle était très nerveuse. Je vous jure. Je pense que ça tenait à son jeune âge. Elle avait à peu près le même âge que moi. Je me suis assis dans le fauteuil, à côté d'elle, et je lui ai offert une cigarette. Elle a dit « Je fume pas ». Elle avait une toute petite voix haut perchée. On l'entendait à peine. Quand on lui offrait quelque chose elle disait pas merci. Elle avait vraiment pas d'éducation.

J'ai dit « Permettez-moi de me présenter. Mon nom est Jim Steele ». Elle a dit « Vous auriez pas une montre sur vous? » Elle se foutait pas mal de mon nom, bien sûr. « Hey, vous avez quel âge?

— Moi? Vingt-deux.

— Tintin. »

C'était drôle qu'elle dise ça. C'était ce qu'aurait dit un mioche. On penserait qu'une pute et tout ça vous dirait « Mon cul » ou « Arrête tes conneries », et pas « Tintin ».

J'ai dit « Et vous? »

Elle a dit « L'âge de pas m'en laisser conter ».

Elle avait de la répartie. Puis elle a encore demandé « T'as une montre sur toi, hey ? » Et en même temps elle s'est levée et a fait passer sa robe par-dessus sa tête.

Quand elle a fait ça je me suis senti tout chose. C'était tellement soudain et tout. Je sais qu'on est censé être très excité quand une fille se lève et fait passer sa robe par-dessus sa tête mais je l'étais pas le moins du monde. Ce qui me travaillait c'était pas le sexe, c'était plutôt la déprime.

« T'as une montre sur toi, hey ?

— Non, non » j'ai dit. « J'en ai pas. » Ouah. Je me suis encore senti tout chose J'ai dit « Comment vous vous appelez ? » Elle était en combinaison rose. C'était vraiment embarrassant. Vraiment.

Elle a dit « Sunny ». Et puis « Bon, on y va ?

— Vous auriez pas envie qu'on cause un peu ? » C'était une question plutôt débile, mais je me sentais vraiment tout chose. « Est-ce que vous êtes tellement pressée ? »

Elle m'a regardé comme si j'étais dingue. Elle a dit « De quoi qu'vous voulez causer ?

— Je sais pas. Rien de spécial. Je pensais simplement que vous aimeriez peut-être qu'on bavarde un peu. »

Elle s'est à nouveau assise sur la chaise près du bureau. Mais c'était visible que ça lui plaisait pas. Elle a recommencé à balancer son pied — ouah, elle avait la bougeotte.

« Voulez-vous une cigarette, à présent ? » J'avais oublié qu'elle fumait pas.

« J'fume pas. Écoutez, si vous voulez causer, allez-y. Moi j'ai à faire. »

Mais j'arrivais pas à trouver de sujet de conversation. Je lui aurais bien demandé comment elle était devenue une putain et tout mais j'osais pas. D'ailleurs elle aurait sans doute pas voulu le dire.

Finalement, j'ai demandé « Vous êtes pas de New York ? » C'est tout ce que j'avais trouvé.

Elle a dit « Hollywood ». Puis elle s'est levée et elle est

allée vers le lit, là où elle avait posé sa robe. « Y a pas un cintre ? J'ai pas envie qu'ma robe soit comme un chiffon. Elle sort du nettoyage. »

Tout de suite j'ai dit « Bien sûr ». Trop content de me remuer un peu. J'ai emporté la robe jusqu'à la penderie et je l'ai mise sur un cintre. C'est bizarre, quand j'ai accroché le cintre ça m'a donné le cafard. Je la voyais qui entrait dans un magasin et achetait cette robe et personne dans le magasin savait qu'elle était une prostituée ni rien. Le vendeur pensait sûrement, quand elle l'a achetée, sa robe, qu'elle était une fille comme les autres. Ça m'a redonné le cafard. Je sais pas trop pourquoi.

Je suis revenu m'asseoir et j'ai essayé de soutenir la convers'. Mais elle était pas douée pour l'échange de propos. J'ai demandé « Vous travaillez toutes les nuits ? » Et quand ça a été dit j'ai trouvé ça très déplacé.

« Ouais. » Elle se baladait dans la pièce. Elle a pris le menu sur le bureau et elle l'a lu.

« Dans la journée qu'est-ce que vous faites ? »

Elle a haussé les épaules. Elle était plutôt maigrichonne. « Je dors. Je m'offre un ciné. » Elle a posé le menu et elle m'a regardé. « Bon, alors, on y va ? Faudrait pas croire que j'ai toute...

— Écoutez. » J'ai dit. « Ce soir, je me sens pas très en forme. J'ai pas dormi la nuit dernière. Sans blague. Je vais vous payer et tout. Mais si ça vous ennuie pas trop on le fera pas. D'accord ? »

La vraie raison, c'était que je voulais tout simplement pas le faire. A vous dire toute la vérité je me sentais plus déprimé qu'excité C'était *elle* qui me déprimait. Sa robe verte pendue au cintre et tout. Et d'ailleurs je pense pas que je pourrais *jamais* faire ça avec quelqu'un qui passe la journée assise devant un film idiot. Réellement, je pense pas que je pourrais.

Elle s'est approchée de moi avec cette drôle d'expression comme si elle me croyait pas. Elle a dit « Qu'est-ce qu'y a ?

— Rien. Y a rien. » Ouah, je devenais nerveux à mon tour. « C'est seulement que j'ai eu récemment une opération.

— Où ça ?

— Au machin-truc. Mon clavicorde.

— Hein ? C'est quoi ?

— Le clavicorde ? » J'ai dit. « Eh bien en fait c'est dans le canal rachidien. Je veux dire très très profond dans le canal rachidien. »

Elle a dit « C'est vache ». Puis la voilà qui s'assoit sur mes genoux. « T'es mignon. »

Elle me rendait encore plus nerveux. Je continuais à pencher la tête en arrière. « Je suis pas encore complètement remis.

— T'as l'air d'un type du ciné. Qui c'est ? Voyons. Toi tu dois savoir. Bon Dieu, c'est comment, son nom ? »

J'ai dit « Je sais pas ». Elle était vissée sur mes genoux. « Mais si. Tu sais. Il était dans ce film avec Mel-vine Douglas. C'ui qui jouait le p'tit frère de Mel-vine Douglas. Qui tombe du bateau. Tu vois qui j'veux dire ?

— Non, je vois pas. Je vais le moins possible au cinéma. »

Et alors elle s'est mise à faire des choses. Osées et tout.

J'ai dit « Ça vous ennuierait de laisser tomber ? Je viens de vous expliquer que j'avais pas la forme. Je relève d'une opération. »

Elle a pas bougé de sur mes genoux ni rien mais elle m'a jeté un sale coup d'œil. Elle a dit « Écoute. Je dormais et c'taré de Maurice m'a réveillée et s'tu crois que je...

— J'ai *dit* que je vous paierais votre visite et tout. Je vais le faire. J'ai plein de fric. C'est juste que j'en suis encore à me remettre d'une très sérieuse...

— Bon Dieu, t'as dit à Maurice que tu voulais une fille, alors c'était pour quoi ? Si tu viens d'avoir c'te foutue opération de ton foutu machin-chose. Hein ?

— Je croyais que j'allais beaucoup mieux. J'ai été un peu prématuré dans mes calculs. Sans blague. Excusez-moi. Si vous pouviez vous lever une minute, j'irais chercher mon portefeuille. »

Elle était furax, mais elle s'est levée et je suis allé chercher mon portefeuille dans la commode. J'ai sorti un billet de cinq dollars et je le lui ai tendu. J'ai dit « Merci beaucoup. Un million de fois merci.

— Pas cinq. C'est dix. »

Elle cherchait à profiter de l'occase. Je m'étais douté que ça arriverait. Oui, je m'en étais douté.

J'ai protesté. « Maurice a dit cinq. Il a dit quinze jusqu'à midi et seulement cinq pour une passe.

— Dix pour une passe.

— Il a dit cinq. Je suis désolé. Vraiment désolé. Mais je casquerai pas plus. »

Elle a haussé les épaules, comme elle avait fait déjà, et puis elle a dit, très froidement, « Ça vous ennuierait d'me passer mes fringues ? Ou c'est-y trop demander ? » La môme, elle vous glaçait un peu. Même avec cette toute petite voix, elle pouvait encore vous donner les chocottes. Si elle avait été une grosse vieille pouffiasse avec plein de peinture sur la figure et tout elle vous aurait pas autant impressionné.

Je suis allé lui chercher sa robe. Elle l'a enfilée et tout, et après elle a pris son manteau sur le lit. « Salut, Couillemolle. » Elle a dit.

J'ai dit « Salut ». Je l'ai pas remerciée ni rien. Je suis bien content de pas l'avoir fait.

Chapitre 14

Quand la môme Sunny a été partie je suis resté un moment assis dans le fauteuil et j'ai fumé deux ou trois clopes. Ouah, je me sentais misérable. Je me sentais tellement vidé, vous pouvez pas vous imaginer. Ce que j'ai fait, je me suis mis à parler presque à voix haute, à parler à Allie. Je fais ça quelquefois quand j'ai le cafard. Je lui dis d'aller à la maison chercher son vélo et de venir me rejoindre devant la maison de Bobbie Fallon. Bobbie Fallon, il habitait tout près de chez nous dans le Maine — y a des années, c'est-à-dire. En tout cas ce qui est arrivé c'est qu'un jour Bobby et moi on allait au lac Sedebego à bicyclette. On emportait nos sandwichs du déjeuner et nos carabines à air comprimé — on était des gamins et tout qui se figuraient pouvoir attraper quelque chose avec leurs carabines. Bon. Allie nous a entendu en parler et il a voulu venir et je voulais pas l'emmener. Je lui ai dit qu'il était trop petit. Aussi, maintenant, de temps en temps, quand j'ai le cafard, je lui dis « Okay. Va à la maison et prends ton vélo et rejoins-moi devant la maison de Bobby. Grouille ». C'est pas que je voulais jamais l'emmener avec moi quand j'allais quelque part. Mais ce jour-là j'ai pas voulu. Il s'est pas fâché, Allie — il se fâchait jamais — mais quand ça va mal j'y repense.

Finalement, je me suis déshabillé et je me suis mis au lit. Quand j'ai été au lit j'ai eu envie de prier, mais j'ai pas pu. J'arrive pas toujours à prier quand j'en ai envie. D'abord je suis en quelque sorte un athée. J'aime bien Jésus et tout mais je suis pas très intéressé par tout le reste qu'on trouve dans la Bible. Par exemple, prenez les Disciples. Ils m'énervent, si vous voulez savoir. Après la mort de Jésus ils se sont bien conduits mais pendant qu'il vivait ils lui ont été à peu près aussi utiles qu'un cataplasme sur une jambe de bois. Ils ont pas cessé de le laisser tomber. Dans la Bible, j'aime presque tout le monde mieux que les Disciples. En vrai, dans la Bible, le type que je préfère après Jésus c'est ce dingue qui vivait dans les tombes et arrêtait pas de se couper avec des pierres. Ce pauvre mec, je l'aime dix fois plus que les Disciples. Quand j'étais à Whooton, ça m'est souvent arrivé de me disputer là-dessus avec Arthur Childs, un garçon qui logeait au bout du couloir. Le gars Childs, c'était un Quaker et il lisait tout le temps la Bible. Il était sympa, je l'aimais bien, mais j'étais pas d'accord avec lui sur un tas de trucs dans la Bible, spécialement les Disciples. Il prétendait que si j'aimais pas les Disciples alors j'aimais pas Jésus ni rien. Puisque Jésus avait *choisi* les Disciples, il disait, on était censé les aimer. J'ai dit que je savais qu'Il les avait choisis, mais Il l'avait fait *au hasard*. Je disais qu'Il avait pas le temps de se mettre à analyser les gens. Je disais que je reprochais rien à Jésus. C'était pas Sa faute s'Il avait pas le temps. Je me souviens avoir demandé au gars Childs si à son avis Judas, celui qui a trahi Jésus, était allé en enfer après son suicide. Childs a dit « Oh certainement ». C'est exactement là-dessus que j'étais pas d'accord. J'ai dit « Je parierais mille dollars que Jésus a jamais envoyé le Judas en enfer ». Je le parierais encore si j'avais les mille dollars. Je crois que n'importe lequel des disciples l'aurait expédié en enfer à toute pompe mais je parierais tout ce qu'on voudra que Jésus l'a pas fait. Le gars Childs il a dit que mon problème c'est que j'allais pas à l'église. En un sens il avait raison. J'y vais pas. D'abord parce que mes parents ont pas tous les deux la même religion, et dans la famille les enfants sont athées. Si vous voulez savoir, je peux même pas supporter les aumôniers. Ceux qu'on a eus dans chaque école où je suis allé, ils avaient tous ces voix de prédicateurs foireux quand ils se lançaient dans leurs sermons. Bon Dieu, je déteste ça. Je vois pas pourquoi ils peuvent pas parler d'un ton naturel. Quand ils parlent ça fait tellement bidon.

Bref. Quand j'ai été couché j'ai pas pu dire la moindre petite prière. Chaque fois que je commençais je revoyais la môme Sunny quand elle m'appelait Couille molle. Finalement, je me suis assis dans mon lit et j'ai fumé une autre sèche. Le goût m'a paru horrible. Je devais bien avoir grillé deux paquets de sèches depuis que j'avais quitté Pencey.

Subitement, pendant que je fumais au paddock quelqu'un a frappé à la porte. J'espérais que c'était pas à *ma* porte qu'on frappait mais déjà je savais. Je vois vraiment pas comment je pouvais savoir mais je savais. Et aussi je *savais* qui frappait. Comme ça, par intuition. J'ai dit « Qui est-ce ? » J'avais les foies. Dans ces situations-là je suis trouillard.

On a seulement frappé encore. Plus fort.

J'ai fini par sortir du lit, et en pyjama je suis allé ouvrir. J'ai même pas eu à allumer la lumière parce qu'il commençait à faire jour. Devant moi il y avait la môme Sunny et Maurice le garçon d'ascenseur marlou.

« Qu'est-ce que c'est ? Qu'est-ce que vous voulez ? » Ma voix tremblait pas possible.

« Presque rien » a dit le Maurice. « Juste cinq dollars. » C'était lui qui blablatait. La môme Sunny, elle restait plantée là, bouche ouverte et tout.

« Je l'ai déjà payée. Je lui ai donné cinq dollars. Demandez-lui. » Ouah, cette voix que j'avais, qui jouait des castagnettes.

« C'est dix dollars, chef. J'te l'avais dit. Dix dollars pour une passe, quinze dollars jusqu'à midi. J'te l'avais dit.

— Vous m'avez pas dit ça. Vous avez dit *cinq* dollars pour une passe. Vous avez dit quinze dollars jusqu'à midi, d'accord, mais j'ai distinctement entendu…

— Sors-les.

— Et pourquoi ? » j'ai dit. Bon Dieu, mon vieux cœur battait la chamade à me faire foutre le camp. Si seulement j'avais eu mes fringues sur le dos. C'est terrible d'être en pyjama quand il vous arrive quelque chose comme ça.

— Allons, chef » a dit le Maurice. Puis il m'a poussé brutalement de sa main dégueulasse. Je suis presque tombé sur le cul — c'est qu'il était un sacré malabar. J'ai pas eu le temps de me rendre compte que déjà lui et sa Sunny étaient tous les deux dans ma chambre. Ils avaient même l'air de se croire chez eux. La môme s'est assise sur le bord de la fenêtre. Le Maurice a pris le fauteuil et il a desserré son col et tout — il avait son uniforme de liftier. Ouah, j'étais vachement mal à l'aise.

« Magne-toi, chef. Faut que je retourne bosser.

— Pour au moins la dixième fois je vous dis que je vous dois pas un cent. Je lui ai déjà donné ce que...

— Arrête ton baratin. Magne-toi.

— Pourquoi que je lui redonnerais cinq dollars ? » Ma voix s'en allait en morceaux tous azimuts. « Vous essayez de me rouler. »

Le gars Maurice a déboutonné sa veste d'uniforme. Tout ce qu'il avait dessous, c'était un col de chemise bidon, pas de chemise ni rien. Un large torse couvert de poils. « Personne essaie de rouler personne » il a dit. « Magne-toi, chef.

— *Non.* »

Quand j'ai dit ça il s'est levé et il s'est avancé vers moi et tout. Il a pris un air très très fatigué ou très très excédé. Bon Dieu, j'en menais pas large. Il me semble que je croisais les bras. Si seulement j'avais pas été en pyjama, je me serais senti plus à l'aise.

« Magne-toi, chef. » Il était maintenant quasiment contre moi. C'était tout ce qu'il trouvait à dire « Magne-toi, chef ». Un vrai crétin.

« *Non.*

— Chef, tu vas m'forcer à t'bousculer un peu. J'y tiens

pas mais ça m'a l'air nécessaire. Tu nous dois cinq dollars. »

J'ai dit « Je vous dois *rien.* Si vous me touchez, je gueule comme un sourd. Je réveille tout le monde dans l'hôtel. La police et tout. » Ma voix tremblait vous pouvez pas savoir.

« Vas-y, gueule si ça t'chante » il a dit. « Tu veux sans doute que tes parents apprennent que t'as passé la nuit avec une pute. Un chiard de la haute comme toi ? » Il était futé dans son genre, le salopard. Faut bien l'admettre.

« Laissez-moi tranquille. Si c'était dix dollars fallait le dire. Mais j'ai distinctement...

— Tu vas t'décider ? » Il m'avait plaqué contre la porte. Il était presque sur moi, son torse pourri et tout velu et tout.

J'ai dit « Laissez-moi tranquille ». J'ai dit « Sortez de ma chambre ». J'avais gardé les bras croisés et tout. Bon Dieu, je me sentais minable.

Et alors Sunny, pour la première fois, a dit quelque chose. « Hé, Maurice, tu veux que j'prenne son portefeuille ? Il est sur le machintruc.

— Ouais. Prends-le.

— Touchez pas à mon portefeuille.

— J'l'ai déjà » a dit Sunny. Elle a agité le billet de cinq dollars. « Vu ? Tout c'que je prends, c'est les cinq que tu m'dois. J'suis pas une voleuse. »

Subitement, je me suis mis à chialer. Je donnerais n'importe quoi pour pas avoir chialé mais j'ai chialé. J'ai dit « Non, vous êtes pas des voleurs. Vous êtes en train de me piquer...

— La ferme » a dit Maurice. Et il m'a donné une bourrade.

Sunny a dit « Fous-lui la paix. Viens. On a le fric qu'y nous d'vait. Allez, viens.

— Je viens » il a dit, le Maurice. Mais il démarrait toujours pas.

« Tu m'entends, Maurice ? Hey, fous-lui la paix.

— Mais personne veut du mal à personne » il a dit, avec un air angélique. Et puis il a claqué les doigts très dur sur mon pyjama, je vous dirai pas à quel endroit. Bon Dieu, ça m'a fait mal. J'ai gueulé qu'il était qu'un sale connard. « Un quoi ? » il a dit. Et mettant sa main derrière son oreille comme un type qu'est sourdingue « Un quoi ? J'suis un quoi ? »

Je chialais encore à moitié. J'étais dans une rogne noire et puis à bout de nerfs et tout. « T'es qu'un sale connard » j'ai répété. « T'es qu'un crétin malhonnête et dans deux ou trois ans tu seras un de ces types avec juste la peau sur les os qui arrêtent les gens dans la rue pour leur demander une petite pièce et se payer un café. T'auras de la merde plein tes fringues et tu... »

Alors c'est parti. J'ai même pas essayé d'esquiver ni rien. Tout ce que j'ai senti ça a été un terrible coup de poing dans l'estomac.

Je suis sûrement pas tombé dans les pommes bicause je me souviens que de par terre où j'étais je les ai vus sortir et refermer la porte. Je suis resté un bon moment par terre, comme j'avais fait avec Stradlater. Seulement cette fois j'ai cru crever. Sans blague. J'avais l'impression d'être en train de me noyer. J'arrivais plus à respirer. Quand finalement je me suis relevé, je suis allé à la salle de bains plié en deux, les mains pressées sur l'estomac et tout.

Mais je suis dingue, bon Dieu c'est vrai que je suis dingue, je vous jure. A mi-chemin de la salle de bains voilà que j'ai commencé à prétendre que j'avais une balle dans le ventre. Le gars Maurice m'avait flingué. Maintenant je ramais vers la salle de bains où j'allais me taper un grand coup de whisky pour me calmer les nerfs et me donner l'énergie d'agir pour de bon. Je me voyais sortant de la foutue salle de bains tout habillé, mon revolver dans la poche, encore faiblard sur mes guibolles. Je descendrais par l'escalier au lieu de prendre l'ascenseur, je me cramponnerais à la rampe et tout, avec un filet de sang qui coulerait du coin de ma bouche. Ce que je ferais, je descendrais quelques étages — en me tenant les entrailles, le sang dégoulinant de partout — et là j'appuierais sur le bouton pour appeler l'ascenseur. Dès qu'il ouvrirait la porte, le gars Maurice me verrait le revolver à la main et il se mettrait à hurler de cette voix aiguë du mec qu'a la frousse, pour que je lui laisse la vie sauve. Mais je lui ferais la peau. Six balles en plein dans son gros bide poilu. Puis je jetterais le revolver dans la cage de l'ascenseur — après avoir essuyé mes empreintes et tout. Enfin je me traînerais jusqu'à ma piaule et je bigophonerais à Jane pour qu'elle vienne me panser les tripes. Je la voyais me glissant une cigarette entre les lèvres pour que je fume tandis que le sang arrêterait pas de couler.

Le cinoche. Ça vous démolit. Sans blague.

Je suis resté une heure environ dans la salle de bains à faire trempette. Puis je suis retourné me coucher. J'ai mis pas mal de temps à m'endormir. J'étais même pas fatigué. Mais finalement, le sommeil est venu. Ce qui m'aurait plutôt tenté c'était de me suicider. En sautant par la fenêtre. Je l'aurais probablement fait si j'avais été sûr que quelqu'un prendrait la peine de me recouvrir aussitôt que j'aurais touché terre. J'avais pas envie d'être entouré par une troupe de badauds stupides qui resteraient plantés à me reluquer quand moi je baignerais dans mon sang.

Chapitre 15

J'ai pas dormi trop longtemps, car lorsque je me suis réveillé je crois bien qu'il était seulement vers les dix heures. Aussitôt après avoir fumé un clope j'ai senti que j'avais plutôt faim. J'avais rien mangé depuis les deux hamburgers à Agerstown, avec Brossard et Ackley, quand on avait voulu aller au ciné. Ça faisait une paye. Dans les cinquante ans à ce qu'il me semblait. J'avais le téléphone à portée de la main et je l'ai décroché pour demander qu'on me monte le petit déjeuner mais brusquement j'ai pensé que c'était peut-être Maurice qui le servait. Faudrait être cinglé pour croire que je mourais d'envie de le revoir. Aussi je suis resté au lit encore un moment et j'ai fumé une autre cigarette. J'ai été tenté de donner un coup de fil à Jane pour voir si elle était rentrée chez elle et tout, mais j'avais pas vraiment le cœur à ça.

Ce que j'ai fait, j'ai appelé Sally Hayes. Elle va à Mary A. Woodruff et je savais qu'elle était à New York puisqu'elle m'avait écrit, il y avait quinze jours. Sally, elle me plaisait pas tellement mais on se connaissait depuis des années. Dans ma bêtise j'avais cru d'abord qu'elle était intelligente pour la raison qu'elle savait un tas de choses sur le théâtre et les pièces et la littérature et tout. Lorsqu'une personne en sait aussi long sur tout ça, il faut du temps pour décider si au fond elle est pas quand même idiote. Pour Sally il m'a fallu des années. Je pense que je l'aurais su bien plus vite si on avait pas tant flirté. Le problème c'est que je me figure toujours que la fille avec qui je flirte est intelligente. Ça n'a foutrement rien à voir mais malgré tout c'est ce que je pense.

Bref. Je l'ai appelée. D'abord c'est la bonne qui a répondu. Ensuite le père de Sally. Enfin je l'ai eue, elle. J'ai dit, « Sally ?

— Oui — qui est-ce ? » Une question plutôt conne. J'avais déjà dit à son père qui c'était.

— Holden Caulfield. Comment tu vas ?

— Holden ! Ça va. Et toi ?

— Super. Écoute. Bon, comment ça va ? Je veux dire, le collège ? »

Elle a dit « Bien. Enfin... tu sais...

— Super. Bon, écoute. Je me demandais si tu étais libre aujourd'hui. C'est dimanche mais il y a toujours un ou deux spectacles le dimanche. Des trucs de bienfaisance. Tu veux venir ?

— *Épatant.* » S'il y a un mot que je déteste c'est celui-là. Ça fait nouille. Un instant j'ai été tenté de lui dire de laisser tomber, qu'on sortait pas. Mais on était lancés dans le bla-bla. Ou plutôt, elle était lancée. Moi je pouvais pas placer un mot. D'abord elle a parlé d'un mec d'Harvard — sûrement un bizuth mais elle s'est bien gardée de le mentionner — qu'aurait fait n'importe quoi pour elle. Qui bigophonait *jour et nuit.* Jour et nuit — ça m'a tué. Puis elle a encore parlé d'un autre mec, un cadet de West Point qui lui courait après aussi. Youpee. Je lui ai donné rendez-vous sous l'horloge du Biltmore, à deux heures, et je lui ai dit de pas être en retard bicause la séance commençait sûrement à deux heures trente. Elle était toujours en retard. Et j'ai raccroché. Sally, elle m'énervait, mais physiquement elle était drôlement bien.

Après, je me suis levé et habillé et j'ai refait mes bagages. Avant de quitter la chambre j'ai quand même jeté un coup d'œil par la fenêtre pour voir ce que fabriquaient tous ces pervers mais les stores étaient baissés. Le matin ça jouait les pudiques. Puis je suis descendu par l'ascenseur et j'ai réglé ma note. J'ai pas vu le gars Maurice. Évidemment, je me suis pas trop cassé à le chercher, ce fumier.

J'ai pris un taxi devant l'hôtel mais j'avais pas la moindre idée de l'endroit où aller. J'avais nulle part où aller. C'était seulement dimanche et je pouvais pas rentrer à la maison avant le mercredi — ou au plus tôt le mardi. Et je m'en ressentais guère de chercher un autre hôtel pour m'y faire encore massacrer. Aussi ce que j'ai fait, j'ai dit au chauffeur de m'emmener à Grand Central Station. C'est tout près du Biltmore où j'avais donné rendez-vous à Sally et je me suis dit que je déposerais mes bagages à la consigne automatique, puis que j'irais prendre mon petit déjeuner. J'avais plutôt faim. Dans le taxi j'ai sorti mon portefeuille et j'ai compté mon argent. Je me rappelle plus exactement ce qui me restait mais c'était pas la gloire ni rien. Ces foutues deux dernières semaines j'avais dépensé une fortune. Sans rire. Je suis drôlement panier percé de nature. Ce que je dépense pas, je le perds. La moitié du temps j'oublie même de ramasser ma monnaie, au restaurant et dans les boîtes de nuit et tout. Mes parents ça les rend dingues. On peut pas leur en vouloir. Remarquez, mon père a du fric. Je sais pas combien il se fait — il discute jamais ce genre de choses avec moi — mais un bon paquet, j'imagine. Il est conseiller juridique. Ces gars-là ils s'en mettent plein les poches. Une autre raison que j'ai de me dire qu'il a du fric, c'est qu'il en investit dans des spectacles à Broadway. Ce sont toujours des fours, et ma mère ça la rend dingue. Elle est pas très costaud depuis que mon frère Allie est mort. Elle est toujours pas mal nerveuse. Voilà aussi pourquoi ça m'embêtait tellement qu'elle apprenne qu'on m'avait encore foutu dehors.

Quand mes valises ont été enfermées dans un casier de la consigne de la gare, je suis allé au buffet et j'ai commandé un petit déjeuner. Pour moi c'était un énorme petit déjeuner — du jus d'orange, des œufs au bacon, des toasts et du café. D'habitude, je bois seulement un peu de jus d'orange. Je suis pas un gros mangeur. Vraiment pas. C'est pourquoi je suis tellement maigre. On m'a mis à ce régime où on ingurgite plein de féculents et de cochonneries pour gagner du poids et tout, mais je l'ai même pas suivi. Quand je sors, généralement je mange un sandwich au fromage et je bois un verre de lait malté. C'est pas beaucoup, mais dans le lait malté y a plein de vitamines. H.V. Caulfield. Holden Vitamine Caulfield.

Tandis que je mangeais mes œufs, deux religieuses sont entrées avec leurs bagages et tout — j'imaginais qu'elles attendaient le train pour changer de couvent ou quoi — et elles se sont assises au comptoir à côté de moi. Elles avaient l'air de pas savoir quoi faire de leurs bagages, aussi je leur ai donné un coup de main. C'était ce genre de valises bon marché, qui sont pas en vrai cuir ni rien. Je sais que ça n'a aucune importance mais pourtant j'aime pas lorsque quelqu'un a des valises camelotes. C'est terrible à dire, mais je peux même détester quelqu'un rien qu'à regarder ses valises, si elles sont trop camelotes. Une fois, il m'est arrivé un drôle de truc. Quand j'étais à Elkton Hills, au début j'ai créché avec un gars, Dick Slage, qu'avait des valises vraiment purée. Au lieu de les poser sur l'étagère il les laissait sous le lit pour que personne les voie à côté des miennes. Ça me déprimait à mort et j'avais envie de foutre les miennes en l'air ou même de les échanger avec les siennes. Les miennes venaient de chez Mark Cross et elles étaient garanties en cuir de vache véritable et tout et je suppose qu'elles avaient coûté un joli paquet. Mais curieusement, voilà ce qui s'est passé. Ce que j'ai fait, j'ai fini par mettre *ma* valise sous *mon* lit au lieu de la mettre sur l'étagère parce que, comme ça, le gars Stragle aurait plus son foutu complexe d'infériorité. Alors voilà ce qu'il a fait, lui. Le lendemain, il a ressorti ma valise de sous le lit et il l'a replacée sur l'étagère. J'ai mis un petit moment pour comprendre. Il voulait que les gens se figurent que ma valise c'était à lui. Tout simplement. Pour ça il était bizarre. Par exemple il me lançait toujours des plaisanteries désagréables au sujet de mes valises. Il arrêtait pas de déclarer qu'elles étaient trop neuves, ça faisait *bourgeois.* C'était son mot favori. Il l'avait lu quelque part ou entendu quelque part. Tout ce que je possédais était vachement *bourgeois.* Même mon stylo était *bourgeois.* Fallait toujours qu'il me l'emprunte mais ça restait quand même un stylo *bourgeois.* On a été ensemble seulement deux mois. Ensuite, l'un et l'autre, on a demandé à changer. Le plus drôle c'est qu'après il m'a plutôt manqué, parce qu'il avait un foutu sens de l'humour et quelquefois on se payait du bon temps. Ça me surprendrait pas tellement que je lui aie manqué aussi. D'abord, c'était seulement histoire de blaguer qu'il disait que mes affaires faisaient trop *bourgeois,* ça me gênait pas et même ça m'aurait plutôt amusé. Mais peu à peu ça a cessé d'être une blague. Au fond, c'est vraiment difficile de partager une chambre avec quelqu'un si vos valises sont nettement mieux que les siennes — quand elles sont de premier choix et pas les siennes. On pourrait se dire que si l'autre est intelligent et tout et qu'il a le sens de l'humour, il devrait s'en foutre de pas avoir les meilleures valises. Mais voilà, il s'en fout pas. Pas du tout. C'est une des raisons pourquoi j'ai fini par loger avec un crétin comme Stradlater. Au moins il avait rien à m'envier, question valises.

Bon. Les deux religieuses étaient assises à côté de moi et on a comme qui dirait engagé la conversation. Celle qui était la plus proche avait un de ces paniers dont se servent les religieuses et les nanas de l'Armée du Salut pour quêter, à Noël. On les voit au coin des rues, spécialement dans la Cinquième avenue, devant les grands magasins et tout. Bref, celle qui était près de moi a laissé tomber le sien par terre et je me suis baissé pour le ramasser. Je lui ai demandé si elle faisait la quête pour une œuvre charitable. Elle a dit non. Elle a dit qu'elle avait pas réussi à mettre le panier dans la valise, alors elle le portait à la main, c'était tout.

Quand elle vous regardait, elle souriait gentiment. Elle avait un grand nez et dessus des lunettes avec une monture métallique ce qui est pas très joli, mais son visage était vraiment agréable. Je lui ai dit « Je pensais que si vous faisiez la quête je pourrais vous remettre ma petite contribution. Vous garderiez l'argent pour le jour où vous feriez vraiment la quête ».

Elle a dit « Oh, vous êtes trop aimable ». Et l'autre, son amie, a levé la tête. L'autre, tout en buvant son café, lisait un petit livre noir qui ressemblait à la Bible mais en bien plus mince. Pourtant c'était un livre du même genre que la Bible. Toutes les deux, elles déjeunaient de toasts et de café. Ça me déprimait. Je déteste manger des œufs et du bacon ou quoi à côté de quelqu'un qui prend seulement du café et des toasts.

Elles m'ont laissé leur donner dix dollars pour leurs œuvres. Elles arrêtaient pas de me demander si j'étais sûr que je pouvais me le permettre et tout. Je leur ai dit que j'avais pas mal d'argent mais elles voulaient pas me croire. Finalement, elles ont pris mon billet. Et elles m'ont tellement remercié que ça devenait embarrassant. J'ai détourné la conversation vers des sujets d'ordre général et je leur ai demandé où elles allaient. Elles m'ont dit qu'elles étaient professeurs et qu'elles venaient de Chicago pour enseigner dans un couvent de la 178e Rue ou peut-être la 182e Rue, une de ces rues loin là-bas dans les quartiers chics. Celle qui était près de moi, avec les lunettes à monture métallique, m'a dit qu'elle enseignait la littérature et que sa compagne était prof d'histoire et d'instruction civique. Puis je me suis mis à me demander vraiment ce que pouvait bien penser — étant une religieuse et tout — celle qui était assise près de moi et qui enseignait la littérature, quand elle lisait certains livres au programme. Des livres où on parlait pas nécessairement de plein de choses sexuelles mais des livres avec des amants et tout. Prenez l'Eustacia Vye, dans *Le retour au pays natal* de Thomas Hardy. Elle était pas tellement sexy ni rien mais quand même on se demande ce qu'une bonne sœur qui lit le bouquin peut bien en penser. Evidemment j'ai pas posé la question. Tout ce que j'ai dit c'est que la littérature était ma matière favorite.

« Oh, vraiment ? Oh, j'en suis ravie » a dit celle qui enseignait la littérature. « Qu'avez-vous lu cette année? Ça m'intéresserait de le savoir. » Elle était vraiment sympa.

« Eh bien, la plupart du temps on faisait les Anglo-saxons. Beowulf et Grendel et Lord Randal My Son et tout ça. Mais quelquefois on devait lire en option des livres supplémentaires. J'ai lu *Le retour au pays natal* de Thomas Hardy, et *Roméo et Juliette* et *Jules Cés*...

— Oh, *Roméo et Juliette* ! Très bien. Vous avez aimé, je suppose ? » On aurait pas vraiment cru que c'était une religieuse qui parlait.

« Oui. Oui, j'ai beaucoup aimé. Il y avait quelques petites choses que j'aimais pas. Mais dans l'ensemble c'est très émouvant.

— Qu'est-ce que vous n'aimiez pas? Vous en souvenez-vous ? »

Franchement, c'était gênant en un sens de parler de *Roméo et Juliette* avec elle. Parce qu'il y a du sexe ici et là dans la pièce et elle c'était une religieuse et tout. Mais elle me demandait, alors j'ai discuté un peu avec elle. « Ben, Roméo moi je l'adore pas, et Juliette pas tellement non plus. Non, je les adore pas. Je veux dire... je les aime bien mais... Par moments, ils sont pas mal énervants. En somme, la mort de Mercutio, j'ai trouvé ça beaucoup plus triste que celle de Roméo et Juliette. En fait, j'aimais plus tellement Roméo après que Mercutio a été poignardé par cet autre type — le cousin de Juliette — c'est quoi son nom ?

— Tybalt.

— Ah oui, Tybalt. Le nom de celui-là, je l'oublie toujours. C'était la faute de Roméo. Moi, celui que j'aime le mieux, dans la pièce, c'est Mercutio. Tous ces Montagu et Capulet ils sont pas mal — spécialement Juliette — mais Mercutio il était... c'est dur à expliquer. Il était très intelligent et amusant et tout. Ça me rend dingue si quelqu'un se fait tuer — spécialement quelqu'un de très intelligent et amusant et tout — et que c'est la faute de quelqu'un d'autre. Roméo et Juliette, au moins, c'était leur faute à eux. »

La religieuse m'a demandé « Dans quelle école êtes-vous ? » Elle voulait probablement qu'on en finisse avec Roméo et Juliette.

Je lui ai dit à Pencey, et elle en avait entendu parler. Elle a dit que c'était une très bonne école. J'ai laissé passer. Puis l'autre, celle qui enseignait l'histoire, elle a dit qu'il fallait qu'elles se sauvent. J'ai pris la note pour leur déjeuner, mais elles ont pas voulu me laisser payer. Celle avec les lunettes m'a obligé à lui rendre le papier.

Elle a dit « Vous avez été plus que généreux. Vous êtes un très gentil garçon ». Elle était vraiment sympa. Elle me rappelait un peu la mère du gars Ernest Morrow, que j'avais rencontrée dans le train. Principalement quand elle souriait. Elle a dit « Nous avons été si heureuses de bavarder avec vous. »

J'ai dit que moi aussi j'avais été heureux de bavarder avec elles. Et c'était la vérité. Je crois que j'aurais été encore plus heureux si j'avais pas eu peur, tout le temps où on parlait, qu'elles essaient subitement de savoir si j'étais catholique. Les catholiques essaient toujours de savoir si vous êtes catholique. A moi ça m'arrive surtout parce que mon nom de famille est irlandais et que la plupart des gens d'origine irlandaise sont catholiques. En fait, mon père était catholique. Il a renoncé quand il a épousé ma mère. Mais les catholiques essaient toujours de savoir si vous êtes catholique, même quand ils ignorent votre nom de famille. Lorsque j'étais à Whooton j'ai connu un gars, Louis Gorman, qui était catholique. Le premier gars que j'ai connu là-bas. Lui et moi, le jour de la rentrée, on était assis sur deux chaises voisines, dans le couloir de l'infirmerie, attendant de passer la visite médicale, et on s'est mis à parler tennis. Il était très intéressé par le tennis et moi aussi. Il m'a dit qu'il allait chaque été aux championnats nationaux, à Forest Hills ; je lui ai dit que moi aussi, et ensuite pendant un bon moment on a discuté des grands cracks du tennis. Il en connaissait un fichu rayon sur le tennis, pour un gars de son âge. Sans blague. Puis, subitement, en plein milieu de la conversation, il m'a demandé « Tu ne saurais pas par hasard où se trouve l'église catholique ? » Et à la façon dont il le demandait, c'était sûr qu'il essayait de savoir si j'étais catholique. Pas moyen de s'y tromper. Non qu'il ait eu des préjugés, mais il voulait savoir. Il était content de parler tennis et tout, mais ça se voyait qu'il aurait été encore *plus* content si j'avais été catholique et tout. Ces trucs-là, ça me rend dingue. Je dirais pas que ça a gâché toute notre convers' — pas vraiment — mais ça lui a quand même pas fait du bien. Voilà pourquoi j'étais content que les deux religieuses me demandent pas si j'étais catholique. Probable que la conversation aurait pas été complètement gâchée mais ça aurait pas été pareil. Je reproche rien aux catholiques. Certainement pas. Je m'y prendrais sans doute de la même façon si moi j'étais catholique. En un sens, c'est juste comme mon histoire de valises. Tout ce que je dis c'est qu'une convers' sympa, ça l'esquinterait plutôt. Voilà tout ce que je dis.

Quand les deux religieuses se sont levées pour partir, j'ai fait quelque chose de très stupide et très gênant. Je fumais une cigarette et en me levant à mon tour pour leur dire au revoir je leur ai soufflé par mégarde de la fumée à la figure. C'était vraiment pas exprès, mais quand même. Je leur ai présenté mille excuses et elles ont été très polies et compréhensives et tout. Mais quand même, c'était gênant.

Après leur départ, j'ai regretté de leur avoir donné que dix dollars pour la quête. Mais j'avais pris ce rendez-vous avec Sally Hayes pour aller au théâtre et fallait bien que je garde un peu de fric pour les billets et tout. Ça m'empêchait pas de regretter. Saleté de pognon. Qui finit toujours par vous flanquer le cafard.

Chapitre 16

Quand j'ai eu fini mon petit déjeuner il était guère plus de midi et je devais retrouver la môme Sally qu'à deux heures, aussi je suis parti en balade. J'arrêtais .pas de penser aux deux bonnes sœurs. J'arrêtais pas de penser à ce vieux panier esquinté qui leur servait pour la quête quand elles étaient pas occupées à faire la classe. J'essayais de me représenter ma mère ou quelqu'un d'autre, ma tante, ou la mère plutôt barjot de Sally Hayes quêtant pour les pauvres à l'entrée d'un grand magasin en récoltant le fric dans un vieux panier esquinté. C'était difficile à imaginer. Pas tellement ma mère, mais les deux autres. Ma tante est pas mal charitable, elle se remue beaucoup pour la Croix-Rouge et tout, mais elle est très bien sapée avec du rouge à lèvres et autres cochonneries. J'ai peine à me la figurer prenant part à une œuvre de bienfaisance s'il fallait pour ça qu'elle porte des vêtements noirs et pas de rouge à lèvres. Et la mère de Sally, bordel. Celle-là, pour qu'elle fasse la quête avec un panier à la main, faudrait qu'elle soit fichument sûre que les gens en lui donnant leur obole seront babas d'admiration. S'ils se contentaient de laisser tomber leur fric dans le panier et puis s'en allaient sans rien lui dire, en l'ignorant et tout, elle en aurait très vite marre, elle resterait pas plus d'une heure, elle rendrait son panier et elle s'en irait déjeuner dans un endroit chic. C'est ce qui me plaisait avec ces religieuses.

On pouvait dire immédiatement qu'elles allaient jamais déjeuner dans un endroit chic. Mais aussi ça me rendait vachement triste, la pensée qu'elles allaient jamais déjeuner dans un endroit chic. Je savais que c'était pas trop important, et quand même ça me rendait triste.

Je me suis mis à marcher vers Broadway, comme ça, parce que ça faisait des années que j'étais pas allé par là. Et puis j'espérais trouver un magasin de disques ouvert le dimanche. Il y avait ce disque que je voulais acheter pour Phoebé, qui s'appelait *Little Shirley Beans*. C'était difficile de se le procurer. Ça parlait d'une petite gamine qui voulait pas sortir de la maison parce que ses deux dents de devant étaient tombées et elle avait honte. J'avais entendu ce disque à Pencey. Un garçon d'un autre étage le faisait souvent passer et je lui avais demandé de me le vendre parce que je savais que ça plairait à la môme Phoebé mais il a refusé. C'était un très vieux disque, un disque super que cette chanteuse noire, Estelle Fletcher, a fait il y a vingt ans environ. Elle chante ça très Dixieland et provocant, pas le moins du monde à l'eau de rose. Une blanche, elle chanterait ça tout sucré, mais la môme Estelle Fletcher, elle connaissait son boulot et c'est un des meilleurs disques que j'aie jamais entendus. Je pensais l'acheter dans un des magasins ouverts le dimanche et puis l'emporter au parc. C'était dimanche, et le dimanche Phoebé va très souvent au parc pour faire du patin à roulettes. Et je savais quels endroits elle fréquente.

Il faisait pas aussi froid que la veille mais le soleil s'était pas encore montré, un temps pas terrible pour la balade. Quand même y avait quelque chose de bien. Une famille marchait devant moi, des gens qui sortaient de l'église, c'était visible, le père, la mère et un petit gosse dans les six ans. Ils avaient l'air plutôt pauvres. Le père portait un de ces chapeaux gris perle que portent les pauvres quand ils se mettent en frais. Lui et sa femme avançaient en bavardant, sans surveiller leur gosse. Le gosse était impec. Au lieu de marcher sur le trottoir il se baladait dans la rue mais tout près du bord du trottoir. Il faisait comme font les gosses, comme s'il marchait sur une ligne bien droite, et tout le temps il arrêtait pas de fredonner. Je l'ai rattrapé, et j'ai entendu ce qu'il chantait. C'était ce truc "Si un cœur attrape un cœur qui vient à travers les seigles". Il avait une jolie petite voix. Il chantait comme ça, pour lui tout seul. Les voitures passaient en vrombissant, les freins grinçaient tous azimuts, ses parents faisaient pas attention et il continuait à longer le trottoir, en chantant "Si un cœur attrape un cœur qui vient à travers les seigles". Alors je me suis senti mieux. Je me suis senti beaucoup moins déprimé.

A Broadway, y avait la grande foule et la pagaille. Dimanche, et seulement midi, et quand même partout du monde. Les gens allaient au ciné — le Paramount, ou l'Astor, ou le Strand ou le Capitol, ou un autre de ces endroits dingues. Ils étaient tous sur leur trente et un, parce que c'était dimanche, et ça n'arrangeait rien. Mais le pire c'est qu'on pouvait voir que tous ils *voulaient* aller au ciné. Je pouvais pas supporter. Je peux comprendre qu'on aille au ciné quand on a rien d'autre à faire, mais quelqu'un qui *veut* y aller, et même marche à toute pompe pour y arriver plus vite, ça me démolit. Spécialement quand je vois des millions de gens qui font la queue, une queue terrible qui va jusqu'au coin de la rue suivante, et les gens qui attendent avec une patience du tonnerre de prendre leurs billets et tout. Ouah, j'aurais voulu foutre le camp de Broadway sur-le-champ. J'ai eu de la veine. Dans le premier magasin de disques où je suis entré, ils avaient un exemplaire de *Little Shirley Beans*. Ils m'ont fait payer cinq dollars vu que c'était un disque si difficile à trouver, mais je m'en moquais pas mal. Ouah, qu'est-ce que j'étais heureux. J'avais vachement hâte d'être au parc pour voir si Phoebé était là et lui remettre son cadeau.

En sortant du magasin de disques, je suis passé devant un drugstore et je suis entré. J'avais comme l'intention de donner un coup de bigo à la môme Jane pour savoir si elle était déjà en vacances. Donc je suis entré dans une cabine et je l'ai appelée. Par malheur, c'est sa mère qui a répondu, alors j'ai raccroché. Je m'en ressentais pas de me laisser entraîner dans un long discours et tout. J'adore pas parler au téléphone avec les mères des filles que je connais. J'aurais pu au moins lui demander si Jane était rentrée. Ça aurait pas été la mort. Mais j'avais pas envie. Faut être en forme pour faire ça.

Je devais encore me procurer ces foutues places de théâtre, aussi j'ai acheté un journal et regardé ce qui se jouait. Comme c'était dimanche il y avait seulement environ trois spectacles. Aussi ce que j'ai fait, je suis allé prendre deux places d'orchestre pour *I know my love.* C'était une séance de bienfaisance. J'avais pas tellement envie de voir ça mais je savais que la môme Sally, la reine des cruches, elle allait en faire tout un plat quand je lui dirais que j'avais des places, bicause y avait les Lunt et tout. Elle aime les spectacles qui sont censés être très sophistiqués et pleins d'humour et tout, aves les Lunt et tout. Pas moi. Si vous voulez savoir, j'aime pas beaucoup le théâtre. C'est pas aussi dégueulasse que le cinéma mais y a vraiment pas de quoi s'extasier. D'abord je déteste les acteurs. Ils agissent jamais comme des gens ordinaires. Ils *croient* qu'ils le font. Les bons le font parfois — disons, un peu — mais pas de telle façon que ce soit drôle à regarder, et si un acteur est vraiment bon, c'est tout de suite évident qu'il *sait* qu'il est bon, et ça gâche tout. Prenez par exemple Sir Laurence Olivier. Je l'ai vu dans *Hamlet.* D.B. nous a emmenés voir *Hamlet* l'année dernière, Phœbé et moi. Il nous a d'abord emmenés déjeuner au restaurant et après on est allés voir Sir Laurence Olivier dans *Hamlet.* Lui, il l'avait déjà vu, et à la façon dont il en parlait, pendant le déjeuner, j'avais une hâte folle de le voir moi aussi. Mais ça m'a pas tellement plu. J'arrive pas à comprendre ce que Sir Laurence Olivier a de si merveilleux, c'est tout. Il a une diction du tonnerre et il est vachement beau et il est agréable à regarder quand il marche ou qu'il se bat en duel ou quoi, mais d'après ce qu'avait dit D.B.

c'était pas du tout comme ça qu'il était, Hamlet. Là on aurait dit un foutu général, au lieu d'un type du genre triste et coincé. Ce qu'il y avait de mieux c'était quand le frère d'Ophélie, celui qui à la fin se bat en duel avec Hamlet, était sur le point de s'en aller, et son père lui donnait un tas de conseils. Pendant que le père lui donnait ses conseils, la môme Ophélie chahutait avec son frère, le taquinant, s'amusant à tirer son épée du fourreau et quand même il s'efforçait d'avoir l'air intéressé par les salades de son père. Ça c'était chouette. Ça, j'ai vraiment aimé. Mais y a pas tellement de choses dans ce genre. La seule chose que la môme Phœbé a aimé, elle, c'est quand Hamlet tapote la tête de son chien. Elle a trouvé que c'était drôle et gentil. Ça l'était. Ce qu'il faut c'est que je lise cette pièce. Voilà l'ennui, faut toujours que je lise les trucs moi-même. Un acteur sur la scène, je l'écoute à peine. J'en finis pas de me tracasser de peur que d'une minute à l'autre il fasse quelque chose qui colle pas.

Quand j'ai eu les places pour le spectacle avec les Lunt, j'ai pris un taxi pour aller au parc. J'aurais dû prendre le métro ou quoi bicause je commençais à être à court de fric mais je voulais quitter cette saleté de Broadway le plus vite possible

Dans le parc c'était infect. Il faisait pas trop froid mais le soleil se montrait toujours pas, et on avait l'impression qu'il y avait rien dans le parc que les crottes de chien et les mollards et les mégots des vieux et que si on voulait s'asseoir tous les bancs seraient mouillés. De quoi vous foutre le bourdon, et de temps en temps, en marchant, sans raison spéciale, on avait la chair de poule. On pouvait pas se figurer que Noël viendrait bientôt. On pouvait pas se figurer qu'il y aurait encore quelque chose qui viendrait. Mais j'ai continué à me diriger vers le Mall parce que c'est là qu'elle va, Phoebé, habituellement. Elle aime faire du patin près du kiosque à musique. C'est drôle. Moi aussi, quand j'étais petit, c'était ma place favorite.

Pourtant, quand je suis arrivé, je l'ai vue nulle part. Il y avait quelques gosses qui patinaient et tout, et deux garçons qui jouaient au volant, mais pas de Phoebé. J'ai vu une gamine de son âge, assise toute seule sur un banc, qui resserrait ses patins. J'ai pensé que peut-être elle connaissait Phoebé et pourrait me dire où elle était, aussi je me suis approché et puis je me suis assis près d'elle et j'ai dit « Tu connaîtrais pas Phoebé Caulfield, par hasard ? »

Elle a dit « Qui ? » Elle était habillée avec seulement des jeans et environ vingt pull-overs. On voyait que c'était sa mère qui les lui tricotait, ses pulls, ils étaient plutôt informes.

« Phoebé Caulfield. Elle habite dans la 71e Rue. Elle est en septième, à...

— Vous la connaissez, vous ?

— Ouais, je suis son frère. Tu sais où elle est ? »

La gamine a demandé « Elle est dans la classe de Miss Callon non ?

— Euh... Je crois.

— Alors elle va probablement au musée, aujourd'hui. Nous, on y est allés samedi dernier.

J'ai demandé « Quel musée ? »

Elle a comme qui dirait haussé les épaules. Elle a dit « Je sais pas. Le *musée.*

— Oui. Mais celui où il y a les tableaux ou bien celui où il y a les Indiens ?

— Celui des Indiens. »

J'ai dit « Merci beaucoup ». Je me suis levé et déjà je m'en allais. Mais subitement je me suis souvenu que c'était dimanche. J'ai dit à la gamine « C'est *dimanche* ».

Elle a levé la tête. « Oh alors, elle y est pas. »

Elle se donnait un mal fou pour resserrer son patin. Elle avait pas de gants et ses mains étaient toutes rouges et glacées. Je l'ai aidée. Ouah, ça faisait des années que j'avais pas eu en main une clef de patins à roulettes. Et pourtant ça m'a pas semblé bizarre. Supposez que dans cinquante ans d'ici on me mette en main une clef de patins, dans le noir absolu en plus, et je saurai encore ce que c'est. Quand son patin a été arrangé elle m'a remercié et tout. C'était une gamine très gentille, très polie. Bon Dieu, j'aime quand une gamine est gentille et polie si on lui a arrangé ses patins ou quoi. La plupart des gamines le sont. Sans blague. Je lui ai demandé si elle voulait venir prendre avec moi un chocolat chaud ou quoi mais elle a dit non merci. Elle a dit que son amie l'attendait. Les gamines, elles ont toujours une amie qui les attend. Ça me tue.

C'était dimanche et donc Phoebé serait pas là avec sa classe et le temps était humide et pourri mais quand même j'ai traversé le parc jusqu'au Musée d'Histoire Naturelle. Je savais que c'était de ce musée-là qu'elle parlait, la gosse aux patins. Je connaissais par cœur la routine des visites au musée. Phoebé allait à la même école où j'allais quand j'étais petit et on se tapait tout le temps le musée. On avait ce prof, Miss Aigletinger, qui nous y emmenait presque tous les samedis. Parfois on observait les animaux et d'autres fois on regardait ce que les Indiens avaient fait dans les temps anciens. Poterie, et paniers tressés et tout ce fourbi. Quand j'y repense je suis tout content. Même à présent. Je me souviens qu'après avoir examiné les trucs des Indiens on se rendait généralement dans le grand auditorium pour voir un film. Christophe Colomb. Ils passaient tout le temps Christophe Colomb découvrant l'Amérique, ce mal qu'il avait eu à décider Frédéric et Isabelle à lui prêter le fric pour acheter des bateaux et puis les marins qui se mutinaient et tout. Le père Colomb on s'en foutait un peu mais on avait toujours plein de caramels et de chewing-gums et à l'intérieur de l'auditorium ça sentait vachement bon. Ça sentait comme s'il pleuvait dehors, même si en vrai il pleuvait pas, et qu'on aurait été dans le seul endroit au monde qui soit plaisant, sec, confortable. Je l'aimais, ce sacré musée. Je me souviens que pour aller à l'auditorium on traversait toute la salle des Indiens. C'était une longue longue salle et on pouvait parler qu'à voix basse. La maîtresse marchait en tête et la classe

 Museum

suivait en bon ordre. Une double rangée de mômes. Moi, en général, j'étais à côté d'une fille qui s'appelait Gertrude Levine. Il fallait tout le temps que je lui donne la main et sa main était tout le temps moite ou poisseuse. Le sol était en pierre et si on avait des billes et qu'on les laissait tomber elles rebondissaient comme des dingues dans un boucan de tous les diables, et la maîtresse arrêtait les rangs et revenait sur ses pas pour voir ce qui arrivait. Mais Miss Aigletinger, elle se fâchait jamais. Ensuite, on défilait devant cette longue longue pirogue, à peu près aussi longue que trois Cadillac mises bout à bout, avec dedans une vingtaine d'Indiens, quelques-uns qui pagayaient, d'autres qui se contentaient de prendre des airs de durs, et tous le visage barbouillé de peintures de guerre. Il y avait à l'arrière du canot un type très impressionnant qui portait un masque. C'était le sorcier. Il me donnait la chair de poule mais je l'aimais bien quand même. Et puis, si en passant quelqu'un touchait une pagaie ou quoi, un des gardes recommandait « On ne touche pas, les enfants » mais c'était dit d'une voix aimable, pas comme l'aurait dit un sale flic ni rien. Ensuite on longeait une grande vitrine avec dedans des Indiens qui frottaient des bâtons l'un contre l'autre pour faire du feu, et une squaw tissant une couverture. Cette squaw tissant la couverture était courbée sur son ouvrage et on voyait ses seins et tout. On s'en mettait plein les mirettes, même les filles qu'étaient que des gamines avec pas plus de seins que les garçons. Enfin, juste à l'entrée de l'auditorium, tout près de la porte, y avait l'esquimau. Il était assis au bord d'un trou dans un lac gelé et il pêchait. On voyait déjà au bord du trou deux poissons qu'il avait attrapés. Ouah, ce musée était plein de vitrines. Y en avait encore plus à l'étage avec dedans des cerfs qui buvaient l'eau d'une mare et des oiseaux qui gagnaient le sud pour y passer l'hiver. Les oiseaux les plus proches étaient empaillés et pendus à des fils, et ceux du fond étaient simplement peints sur les murs mais ils donnaient tous l'impression de voler vraiment vers le sud et si on penchait la tête, et si en quelque sorte on les regardait par en dessous ils semblaient encore plus pressés de voler vers le sud. Ce qui était extra dans ce musée c'est que tout restait toujours exactement pareil. Y avait jamais rien qui bougeait. Vous pouviez venir là cent mille fois et chaque fois cet esquimau aurait tout juste réussi à attraper ses deux poissons, les oiseaux seraient toujours en route vers le sud, les deux cerfs, avec toujours leurs beaux bois et leurs pattes fines, boiraient toujours dans la mare, et cette squaw au sein nu tisserait toujours la même couverture. Rien ne serait différent. Rien, excepté *vous. Vous* seriez différent. Certainement pas beaucoup plus vieux. Vous seriez juste différent, c'est tout. Cette fois-ci vous auriez un manteau. Ou bien le gosse qui vous donnait la main la fois précédente aurait la scarlatine et on vous aurait attribué un nouveau compagnon. Ou bien ce serait une suppléante qui serait en charge de la classe à la place de Miss Aigletinger. Ou vous auriez entendu vos parents se disputer très fort dans la salle de bains. Ou vous seriez juste passé dans la rue près d'une de ces flaques avec dedans des arcs-en-ciel de mazout. Je veux dire que d'une manière ou d'une autre vous seriez différent. Je peux pas expliquer. Et même si je pouvais, je suis pas sûr que j'en aurais envie.

Tout en marchant, j'ai sorti de ma poche ma vieille casquette de chasse et je l'ai mise sur ma tête. Je savais que je rencontrerais personne de connaissance et le temps était humide. J'ai marché, j'ai marché, et j'en finissais pas de penser à la môme Phoebé qui allait au musée le samedi comme j'avais fait. Je me disais qu'elle verrait les mêmes trucs que j'avais vus et que c'était *elle* à présent qui serait différente chaque fois qu'elle les verrait. En pensant à ça j'étais pas vraiment triste mais j'étais pas non plus follement gai. Y a des choses qui devraient rester comme elles sont. Faudrait pouvoir les planquer dans une de ces grandes vitrines et plus y toucher. Je sais que c'est impossible mais, bon, c'est bien dommage. Bref, je marchais je marchais et j'en finissais pas de penser à tout ça.

Je suis passé du côté du terrain de jeux et je me suis arrêté à regarder deux petits mômes qui faisaient de la balançoire. Y en avait un qu'était plutôt grassouillet et j'ai appuyé de la main sur la barre, du côté du plus maigre, pour équilibrer le poids en quelque sorte, mais c'était visible qu'ils voulaient pas que je m'occupe d'eux alors je les ai laissés tranquilles.

Puis il s'est produit quelque chose de bizarre. En arrivant devant le musée, subitement j'y serais pas entré pour un million de dollars. Ça me disait rien, voilà tout. Quand je pense que j'avais traversé ce maudit parc exprès pour ça. Je serais probablement entré si Phoebé avait été là, mais elle y était pas. Aussi, en arrivant devant le musée, j'ai simplement pris un taxi pour aller au Biltmore. Je mourais pas d'envie d'y aller, au Biltmore. Mais j'avais donné ce foutu rancard à Sally.

Chapitre 17

J'étais vachement en avance au rendez-vous, aussi je me suis assis sur une de ces banquettes de cuir près de l'horloge dans le hall, et j'ai regardé les filles. Pour beaucoup de collèges les vacances avaient déjà commencé. Il y avait bien un million de filles, assises ou debout, ici et là, qui attendaient que leur copain se pointe. Filles croisant les jambes, filles croisant pas les jambes, filles avec des jambes du tonnerre, filles avec des jambes mochetingues, filles qui donnaient l'impression d'être extra, filles qui donnaient l'impression que si on les fréquentait ce seraient de vraies salopes. C'était comme un chouette lèche-vitrines, si vous voyez ce que je veux dire. En un sens c'était aussi un peu triste, parce qu'on pouvait pas s'empêcher de se demander ce qui leur arriverait, à toutes ces filles. Lorsqu'elles sortiraient du collège, je veux dire. On pouvait être sûr que la plupart se marieraient avec des mecs complètement abrutis. Des mecs qu'arrêtent pas de raconter combien leur foutue voiture fait de miles au gallon. Des mecs qui se vexent comme des mômes si on leur en met plein les narines au golf, ou même à un jeu stupide comme le ping-pong. Des mecs terriblement radins. Des mecs qui lisent jamais un bouquin. Des mecs super-casse-pieds. Mais là faut que je fasse attention. Je veux dire quand je parle de certains mecs qui sont casse-pieds. Je comprends pas les mecs casse-pieds.

Non, vraiment pas. Quand j'étais à Elkton Hills j'ai partagé une piaule pendant deux mois avec un gars qui s'appelait Harris Macklin. Il était très intelligent et tout, mais c'était un des pires casse-pieds que j'aie jamais rencontrés. Il avait une de ces voix râpeuses, et pratiquement il arrêtait jamais de parler. Et le plus terrible c'est qu'il disait jamais rien qu'on aurait eu envie d'entendre. Mais y avait une chose qu'il pouvait faire. Il pouvait siffler mieux que n'importe qui, le salaud. Il était, disons, en train de retaper son lit, ou de ranger des trucs dans la penderie — il avait toujours des trucs à pendre, ça me rendait dingue — et alors il sifflait, du moins quand il parlait pas de sa drôle de voix râpeuse. Il pouvait même siffler du classique, mais la plupart du temps il sifflait du jazz. Il prenait quelque chose de très jazz, comme *Tin Roof Blues* et il le sifflait si bien, si tranquillement, tout en accrochant ses affaires, que franchement ça vous tuait. Naturellement, je lui ai jamais dit que je trouvais qu'il sifflait vraiment au poil. On va pas déclarer comme ça à quelqu'un « Tu siffles vraiment au poil ». Mais je suis resté avec lui pendant à peu près deux mois, quand même il était casse-pieds, juste parce qu'il sifflait vraiment au poil. Mieux que n'importe qui que j'aie jamais entendu. Donc, les casse-pieds, je peux pas en parler. Peut-être qu'on devrait pas tellement se tracasser si on voit une fille sensas' qu'en épouse un. La plupart font de mal à personne. Et peut-être que secrètement ils sifflent tous vraiment au poil ou quoi. Qui sait ? Pas moi.

Finalement, voilà que la môme Sally montait les marches, et je les ai descendues pour aller à sa rencontre. Elle était vachement chouette. Sans blague. Elle avait un manteau noir et une sorte de béret noir. Elle portait presque jamais de coiffure mais ce béret, c'était vraiment joli. Le plus drôle c'est que dès l'instant où je l'ai vue j'ai eu envie de me marier avec elle. Je suis dingue. Je la trouvais même pas tellement *sympa* et tout d'un coup je me sentais amoureux et je voulais qu'on se marie. Je vous jure, je suis dingue, faut le reconnaître.

« Holden. C'est merveilleux de te revoir. Y a si longtemps ! » Elle a une voix qui vous casse les oreilles et ça me gêne quand on est quelque part ensemble. Ça passe parce que c'est une tellement belle fille. Mais quand même ça m'emmerde toujours.

J'ai dit « C'est extra de te revoir ». Et je le pensais. « Alors, comment tu vas ?

— Absolument impec. Je suis en retard ? »

J'ai dit non. Pourtant elle était en retard d'à peu près dix minutes. Je m'en foutais. Toutes ces conneries dans les bandes dessinées du *Saturday Evening Post* et tout, montrant des types au coin des rues qui sont furax parce que leur copine les fait attendre — de la blague. Quand elle arrive au rendez-vous, si une fille a une allure folle qui va se plaindre qu'elle est en retard ? Personne. J'ai dit « Vaudrait mieux se dépêcher. Le spectacle commence à deux heures quarante ». On a descendu les marches vers l'endroit où sont les taxis.

Elle a demandé « Qu'est-ce qu'on va voir ?

— Je sais pas. Les Lunt. Y a que pour ça que j'ai pu avoir des places.

— Les Lunt ? Oh merveilleux. » Je vous le disais qu'elle serait ravie quand elle saurait qu'on allait voir les Lunt.

On a un peu flirté dans le taxi qui nous emmenait au théâtre. D'abord elle voulait pas bicause elle avait du rouge à lèvres et tout, mais je faisais ça vraiment au séducteur et elle avait pas le choix. Deux fois, quand le taxi a dû s'arrêter brusquement bicause la circulation je suis presque tombé de mon siège. Ces salopards de chauffeurs de taxi ils regardent jamais où ils vont, je vous jure. Puis, juste pour vous montrer que je suis vraiment barjot, comme on se remettait de la grande embrassade je lui ai dit que je l'aimais et tout. Naturellement, c'était un mensonge. Mais au moment où je l'ai dit j'étais sincère. Je suis dingue, je vous jure.

Elle a dit, « Oh chéri, moi aussi je t'aime ». Et puis sans même reprendre son souffle « Promets-moi que tu laisseras repousser tes cheveux. Les coupes en brosse ça devient ringard. Et tu as de si jolis cheveux ». Jolis, mon cul.

Le spectacle était pas aussi mauvais que certains que j'ai vus. C'était quand même du genre merdique. Environ cinq cent mille ans dans la vie d'un vieux couple. Ça commence quand ils sont jeunes et tout, et puis les parents de la fille veulent pas qu'elle épouse le garçon mais elle l'épouse quand même. Ensuite ils vieillissent. De plus en plus. Le mari va à la guerre et la femme a un frère qui boit. J'arrivais pas trop à m'y intéresser. Je veux dire que ça me faisait trop rien quand quelqu'un mourait dans la famille ou quoi. C'était juste une poignée d'acteurs. Le mari et la femme étaient un vieux couple pas mal — avec de l'humour et tout — mais j'arrivais pas à m'y intéresser. D'abord, ils arrêtaient pas, tout le temps que durait la pièce, de boire du thé ou un truc du même métal. Chaque fois qu'on les voyait on voyait aussi un genre de maître d'hôtel qui leur fourguait du thé ou bien c'était elle, la femme, qui versait du thé à quelqu'un. Et y avait tout un peuple qui allait et venait sans cesse — on en était étourdi de voir les gens toujours s'asseoir et se lever. Alfred Lunt et Lynn Fontane jouaient le vieux couple et ils étaient très bons mais je les aimais pas tellement. Je dois dire pourtant qu'ils étaient particuliers. Ils jouaient pas comme des gens ordinaires, ils jouaient pas non plus comme des acteurs. C'est difficile à expliquer. Ils jouaient plutôt comme s'ils savaient qu'ils étaient des célébrités et tout. Ce que je veux dire c'est qu'ils étaient bons, mais qu'ils étaient *trop* bons. Quand l'un avait fini sa tirade, l'autre lui donnait la réplique à toute vitesse. C'était censé être la façon dont les gens parlent et s'interrompent et tout. L'ennui c'est que ça faisait *trop* comme les gens parlent et s'interrompent. Ils jouaient un peu à la manière du gars Ernie jouant du piano, au Village. Quand on est *trop* bon, alors, après un moment, si on n'y prend pas garde, on a tendance à se donner des airs. Et on n'est plus bon du tout. En tout cas ils étaient les seuls de la troupe — les Lunt —

qui paraissaient avoir quelque chose dans la tête. Faut le reconnaître.

A la fin du premier acte, on est sortis avec tous les autres connards pour fumer une cigarette. Vous parlez d'un plaisir. Dans toute votre vie vous avez jamais vu autant de mecs à la gomme qui fumaient comme des locomotives en discourant sur la pièce et en s'arrangeant pour que tout le monde puisse entendre leurs remarques subtiles. Près de nous un abruti d'acteur de cinéma tirait sur sa sèche. Je sais pas comment il s'appelle, mais il joue toujours le rôle d'un gars qui dans un film de guerre est toujours saisi de trouille quand vient le moment de passer à l'attaque. Il était avec une superbe blonde, et tous les deux s'efforçaient de prendre un air blasé et tout, comme s'ils ignoraient que les gens les regardaient. Drôlement modestes. Je me marrais bien. Sally disait pas grand-chose (sauf pour s'extasier sur les Lunt) bicause elle était occupée à se montrer et faire du charme. Subitement, à l'autre bout du hall, elle a vu un type qu'elle connaissait. Un type qui portait un de ces costumes de flanelle gris foncé, et un gilet à carreaux. Très classe. Un peu bien. Il était debout contre le mur, à fumer comme une cheminée d'usine avec un air de se barber royalement. La môme Sally en finissait pas de répéter « J'ai déjà rencontré ce gars quelque part ». Quel que soit l'endroit où on l'emmenait, elle avait toujours déjà rencontré quelqu'un, ou du moins elle se le figurait. Elle a répété ça jusqu'à ce que j'en aie marre et que je lui dise « Si tu le connais, pourquoi tu vas pas lui faire la bise ? Il serait content ». Quand j'ai dit ça elle a râlé. Mais finalement le type l'a vue et il est venu vers nous et ils se sont dit bonjour. Si vous aviez pu être là quand ils se sont dit bonjour. Vous auriez eu l'impression qu'ils s'étaient pas vus depuis au moins vingt ans. Vous auriez eu l'impression qu'au temps où ils étaient mômes ils prenaient leur bain dans le même baquet. De vrais potes. J'en avais la nausée. Le plus drôle c'est qu'ils s'étaient probablement rencontrés juste une fois, à une de ces conneries de surprise-parties. Quand les mamours ont été terminés, la môme Sally a fait les présentations. Le nom du gars c'était George quelque chose — je me rappelle même pas — et il était à Andover. Tu parles. Vous auriez dû le voir quand Sally lui a demandé comment il trouvait la pièce. C'était le genre de mec bidon qui a besoin *d'espace* pour répondre quand on lui pose une question. Il a reculé, et il a marché en plein sur le panard de la dame qu'était derrière lui. Il lui a probablement cassé tous les orteils. Il a dit que la pièce elle-même était pas un chef-d'œuvre mais que les Lunt bien sûr étaient tout simplement des anges. Des anges. Putain. *Des anges.* Ça m'a tué. Puis lui et Sally se sont mis à parler d'un tas de gens qu'ils connaissaient tous les deux. C'était la convers' la plus débile que j'aie jamais entendue. Ils arrêtaient pas de penser à toute bringue à des endroits et puis de penser à des gens qui y vivaient et de mentionner leur nom. Quand le moment est venu de retourner s'asseoir j'étais sur le point de dégueuler. Et après, à l'entracte suivant, ils ont continué leur chiante conversation. Ils ont continué de penser à encore d'autres endroits et à encore d'autres gens qui y vivaient. Le pire c'est que le mec avait une de ces voix à la con, très Ivy League, une voix très fatiguée, snobinarde. On aurait cru entendre une fille. Le fumier, il se gênait pas pour me chouraver mon rancard. A la fin de la représentation, j'ai même cru un instant qu'il allait prendre un taxi avec nous. Il nous a accompagnés sur le trottoir un bout de chemin. Mais il devait retrouver d'autres abrutis, pour boire un verre il a dit. Je me les représentais installés tous ensemble dans un bar, avec leurs gilets à carreaux, critiquant les pièces et les livres et les femmes de leurs voix fatiguées, snobinardes. Ils me tuent, ces mecs.

Lorsqu'on en a été à prendre le taxi, après avoir écouté pendant dix heures ce sale faux jeton qui va à Andover, ben la Sally je la détestais. J'étais vraiment prêt à la ramener chez elle et tout — pas de problème — mais elle a dit « J'ai une idée sensas' ». Elle avait toujours des idées sensas'. Elle a dit « Écoute, à quelle heure dois-tu être chez toi pour dîner ? Je veux dire, es-tu terriblement pressé ou quoi ? Dois-tu rentrer pour une heure précise ? »

J'ai dit « Moi ? Non. N'importe quelle heure ». Ouah. Là, vraiment je baratinais pas. « Pourquoi ?

— Si on allait faire du patin à glace à Radio-City ? »

C'est le genre d'idée sensas' qu'elle avait toujours.

« Du patin à glace à Radio-City ? Tu veux dire maintenant ?

— Rien qu'une heure. Tu ne veux pas ? Si vraiment tu n'en as pas envie... ».

J'ai dit « J'ai jamais dit que je voulais pas. Si *toi* tu en as envie, allons-y.

— Vraiment ? Ne dis pas oui si tu n'y tiens pas. Tu sais ça m'est égal qu'on y aille ou pas. »

Tu parles que ça lui était égal !

Elle a dit « On peut louer ces adorables petites jupes de patinage. Jeannette Cultz en a loué une la semaine dernière ».

Et voilà pourquoi elle était tellement emballée. Elle voulait se voir dans une de ces petites jupes qui descendent juste au ras des fesses et tout.

Alors on y est allés et ils nous ont donné des patins, et ils ont fourni à Sally cette petite jupe tortille-du-cul en toile bleue. Je dois reconnaître que là-dedans elle était vraiment chouette. Et faudrait pas croire qu'elle l'ignorait. Elle s'arrangeait pour marcher devant moi et me présenter son mignon petit cul en direct. Vrai, il était plutôt mignon.

Le plus drôle c'est qu'on était elle et moi les super-cloches de toute la patinoire. Je dis bien, les super-cloches. Parce que des cloches y en avait. Les chevilles de la môme Sally se pliaient en dedans, pratiquement jusqu'à toucher la glace. Ses chevilles, elles avaient l'air con et aussi elles devaient lui faire un mal de chien. Les miennes non plus étaient pas à la fête. Les miennes, c'était la torture. On devait avoir une fichue allure. Et le pire c'est qu'on s'exhibait devant au moins deux cents personnes qu'avaient rien de mieux à foutre que de rester plantées au bord et regarder les autres ramasser des gadins.

J'ai fini par dire « Veux-tu qu'on aille s'asseoir à l'intérieur et on boira quelque chose?

Elle a dit « Ça alors c'est une idée géniale ». Elle aussi elle souffrait le martyre. C'était inhumain. Elle me faisait pitié.

On a ôté les foutus patins et on est entrés dans le bar où on peut aller en chaussettes se rafraîchir l'intérieur en regardant les patineurs. Aussitôt assise la môme Sally a enlevé ses gants et je lui ai donné une cigarette. Elle avait l'air plutôt misérable. Le garçon est arrivé et j'ai commandé un coca pour elle — qui boit pas d'alcool — et pour moi un whisky mais il a pas voulu m'en servir, le salaud, alors j'ai pris aussi un coca. Puis je me suis mis à faire brûler des allumettes. Je m'amuse à ça quand je suis d'une humeur particulière. Je les fais brûler jusqu'à ce que je puisse plus les tenir, alors je les laisse tomber dans le cendrier. C'est à cause des nerfs.

Puis subitos' et sans prévenir, Sally a dit « Écoute, faut que je sache. Tu viens m'aider à décorer l'arbre, la veille de Noël ou tu viens pas? Faut que je sache ». Elle était encore de mauvais poil à cause de ses chevilles.

« Je t'ai écrit que je viendrai. Tu me l'as demandé au moins vingt fois. Je viens, d'accord.

— C'est que, tu comprends, faut que je sache. » Elle s'est mise à observer tout ce qui se passait dans la salle.

Brusquement je me suis arrêté de frotter les allumettes. Et je me suis penché vers elle par-dessus la table. Y avait des trucs qui me trottaient dans la tête. J'ai dit « Hé, Sally.

— Quoi? » Elle examinait une autre fille, au bout de la salle.

J'ai demandé « Dis, Sally, t'en as jamais marre? Je veux dire, t'as jamais peur que tout devienne dégueulasse si tu fais pas quelque chose pour l'empêcher? Je veux dire, tu aimes le collège et tout ça?

— Je trouve qu'on s'y barbe vachement.

— Mais est-ce que tu détestes ça ? Je sais que c'est vachement barbant, mais est-ce que tu *détestes,* voilà ce que je veux dire.

— Ben, non, je *déteste* pas absolument. Faut que tu... »

J'ai dit « Ben, moi je *déteste.* Ouah, c'est fou ce que je déteste. Mais pas seulement ça. Je déteste vivre à New York et tout. Les taxis et les bus de Madison Avenue, avec les chauffeurs et tout qu'arrêtent pas de gueuler après vous pour qu'on sorte par l'arrière, et rencontrer des types à la con qui disent que les Lunt sont des anges, et se faire trimballer dans l'ascenseur vers le haut et vers le bas quand on voudrait seulement en sortir, et les types de Brook's qui passent leur temps à retoucher vos pantalons et les gens qui toujours...

— Je t'en prie, ne crie pas » a dit la môme Sally. Et c'était bizarre parce que je criais même pas.

J'ai dit « Prends les voitures, par exemple ». J'ai dit ça d'une voix très calme. « Prends la plupart des gens, ils sont fous de leur voiture. Si elle a une malheureuse petite égratignure ça les embête, et ils sont toujours à raconter combien de miles ils font au gallon, et ils ont pas plus tôt une voiture nouvelle qu'ils envisagent de la changer contre une encore plus récente. J'aime même pas les *vieilles* voitures. J'arrive pas non plus à m'y intéresser. J'aimerais mieux un cheval. Un cheval, au moins, c'est *humain,* bon Dieu. Un cheval, au moins on peut... »

Sally a ronchonné « Je vois pas de quoi tu parles. Tu sautes d'une chose à...

— Je vais te dire. Tu es sans doute la seule raison qui fait que je suis à New York, en ce moment. Si tu étais pas là je m'en irais très loin d'ici. Dans les bois ou autre part. T'es pratiquement la seule raison qui me fait rester. »

Elle a dit « Tu es gentil ». Mais on pouvait voir qu'elle avait envie de changer de sujet.

J'ai dit « Faudrait que tu ailles un jour dans un collège

de garçons. Essaie pour voir. Y a que des types foireux, et tout ce qu'ils font c'est étudier afin d'en savoir assez pour arriver plus tard à s'acheter une saloperie de Cadillac, et faut prétendre que ça vous embête si l'équipe de foot a perdu, et on glande du matin au soir à baratiner sur les filles et sur l'alcool et le sexe, et on forme des petits groupes merdiques de soi-disant copains qui se serrent les coudes. Les gars de l'équipe de basket se lâchent pas. Les catholiques se lâchent pas, les cochons d'intellectuels se lâchent pas, les types qui jouent au bridge se lâchent pas. Même les mecs qui appartiennent au foutu Club du Livre du Mois se lâchent pas. Si on essaie d'avoir le moindre échange de vues...

« Écoute. Il y a un tas de gars qui trouvent quelques avantages à leur séjour au collège.

— D'accord, d'accord. Pour certains. Mais moi, voilà tout ce que j'en retire. Tu vois. C'est ce que je veux dire. C'est exactement ce que je veux dire. Je retire pratiquement rien de rien. Je suis coincé. Je suis vraiment coincé.

— En effet, ça paraît évident. »

Et subitement je l'ai eue, mon idée. J'ai dit « Écoute, la voilà mon idée. Je connais un type dans Greenwich Village, je peux lui emprunter sa bagnole pour une quinzaine. On est allés au même collège et il me doit encore dix dollars. Ce qu'on pourrait faire toi et moi c'est partir demain matin pour le Massachusetts et le Vermont et tout ce coin, tu vois. Là-bas, c'est vachement beau. Vachement ». Plus j'y pensais plus je m'emballais, je me suis penché et j'ai pris la main de Sally. Quel *crétin* j'étais ! J'ai dit « Sans blague, j'ai à peu près cent quatre-vingts dollars à la banque. Je les retire demain matin à l'ouverture. Ensuite je vais voir ce type et je lui emprunte sa bagnole. Sans rire. On vivra dans un village de bungalows jusqu'à ce qu'on ait plus de fric, et quand on en aura plus je chercherai du boulot quelque part et on vivra quelque part près d'un ruisseau et tout, et plus tard on se mariera ou quoi. Je casserai tout notre bois pour l'hiver et tout. Sacré bon Dieu on pourrait avoir une vie du tonnerre. Qu'est-ce que t'en dis ? Hey. Qu'est-ce que t'en dis ? Tu viens ? Je t'en prie ».

La môme Sally avait pas l'air contente. « Ce genre de truc, c'est pas possible.

— Pourquoi ? Pourquoi, bordel ? »

Elle a dit « Arrête de râler comme ça ». Mais je râlais pas. Elle disait des conneries.

« Pourquoi pas possible ? Dis-le.

— C'est pas possible. Voilà tout. D'abord, on est encore pratiquement des enfants. Et as-tu seulement pensé comment on se débrouillerait si tu trouvais pas de travail quand on n'aura plus d'argent ? On mourrait de faim. C'est de la dernière extravagance, c'est même...

— Ça a rien d'extravagant. Du travail, j'en trouverai. T'en fais pas. T'as pas à t'en faire. Qu'est-ce qu'il y a ? Tu veux pas venir avec moi ? Dis-le si tu veux pas. Dis-le. »

Sally a dit « C'est pas ça. C'est pas du tout ça ». En un sens je commençais à la détéster. « On aura tout le temps pour ces choses-là. Et d'autres choses. Je veux dire quand tu auras fini tes études et tout et si on se marie et tout. Y aura un tas d'endroits merveilleux où aller. Tu es simplement...

— Non, y en aura pas. Y aura pas un tas d'endroits où aller. » J'avais à nouveau un cafard monstre.

Elle a dit « Quoi ? Je t'entends pas. Ou bien tu brailles ou bien tu... »

J'ai dit « Non, y aura pas d'endroits merveilleux où aller quand j'aurai fini mes études et tout. Ouvre tes oreilles. Ce sera entièrement différent. Faudra qu'on descende par l'ascenseur avec des valises et tout. Faudra qu'on téléphone à tout le monde et qu'on dise au revoir et qu'on envoie des cartes postales des hôtels où on logera et tout. Et je travaillerai dans un bureau, je gagnerai plein de fric, j'irai au boulot en taxi ou bien en prenant le bus dans Madison Avenue, et je lirai les journaux, et je jouerai tout le temps au bridge, et j'irai au ciné voir plein de courts métrages idiots et "Prochainement sur cet écran'' et les ''Actualités''. Les Actualités. Putain. Il y a toujours une foutue course de chevaux, et une bonne femme qui casse une bouteille au-dessus d'un bateau, et un chimpanzé affublé d'un pantalon qui fait de la bicyclette. Ce sera pas du tout pareil. Tu vois pas du tout ce que je veux dire ».

Sally a dit « Peut-être. Mais peut-être toi non plus ». On en était à plus pouvoir se souffrir. Je m'en rendais compte que ça rimait à rien de s'efforcer d'avoir une discussion intelligente. Je m'en mordais les doigts d'avoir essayé.

J'ai dit « Allez, on se tire. Si tu veux savoir j'en ai plein le cul de toi et de tes manières ».

Ouah, qu'est-ce que j'avais dit là. Ça l'a mise dans tous ses états. Je sais que j'aurais pas dû dire ça et en temps normal je l'aurais probablement pas dit. Mais elle me tapait sur les nerfs. Habituellement je suis jamais grossier avec les filles. Ouah, elle était vraiment dans tous ses états. Je lui ai fait mille excuses mais elle en avait rien à foutre. Même elle chialait. Ça m'a donné un peu les jetons parce que j'avais pas trop envie qu'elle rentre chez elle et raconte à son père que j'avais dit que j'en avais plein le cul, de sa fillette. Son père, c'était un de ces grands types qu'ouvrent à peine la bouche, et j'avais pas la cote avec lui. Une fois il s'était plaint à Sally que j'étais vraiment trop bruyant.

J'en finissais pas de répéter « Je suis désolé. Je te jure.

— Tu es désolé. Tu es désolé. C'est drôle. » Elle pleurnichait encore un peu et alors je me suis réellement senti désolé d'avoir dit ça.

« Viens, je vais te reconduire chez toi. Sans blague.

— Je peux rentrer chez moi toute seule. Merci. Si tu crois que je vais te laisser me ramener à la maison tu es dingue. Dans toute ma vie jamais un gars m'avait dit ça. »

Si on y réfléchissait, c'était assez marrant, notre histoire et brusquement j'ai fait quelque chose que j'aurais pas dû faire. J'ai ri. Et j'ai un de ces rires très fort et pas malin. Au point que si jamais un jour j'étais celui qui serait assis derrière moi au cinoche je prendrais la peine de me pencher vers moi pour me dire de la fermer, please. La môme Sally, ça l'a exaspérée.

Je suis resté encore un moment à dire que je regrettais et à essayer de me faire pardonner mais j'ai pas réussi. Elle a continué à me répéter de m'en aller, de la laisser tranquille. Alors finalement je suis parti. D'abord j'ai récupéré mes chaussures et mes affaires et puis je suis parti sans elle. J'aurais pas dû, mais je commençais à en avoir vachement marre.

Si vous voulez savoir, je sais même pas pourquoi j'ai commencé à lui raconter tout ce bla-bla. Je veux dire qu'on s'en ırait dans le Massachusetts et le Vermont et tout. Si elle avait voulu venir je l'aurais sans .doute pas emmenée. C'est pas le genre de fille qu'on voudrait emmener. Le plus terrible c'est qu'au moment où je lui ai demandé j'en avais bien l'intention. Voilà le plus terrible. Bon Dieu, je vous jure, je suis complètement barjot.

Chapitre 18

Quand j'ai quitté la patinoire j'avais un peu faim, aussi je suis entré dans un drugstore, j'ai mangé un sandwich au fromage et bu un lait malté, et puis je suis allé au téléphone. J'avais envie de donner un autre coup de fil à Jane, pour voir si elle était chez elle. C'est que ma soirée était libre et je voulais appeler Jane et si elle était là l'emmener danser quelque part ou quoi. Du temps où je la fréquentais j'ai jamais dansé avec elle ni rien. Mais une fois je l'ai vue danser. Elle avait l'air de drôlement se défendre. C'était au bal du Quatre Juillet, à notre club. Je la connaissais pas encore très bien; elle avait un cavalier et j'ai pas voulu m'interposer. Son cavalier c'était ce terrible mec, Al Pike, qui allait à Choate. Lui non plus je le connaissais pas bien, il traînait toujours à la piscine. Il avait un slip de bain en latex blanc, et il arrêtait pas de sauter du grand plongeoir. Toute la journée il faisait la même saloperie de demi-vrille. Le seul plongeon qu'il savait faire; mais il se croyait très calé. Rien que du muscle, pas de cervelle. En tout cas, ce soir-là, c'était avec lui qu'elle était, Jane. Je me demandais bien pourquoi; je vous jure. Lorsqu'on a commencé à sortir ensemble je lui ai posé la question; comment ça se faisait qu'elle avait eu rancard avec un foutu crâneur comme Al Pike. Jane a dit qu'il était pas crâneur. Elle a dit qu'il avait un complexe d'infériorité. C'était pas pour se donner un genre mais comme si elle le prenait en pitié. Avec les filles, c'est bizarre, chaque fois qu'on mentionne un type qu'est un salaud cent pour cent — mesquin, crâneur et tout — quand on dit ça à une fille elle vous répond qu'il a un complexe d'infériorité. Peut-être qu'il en a un mais à mon avis ça l'empêche pas d'être un salaud. Les filles, on sait jamais ce qu'elles vont penser. Une fois j'ai arrangé un rancard entre la copine de chambre de Roberta Walsh et un de mes amis. Mon ami s'appelait Bob Robinson et lui, le complexe d'infériorité, c'était pas de la rigolade. Il avait honte de ses parents et tout parce qu'ils se mélangeaient dans les temps des verbes et qu'ils roulaient pas sur l'or. Mais c'était pas un salaud. C'était un très brave type. Pourtant la copine de chambre de Roberta Walsh, elle l'a pas aimé du tout. Elle a dit à Roberta qu'elle le trouvait trop prétentieux — et ça pour la *seule raison* qu'il lui a raconté que dans sa classe c'était lui qui était responsable du groupe de "débats". Cette petite chose de rien du tout et elle le trouvait prétentieux. L'ennui avec les filles c'est que si un garçon leur plaît il peut être le plus horrible des salauds elles trouveront qu'il a un complexe d'infériorité et s'il leur plaît pas, il aura beau être un brave type et avoir un énorme complexe elles diront qu'il est prétentieux. Même les filles intelligentes sont comme ça.

Bref. J'ai donné un coup de bigo à Jane. Pas de réponse. Alors j'ai raccroché. Et puis j'ai ouvert mon carnet d'adresses pour chercher quelqu'un qui serait disponible. L'ennui c'est que dans mon carnet d'adresses il y avait seulement trois personnes. Jane, et cet homme, Mr Antolini, qui avait été mon professeur à Elkton Hill et mon père — c'est-à-dire son numéro au bureau. J'oublie tout le temps de noter le nom des gens. Finalement, j'ai appelé Carl Luce. Il avait eu ses diplômes à Whooton, après mon départ. Il était de trois ans mon aîné et je l'aimais pas beaucoup, c'était un de ces types très intellectuels — il avait le plus haut Q.I. de l'école — et j'ai pensé qu'on pourrait peut-être dîner ensemble et échanger quelques idées. Par moments il vous faisait découvrir des choses. Alors je lui ai bigophoné. A présent il était à Columbia, mais il habitait la Soixante-cinquième Rue et tout, et je savais qu'il serait chez lui. Quand je l'ai eu il a dit que c'était pas possible qu'il se libère pour dîner mais qu'on prendrait un verre à dix heures au Wicker Bar, dans la Cinquante-quatrième Rue. J'ai eu l'impression qu'il était plutôt surpris de m'entendre. Une fois je l'avais traité de gros-cul faux-jeton.

Fallait que je tue le temps jusqu'à dix heures. Aussi ce que j'ai fait, je me suis payé un ciné à Radio-City. C'était probablement la pire chose à faire mais y avait pas loin à aller et je trouvais rien d'autre qui m'aurait tenté.

Quand je suis arrivé c'était la parade sur la scène. Les Rockettes secouaient la tête tant qu'elles pouvaient comme elles font quand elles sont en ligne et se tiennent par la taille. Les spectateurs applaudissaient comme des dingues, et derrière moi un type arrêtait pas de dire à sa femme « Tu sais à quoi c'est dû ? A la précision ». Ça m'a tué. Après les Rockettes un type est venu en smoking avec des patins à roulettes et il s'est mis à patiner sur une série de petites tables et en même temps à dire des plaisanteries. C'était un très bon patineur et tout, mais ça m'amusait pas tellement parce que je me le représentais *s'entraînant* pour devenir un type qui fait du patin à roulettes sur une scène. Ça semblait tellement idiot. Je suppose que c'est seulement que j'étais pas dans l'humeur qui convenait. Et après lui il y a eu ce truc de Noël qu'ils donnent chaque année à Radio-City. Tous ces anges partout qui sortent des coulisses, partout des mecs portant des crucifix et du bazar et toute la bande — des milliers — qui chantent à plein gosier « Come All Ye Faithful ». Vous parlez d'un show-biz ! C'est supposé être foutrement religieux, je sais, et très joli et tout, mais bordel je vois rien de religieux, rien de joli dans une troupe d'acteurs qui baladent des crucifix sur la scène. Quand tout a été fini et qu'ils ont vidé les lieux on sentait qu'ils avaient qu'une hâte c'était d'aller en griller une ou quoi. J'étais venu déjà l'année précédente avec Sally Hayes et elle en finissait pas de s'extasier sur les costumes et tout. J'ai dit que le petit père Jésus Il aurait probablement dégobillé s'Il avait vu ça, tous ces costumes à la gomme et tout. Sally a dit que j'étais un athée sacrilège. C'est peut-être vrai. Ce que Jésus aurait *sûrement* aimé c'est le gars dans l'orchestre qui joue des timbales. J'ai observé ce gars depuis l'âge de huit ans. Mon frère Allie et moi, si on était avec nos parents et tout, on se levait de nos sièges et on s'avançait pour mieux le voir. C'est le meilleur batteur que j'aie jamais vu. Il intervient seulement deux fois pendant tout le spectacle, mais on a pas l'impression qu'il s'ennuie quand il fait rien. Et puis quand il frappe c'est tellement bien, tellement chouette, et son visage prend un air si concentré. Une fois, quand on est allés à Washington avec mon père, Allie lui a envoyé une carte postale, mais je parierais qu'il l'a jamais eue. On était pas très sûrs comment mettre l'adresse.

Lorsque le machin de Noël a été terminé le foutu film a commencé. C'était tellement putride que je pouvais pas en détacher mes yeux. Ça parlait de cet Anglais, Alec quelque chose, qui une fois revenu de la guerre a perdu la mémoire à l'hôpital et tout. Il sort de l'hôpital appuyé sur une canne, boitant tous azimuts et il se balade dans Londres sans savoir qui il est. En fait c'est un duc, mais il s'en souvient plus. Alors en prenant le bus il rencontre cette fille sympa, cette fille sincère. Le bon Dieu de vent lui a arraché son chapeau et lui il le rattrape; et ensuite ils montent dans le bus, à l'étage supérieur et ils s'assoient et se mettent à parler de Charles Dickens. C'est leur auteur favori à tous les deux et tout. Alec il a sur lui un exemplaire d'*Oliver Twist* et elle aussi. J'en aurais vomi. Bon, ils tombent aussitôt amoureux pour la raison que tous les deux raffolent de Charles Dickens et tout, et lui il aide la fille à faire marcher sa maison d'édition. Parce que la fille publie des livres. Seulement ça marche pas très bien bicause son frère boit comme un trou ce qui les met dans la dèche. Le frère est du genre très amer vu qu'il était médecin pendant la guerre et que maintenant il peut plus opérer à cause de ses nerfs démolis, aussi il pinte sans arrêt mais il est assez spirituel et tout. Bref. Le gars Alec écrit un livre et la fille le publie et tous les deux ils ramassent du flouze à la pelle. Ils sont sur le point de se marier quand cette autre fille, Marcia, entre en scène. Marcia était la fiancée d'Alec avant qu'il perde la mémoire et elle le reconnaît quand il est dans la boutique en train de donner des autographes. Elle dit à Alec qu'en vrai il est duc mais il la croit pas et il veut pas aller avec elle voir sa mère ni rien. Sa mère est aveugle comme une taupe. Mais l'autre fille, la fille sympa, elle le pousse à y aller. Elle est très généreuse et tout. Alors il y va. Pourtant la mémoire lui revient pas, même quand son danois saute autour de lui et que sa mère passe ses doigts sur son visage et lui apporte son ours en peluche qu'il traînait partout avec lui quand il était petit. Et puis un jour y a des mômes qui jouent au cricket sur la pelouse et il reçoit une balle de cricket sur la tête. Alors immédiatement la mémoire lui revient. Il entre dans la maison et il embrasse sa mère sur le front et tout. Il est de nouveau un vrai duc et il oublie la môme sympa qui a une maison d'édition. Je vous dirais bien le reste de l'histoire mais j'ai peur de vomir. C'est pas que je craigne de vous la *gâcher* ou quoi. Putain, y a rien à *gâcher.* En tout cas, à la fin, Alec et la fille sympa se marient et le frère qui est ivrogne reprend le contrôle de ses nerfs et il opère la mère d'Alec qui retrouve la vue et pan le frère alcoolique et la môme Marcia découvrent qu'ils s'aiment. Ça se termine quand ils sont tous assis autour d'une grande table de salle à manger à se boyauter parce que le danois entre avec un tas de chiots. Tout le monde croyait que c'était un mâle, je suppose, et ce serait ça qui les fait rire. En conclusion ce que je peux dire c'est n'allez pas voir ce film si vous voulez pas vous vomir dessus.

Ce qui m'a tué c'est qu'il y avait une dame assise à côté de moi qu'a pleuré tout le temps. Plus c'était bidon et plus elle pleurait. On aurait pu penser que ça voulait dire qu'elle avait le cœur tendre mais j'étais juste à côté d'elle et j'ai bien vu que c'était pas le cas. Elle avait avec elle ce petit gosse qui s'ennuyait à mourir et qui demandait à faire pipi mais il était pas question qu'elle l'emmène, elle arrêtait pas de lui chuchoter de se tenir tranquille. Pas plus de cœur qu'un loup affamé. Les gens qui pleurent à s'en fondre les yeux en regardant un film à la guimauve, neuf fois sur dix ils ont pas de cœur. Sans rire.

Quand le film a été fini je me suis rendu au Wicker Bar où j'étais censé rencontrer Carl Luce, et tout en marchant j'ai pensé à la guerre. Ces films de guerre ça me fait toujours cet effet-là. Si je devais aller à la guerre je crois pas que je pourrais le supporter. Sans blague. Si c'était seulement qu'on vous emmène et qu'on vous tire dessus ça irait encore, mais faut rester tellement longtemps dans l'armée. C'est ça l'ennui. Mon frère D.B. il y a passé quatre ans. Il a fait aussi la guerre — il a débarqué au jour-J et tout — mais je crois qu'il détestait encore plus l'armée que la guerre. A l'époque j'étais pratiquement encore un môme mais je me souviens quand il venait à la maison en permission et tout, il faisait pratiquement que rester sur son plumard. On le voyait presque jamais dans la salle de séjour. Plus tard, quand il est allé en Europe et qu'il a fait la guerre et tout il a jamais été blessé ni rien et il a jamais eu à tirer sur quelqu'un. Tout ce qu'on lui demandait c'était de trimbaler toute la journée un général à la cow-boy dans une voiture d'état-major. Une fois il nous a dit, à Allie et à moi, que s'il avait dû tirer sur quelqu'un il aurait pas su de quel côté tirer. Il disait qu'il y avait dans l'armée autant de salauds que chez les nazis. Je me souviens qu'une fois Allie a voulu savoir si c'était tout de même pas trop mal qu'il aille à la guerre puisqu'il était écrivain et que ça lui donnait des choses à écrire et tout. Il a envoyé Allie chercher son gant de base-ball et puis il lui a demandé qui était le meilleur poète de guerre, Rupert Brooke ou Emily Dickinson. Allie a dit

Emily Dickinson. Je m'y connais pas beaucoup vu que je lis pas souvent de poésie mais je *sais* que ça m'aurait rendu fou s'il avait fallu que j'aille à l'armée et être tout le temps avec ces types comme Ackley et Stradlater et le gars Maurice. En colonne avec eux et tout. Une fois j'ai été dans les Boy Scouts, pendant à peu près une semaine, et je pouvais même pas supporter de regarder la nuque du gars qui marchait devant moi. On arrêtait pas de vous dire de regarder la nuque du gars qui marchait devant vous. Je le jure, s'il y a jamais une autre guerre ils feront mieux de me sortir tout de suite des rangs pour me coller en face du peloton d'exécution. J'aurai pas d'objections. Mais D.B., ce qui m'étonne c'est qu'il détestait tellement la guerre et pourtant qu'il m'a fait lire ce bouquin *L'Adieu aux armes,* l'été dernier. Il m'a dit que c'était du tonnerre. Ça m'étonne vachement. Dedans il y avait ce type, le lieutenant Henry, qu'était soi-disant un type sympa et tout. Je vois pas comment D.B. pouvait tellement détester l'armée et la guerre et tout et quand même trouver sensas' un livre aussi bidon. Je veux dire, par exemple, je vois pas comment il peut aimer un livre aussi bidon et aimer aussi celui de Ring Lardner, ou l'autre qu'il adore, *Gatsby le Magnifique.* D.B. s'est fâché quand j'ai dit ça, et il a dit que j'étais trop jeune et tout pour apprécier, mais je crois pas. Je lui ai dit que j'aimais Ring Lardner et *Gatsby le Magnifique* et tout. C'est vrai. J'ai adoré *Gatsby le Magnifique.* Ce vieux Gatsby. Un pote. Ça m'a tué. En tout cas je serais plutôt content qu'ils aient inventé la bombe atomique. S'il y a une autre guerre j'irai m'asseoir juste dessus. Je serai volontaire pour ça. Je vous jure. Vous verrez.

Chapitre 19

Au cas où vous connaîtriez pas New York, le Wicker Bar il est dans cette sorte d'hôtel grand luxe, le Seton. Pendant un moment j'y allais souvent, mais plus maintenant. Peu à peu j'ai cessé d'y aller. C'est un de ces endroits réputés très sophistiqués et tout, et on y voit parader tous les types à la flan. Y avait deux Françaises, Tina et Janine, qui venaient jouer du piano et chanter trois fois par soirée. L'une jouait du piano — d'une façon positivement dégueulasse — et l'autre chantait, et les paroles de ses chansons c'était des cochonneries ou bien c'était en français. Celle qui chantait, la môme Janine, elle commençait toujours par chuchoter des trucs dans le foutu micro. Elle disait « Et maintenant nous aimerions vous dire une love story à la française. C'est l'histoire d'une petite Française qui arrive dans une grande ville comme New York et qui tombe in love with un petit gars de Brooklyn. J'espère que vous aimerez very much ». Et alors quand elle avait fini de chuchoter et d'être drôlement futée elle se mettait à bramer un truc idiot, moitié en anglais moitié en français et ça rendait fous de joie tous les corniauds de l'endroit. Si on restait assis là un moment à écouter ces crêpes applaudir et tout, on en arrivait très vite à détester le monde entier, je vous jure. Le barman aussi il était infect. Un vrai snob. Il vous adressait pratiquement pas la parole sauf si vous étiez une huile ou une célébrité.

Si vous étiez une huile ou une célébrité ou quelque chose comme ça alors il vous donnait encore plus la nausée. Il s'approchait de vous et il disait avec son grand sourire charmeur, comme s'il était un gars extra même si ça se voyait pas tellement « Eh bien, comment ça va dans le Connecticut ? » ou « Comment ça va en Floride ? » Ce bar était un endroit épouvantable. Sans blague. J'avais fini par plus y aller.

Quand je suis arrivé, il était pas tard. Je me suis assis au comptoir — y avait la grande foule — et j'ai commandé deux scotch-and-soda, avant même que le gars Luce soit là. Je me suis levé pour passer la commande afin qu'ils voient comme j'étais grand et me demandent pas si j'avais l'âge légal. Et puis j'ai regardé un moment tous les frimeurs. A côté de moi y en avait un qui faisait du gringue à la fille qui l'accompagnait. Il arrêtait pas de lui dire qu'elle avait des mains aristocratiques. Ça m'a tué. A l'autre bout du bar c'était plein de pédés qu'avaient pas trop l'air de pédés — je veux dire qu'étaient pas trop à manières ni rien — mais on voyait tout de même bien que c'étaient des pédés. Finalement le gars Luce s'est amené.

Le gars Luce. Quel drôle de zèbre. Quand j'étais à Whooton on me l'avait attribué comme Conseiller d'Études. Le seul truc qu'il ait jamais fait ça a été ses petits cours sur le sexe tard le soir dans sa chambre pleine de types. Sur le sexe il en connaissait un rayon, spécialement sur les pervers et tout. Fallait toujours qu'il nous parle de ces mecs inquiétants qui ont des liaisons avec les moutons et de ceux qui se baladent avec des petites culottes de filles cousues dans la doublure de leur chapeau et tout. Et des pédés et des lesbiennes. Le gars Luce il connaissait tous les pédés et toutes les lesbiennes des États-Unis. Vous aviez juste à mentionner quelqu'un — n'importe qui — et aussitôt il vous disait si c'était un pédé. Quelquefois on avait peine à croire. Ces gens qu'il prétendait être homosexuels et tout, des acteurs de cinéma et tout. Parmi ceux qu'il mentionnait, bon Dieu y en avait même qui étaient mariés. On cessait pas de lui demander, « Tu veux dire que Joe Blow est un pédé ? Joe *Blow* ? Ce grand dur qui joue les gangsters et les cow-boys ? » Et le gars Luce disait « Certainement ». « Certainement », c'était un mot qu'il répétait tout le temps. Il disait que ça changeait rien qu'un type soit marié ou pas. Il disait que la moitié des gars dans le monde sont des pédés qui s'ignorent. Qu'on pouvait pratiquement le devenir en une nuit si on avait ça dans le tempérament. Il nous foutait drôlement la frousse. Je m'attendais à tout instant à être changé en pédé ou quoi. Le plus curieux, c'est que ce gars, j'avais l'impression qu'il était lui-même un peu pédé, en un sens. Il disait tout le temps « Tiens attrape ça, vieux » en vous pinçant les fesses quand on passait dans le couloir. Et chaque fois qu'il allait aux chiottes il laissait toujours la porte ouverte et vous tenait des discours impossibles pendant que vous vous brossiez les dents. Ce genre de truc c'est plutôt pédé. Sans blague. J'ai connu quelques vrais homos au collège et tout, et ils sont toujours à faire des trucs comme ça, et voilà pourquoi avec le gars Luce j'ai toujours eu des soupçons. Ça empêche pas qu'il soit intelligent. C'est vrai.

Quand on le voyait il disait jamais bonjour ni rien. La première chose qu'il a dite en s'asseyant c'est qu'il pouvait rester seulement deux minutes. Il a prétendu qu'il avait un rancard. Puis il a commandé un martini sec. Il a dit au barman super sec et pas d'olives.

« Hey, j'ai un pédé pour toi » j'ai dit. A l'autre bout du bar. Attends, regarde pas. Je l'ai mis de côté pour toi. »

Il a dit « Très drôle. Toujours le même, Caulfield. Quand vas-tu cesser d'être un môme ? »

Mes plaisanteries ça l'emmerdait, c'est sûr. Mais lui il m'amusait. C'était un de ces types qui m'amusent pas mal.

J'ai demandé « Comment ça va, ta vie sexuelle ? » Il détestait qu'on lui demande des choses de ce genre.

Il a dit « Relaxe-toi. Prends un siège et relaxe-toi, sacré bordel ».

J'ai dit « Je suis très relaxe. Comment c'est, Columbia ? Tu aimes ? ».

Il a dit « Certainement. Si je n'aimais pas je n'y serais pas allé ». Par moments il était casse-burettes.

J'ai demandé « Et c'est quoi ton sujet principal ? Les pervers ? » Je faisais seulement un peu l'idiot.

« Tu te crois marrant ? ».

J'ai dit « Bon, je plaisantais ». « Écoute, hey Luce. Tu es un type intellectuel. J'ai besoin de tes conseils. Je suis dans un terrible... »

Il a gémi. « *Écoute,* Caulfield. Si tu voulais bien t'asseoir et qu'on boive un verre tranquillement, en ayant une tranquille petite convers'... »

J'ai dit « D'accord, d'accord. T'énerve pas ». Je voyais qu'il s'en ressentait pas du tout pour une discussion sérieuse. C'est l'ennui avec ces intellos. Ils veulent jamais rien discuter de sérieux à moins que ce soit *eux* qui l'aient décidé. Aussi, tout ce que j'ai fait c'est choisir un sujet plutôt général. J'ai demandé « Sans blague, comment ça va ta vie sexuelle ? Tu sors toujours avec la même fille, celle que tu avais déjà quand on était à Whooton ? Celle au fantastique...

— Bon Dieu, non.

— Et pourquoi ? Qu'est-ce qui lui est arrivé ?

— Je n'en ai pas la moindre idée. Autant que je sache, et puisque tu demandes, elle est probablement devenue la Putain du New Hampshire.

— C'est pas gentil. Si elle était assez chouette pour te laisser la tripoter tout le temps, au moins tu devrais pas parler d'elle en ces termes.

— Bon Dieu, a dit le gars Luce, ça va donc être une conversation typiquement à la Caulfield ? J'aimerais bien le savoir dès maintenant.

J'ai dit « Ben, non. Mais quand même c'est pas gentil. Si elle était assez chouette pour te laisser...

— Est-ce qu'on doit vraiment poursuivre sur un sujet aussi scabreux ? »

J'ai rien répondu. J'avais un peu peur, si je la fermais pas, qu'il se lève et me quitte. Aussi tout ce que j'ai fait, c'est de commander un autre whisky. J'avais envie de me saouler à mort.

« Avec qui tu sors maintenant ? Tu peux me le dire ?

— Personne que tu connaisses.

— Dis-moi qui. Je la connais peut-être.

— Une fille qui vit dans le Village. Elle est sculpteur. Si tu veux savoir.

— Ouais ? Sans rire ? Elle a quel âge ?

— Bon Dieu, je lui ai jamais demandé.

— Enfin, à peu près quel âge ?

— Pas loin des quarante piges, j'imagine » a dit Luce.

J'ai dit « Quarante ? Ouais ? T'aimes ça ? Tu les aimes aussi vieilles que ça ? » Si je posais la question, c'est pour la raison qu'il était plutôt bien informé sur le sexe. Un des rares types à l'être aussi bien parmi ceux que je fréquente. Il avait perdu son pucelage à quatorze ans. Sans rire.

« J'aime les femmes mûres, si c'est ce que tu veux dire. Certainement.

— Ah bon ? Pourquoi ? C'est mieux avec les vieilles ou quoi ?

— Écoute. Soyons clairs. Ce soir je refuse de répondre à un interrogatoire typiquement Caulfield. Quand vas-tu cesser d'être un gamin, bordel ? »

Pendant un moment j'ai plus rien dit. Pendant un moment j'ai laissé tomber. Puis le gars Luce a commandé un autre martini et il a dit au barman qu'il le voulait encore plus sec.

J'ai demandé « Écoute, ça fait combien de temps que tu es avec elle ? Cette fille, qui est sculpteur ? » Ça m'intéressait vachement. « Tu la connaissais déjà quand tu étais à Whooton ?

— Sûrement pas. Elle vient d'arriver dans ce pays. Il y a quelques mois.

— Vrai ? Elle vient d'où ?

— Elle vient de Shanghaï.

— Sans blague ! Une Chinoise, bordel ?

— Certainement.

— Sans blague ! Tu aimes ça ? Qu'elle soit chinoise ?

— Certainement.

— Pourquoi ? J'aimerais bien que tu me dises.

— Il se trouve simplement que la philosophie orientale me paraît plus satisfaisante que celle de l'Occident. Puisque tu demandes.

— Ah oui ? Qu'est-ce que tu veux dire par "philosophie" ? Tu veux dire le sexe et tout ? Tu veux dire que c'est mieux en Chine ? C'est ce que tu veux dire ?

— Pas nécessairement en Chine, bon Dieu. En Orient. Allons-nous continuer longtemps cette conversation idiote ? »

J'ai dit « Écoute, soyons sérieux. Sans rire, pourquoi est-ce mieux en Orient ?

— C'est trop compliqué pour en parler comme ça, a dit le gars Luce. Simplement là-bas on considère le sexe comme une expérience à la fois physique et spirituelle. Si tu crois que je suis...

— Mais moi aussi ! Moi aussi je trouve que c'est une ce-que-tu-dis — une expérience à la fois physique et spirituelle et tout. Bien sûr. Mais ça dépend avec qui je le fais. Si c'est avec quelqu'un pour qui j'ai...

— Caulfield, pas si fort, bon Dieu. Si tu ne peux pas baisser la voix, laissons tomber. »

J'ai dit « Okay, mais écoute ». Je m'excitais, et c'est vrai que je parlais un peu trop fort. Quelquefois je parle un peu fort quand je m'excite. « Ce que je veux dire, c'est que je sais que ça doit être physique et spirituel et artistique et tout. Mais ce que je veux dire c'est que ça peut pas l'être avec n'importe qui, n'importe quelle fille avec qui on flirte. T'es d'accord ? »

Le gars Luce a dit « Laisse tomber. Tu veux ?

— Okay, mais attends, écoute. Disons, toi et cette Chinoise. Pourquoi c'est si bien, vous deux ?

— Laisse tomber, je t'ai dit. »

Ça devenait un peu trop personnel mes questions, je m'en rendais compte. C'est un des emmerdements, avec Luce. Quand on était à Whooton, il vous faisait raconter les choses les plus personnelles qui vous arrivaient, à *vous,* mais *lui,* si vous lui posiez des questions du même genre il était pas content. Ces mecs intellectuels, ils aiment pas avoir avec vous une conversation intellectuelle à moins que vous les laissiez diriger l'opération. Toujours ils veulent que vous la fermiez quand *ils* la ferment, et que vous rentriez dans votre chambre quand ils rentrent dans la leur. Quand j'étais à Whooton, ça le rendait fou le gars Luce si à la fin d'un de ses cours sur le sexe on quittait sa chambre pour aller continuer la discussion entre nous — je veux dire les copains et moi. Dans la chambre de quelqu'un d'autre. Oui ça le rendait fou. Il voulait que chacun regagne sa piaule et se taise quand il avait fini d'être le grand leader. Il avait trop la trouille qu'il y en ait un qui dise quelque chose de plus intelligent que ce qu'il avait dit, lui. Moi ça m'amusait.

J'ai dit « Peut-être que j'irai en Chine. Ma vie sexuelle est branquignole.

— Rien d'étonnant. Ton esprit manque de maturité. »

J'ai dit « C'est bien vrai, je le sais. Tu veux que je te dise mon problème ? Je peux pas arriver à être intéressé sexuellement — je veux dire *vraiment* intéressé — par une fille qui me plaît pas tout à fait. Je veux dire qu'il faut qu'elle me plaise totalement. Sinon, mon foutu désir d'elle, il fout le camp. Ouah, ça déglingue complètement ma vie sexuelle. Ma vie sexuelle est pourrie.

— Certainement. Bon Dieu, la dernière fois que je t'ai vu je t'ai dit de quoi tu avais besoin.

— Tu veux dire d'aller voir un psychanalyste et tout ? » C'est ce qu'il m'avait dit que je devrais faire. Son père était psychanalyste et tout.

« A toi de décider, bon Dieu. Ça me regarde pas comment tu mènes ta vie. »

Je suis resté un petit moment sans lui parler. Je réfléchissais.

Et puis j'ai dit « En supposant que j'aille voir ton père et que je lui demande de me psychanalyser et tout, qu'est-ce qu'il me ferait ? Je veux dire qu'est-ce qu'il me ferait exactement ?

— Bon Dieu il ne te ferait rien. Simplement il te parlerait et tu lui parlerais. En premier lieu il t'aiderait à reconnaître les types de réactions inhérentes à ta forme d'esprit.

— Les quoi ?

— Les réactions. Ton esprit fonctionne suivant... Écoute, je ne vais pas te donner un cours élémentaire de psychanalyse. Si tu es intéressé appelle-le et prends rendez-vous. Si tu ne l'es pas, abstiens-toi. Franchement, moi je m'en moque. »

J'ai mis la main sur son épaule. Ouah, il m'amusait. J'ai dit « T'es un vrai salaud sympa. Tu savais ? »

Il a regardé sa montre. Il a dit « Faut que je me tire » et il s'est levé. « Bien content de t'avoir vu. » Il a appelé le barman pour savoir ce qu'il lui devait.

« Hey », j'ai dit juste avant qu'il se barre, « est-ce que ton père t'a jamais psychanalysé ?

— Moi ? Pourquoi tu demandes ?

— Comme ça. Alors ?

— Pas exactement. Il m'a aidé à trouver un certain équilibre ; une analyse complète n'a pas été nécessaire. Pourquoi tu demandes ?

— Comme ça. Je me posais la question.

— Salut. Bonne continuation. » Il laissait un pourboire et il allait filer.

J'ai dit « Prenons encore un verre. Je t'en prie. Je me sens très seul. Sans blague ».

Il a dit qu'il pouvait pas. Il a dit qu'il était tard, et alors il est parti.

Le gars Luce. C'était un vrai emmerdeur, mais il avait certainement un excellent vocabulaire. Parmi tous les types de Whooton, c'est lui qui avait le vocabulaire le plus étendu. On nous avait fait passer un test.

Chapitre 20

Je suis resté assis à m'humecter les amygdales. J'attendais que Tina et Janine viennent faire leur numéro mais elles étaient pas là. Un type à l'allure de pédé avec des cheveux ondulés s'est mis à jouer du piano, et puis Valencia, une nouvelle minette, a fait son tour de chant. Elle était pas douée mais tout de même moins mauvaise que Tina et Janine et elle chantait de bonnes chansons. Le piano était juste auprès du comptoir où je me trouvais. Alors Valencia était pratiquement à côté de moi et tout. Je lui ai fait un peu de l'œil mais ça a pas eu l'air de l'intéresser. Je l'aurais sans doute pas fait si j'avais pas été plein comme une huître. Quand elle a eu terminé, elle s'est barrée si vite que j'ai même pas eu le temps de l'inviter à s'asseoir avec moi pour prendre un verre. Alors j'ai appelé le garçon. Je lui ai dit de demander à Valencia si elle voudrait venir boire quelque chose. Il a dit qu'il ferait la commission mais c'est probable qu'il m'a baratiné. Vos commissions, les gens les font jamais.

Ouah, je suis resté assis à cette saleté de comptoir jusqu'à environ une heure du mat', et j'étais de plus en plus saoul. Je pouvais à peine y voir clair. Tout de même j'ai fait rudement gaffe de pas chahuter ni rien. Je tenais pas à ce qu'on me remarque et qu'on me demande mon âge. Mais... Ouah, je pouvais à peine voir clair. Quand j'ai été *vraiment* schlass j'ai recommencé à me raconter cette histoire idiote de la balle dans le ventre. J'étais le seul type du bar qui avait une balle dans le ventre. J'arrêtais pas de me passer la main sous la veste, sur mon estomac et tout, pour empêcher le sang de pisser tous azimuts. Je voulais que personne sache que j'étais blessé. Je cachais soigneusement mon état de fils de pute au ventre troué. Finalement, ce que j'ai eu envie de faire, j'ai eu envie de donner un coup de fil à la môme Jane pour voir si elle était rentrée chez elle. Alors j'ai payé ma note et tout, et puis j'ai quitté le bar et je suis allé là où sont les téléphones. Toujours la main sous ma veste pour empêcher le sang de dégouliner. Ouah, j'étais rond.

Mais quand je me suis retrouvé à l'intérieur de la cabine, et que j'ai voulu appeler Jane, eh bien j'avais plus la forme. J'étais trop saoul, j'imagine. Aussi ce que j'ai fait, j'ai appelé Sally Hayes.

C'est seulement après vingt faux numéros que j'ai eu le bon. Ouah, j'étais complètement défoncé.

Quand quelqu'un a répondu, j'ai braillé « Allô ». Je braillais parce que j'étais tellement saoul.

La voix d'une dame, une voix très froide a demandé « Qui est-ce ? »

— C'est moi. Holden Caulfield. Voudrais parler à Sally siou plaît.

— Sally dort. Je suis la grand-mère de Sally. Pourquoi appelez-vous aussi tard, Holden ? Vous savez quelle heure il est ?

— Ouais. Veux parler à Sally. Trrrès important. Passez-la-moi.

— Sally dort, jeune homme. Rappelez-la demain. Bonne nuit.

— Hey ! Faut la réveiller. Hey ! »

Alors une autre voix. « Holden, c'est moi. » C'était Sally. « Qu'est-ce qui te prend ?

— Sally ? C'est toi ?

— Oui, arrête de crier. Tu as bu ?

— Ouais. Écoute. Écoute, hey. Je viendrai la veille de Noël. Okay ? Décorer pour toi ce foutu sapin. Okay ? Hey, Sally, okay ?

— Oui. Tu es ivre. Va au lit maintenant. Où es-tu ? Avec qui es-tu ?

— Je viendrai décorer l'arbre pour toi. D'accord ? Hey, d'accord ?

— *Oui.* Va au lit maintenant. Où es-tu ? Avec qui ?

— Personne. Moi, moi-même et encore moi. » C'est fou ce que j'étais ivre. Je continuais à me tenir les entrailles. « Ils m'ont eu. La bande à Rocky. Ils m'ont eu. Tu savais ? Sally, tu savais ça ?

— Je t'entends mal. Va au lit maintenant. Il faut que je m'en aille. Rappelle-moi demain.

— Hey, Sally ? Tu veux bien que je décore l'arbre pour toi ? Tu veux bien, hey ?

— *Oui.* Bonne nuit. Rentre à la maison. Va te coucher. »

Elle a raccroché.

J'ai dit « Bou-nuit, bou-nuit p'tite Sally. Sally-en-sucre adorée ». Vous voyez à quel point j'étais ivre. Et moi aussi j'ai raccroché. Je pensais qu'elle rentrait juste chez elle après un rancard. Je me la suis imaginée quelque part avec les Lunt ou quoi, et ce taré qui est à Andover. Tous nageant tranquilles dans un foutu pot de thé et se disant des choses sophistiquées, et tous absolument charmants et totalement connards. Je regrettais vachement de lui avoir téléphoné. Quand j'ai bu je suis dingue.

J'ai encore traîné un moment dans la foutue cabine téléphonique. Je m'agrippais au téléphone pour pas m'évanouir. A dire vrai, j'avais pas la grande forme. Finalement, je suis quand même sorti de la cabine et je me suis réfugié dans les toilettes des hommes, en me mélangeant les cannes, et j'ai rempli d'eau froide un des lavabos. Puis j'ai plongé la tête dedans jusqu'aux oreilles. J'ai même pas pris la peine de la sécher ni rien. J'ai laissé l'eau dégouliner sur ma tronche. Puis je suis allé m'asseoir sur le radiateur près de la fenêtre. C'était chaud, c'était bon. Ça m'a fait du bien parce que je frissonnais comme un perdu. C'est bizarre, je frissonne vachement quand je suis ivre.

J'avais rien d'autre à faire aussi je suis resté assis sur le radiateur et j'ai compté les petits carrés blancs, par terre. J'étais trempé. Des litres d'eau me coulaient dans le cou, sur mon col et ma cravate et tout, mais je m'en foutais pas mal. J'étais trop ivre pour pas m'en foutre. Bientôt le type qui jouait du piano pour accompagner Valencia, ce mec très ondulé, genre pédé, est venu peigner ses boucles dorées. Pendant qu'il se coiffait on a échangé quelques mots, sauf que lui il était pas tellement aimable.

Je lui ai demandé « Hey, tu verras la môme Valencia quand tu vas retourner au bar? »

Il a dit « C'est hautement probable ». Spirituel, le salaud. Faut toujours que je rencontre des salauds pleins d'esprit.

« Écoute. Fais-lui mes compliments. Demande-lui si le garçon lui a passé mon message, veux-tu?

— Pourquoi que tu rentres pas chez toi, vieux? Au fait, quel âge tu as?

— Quatre-vingt-six ans. Écoute. Fais-lui mes compliments. Okay?

— Pourquoi que tu rentres pas chez toi, vieux?

— Arrête. » Et puis j'ai dit « Ouah, tu joues vachement bien du piano ». C'était pour le flatter. Si vous voulez savoir, il jouait comme un pied. « Tu devrais être à la radio, un type comme toi, avec l'allure que t'as. Toutes ces boucles d'or. T'as pas besoin d'un manager?

— Rentre chez toi, vieux, comme un bon petit gars. Va à la maison et fourre-toi au pieu.

— Pas de maison où aller. Sans rire — t'as pas besoin d'un manager? »

Il a rien répondu. Il est parti. Il avait fini de se peigner, de se tapoter les cheveux et tout, alors il est parti. Comme Stradlater. Ces beaux types, ils sont tous pareils. Quand ils ont fini de se peigner ils vous plaquent.

Finalement, lorsque je suis descendu de mon radiateur pour aller au vestiaire je chialais et tout, je sais pas pourquoi mais je chialais. Je suppose que ça voulait dire que je me sentais tellement seul et paumé. Et puis une fois au vestiaire je pouvais plus trouver mon foutu ticket. Mais la fille a été bien gentille, elle m'a donné mon manteau. Et mon disque de *Little Shirley Beans* que j'avais toujours et tout. J'ai voulu lui fourguer un dollar pour sa peine mais elle l'a pas pris. Elle arrêtait pas de me dire de rentrer chez moi et de me mettre au lit. J'ai un peu essayé de lui refiler un rancard pour quand elle aurait terminé son boulot mais elle a pas voulu. Elle disait qu'elle avait l'âge d'être ma mère et tout. Je lui ai montré mes cheveux blancs et j'ai dit que j'avais quarante-deux ans. Bien sûr je racontais des conneries, mais quand même elle était gentille. Je lui ai montré aussi ma casquette de chasse et ça lui a plu. Elle me l'a fait mettre sur la tête avant que je sorte parce que mes cheveux étaient encore pas mal mouillés. C'était une fille bien.

Une fois dehors je me sentais plus tellement ivre mais il faisait de nouveau très froid et mes dents se sont mises à claquer terrible. Je pouvais pas les empêcher. J'ai remonté Madison Avenue et j'ai attendu à l'arrêt du bus parce que j'avais presque plus d'argent donc fallait que je commence à économiser sur les taxis et tout. Mais j'étais pas d'humeur à prendre le bus. D'ailleurs je savais même pas dans quelle direction je voulais me propulser. Alors je me suis dirigé vers le parc. Je pensais aller près du petit lac, pour voir ce que fabriquaient les canards, s'ils étaient encore là ou pas. J'ignorais toujours s'ils étaient là ou pas. Jusqu'au parc ça faisait pas très loin, et j'avais aucun endroit particulier où aller. Je savais même pas où dormir — donc j'ai marché. J'étais pas fatigué ni rien. Simplement, j'avais le cafard.

Et puis juste comme j'entrais dans le parc il m'est arrivé quelque chose d'horrible. J'ai laissé tomber le disque de Phoebé. Il s'est cassé en cinquante morceaux. Il était dans une grande pochette et tout mais il s'est quand même cassé.

J'ai bien failli me remettre à pleurer tellement c'était un sale coup. J'ai seulement sorti les morceaux du carton et je les ai fourrés dans la poche de mon manteau. Ils étaient plus bons à rien mais je pouvais pas me décider à les jeter. J'ai continué à avancer. Dans la nuit noire.

J'ai passé toute ma vie à New York et je connais Central Park comme ma poche parce que j'y allais tout le temps faire du patin à roulettes quand j'étais môme et puis du vélo mais cette nuit-là j'ai eu un mal fou à trouver le lac. Je *savais* où il était — près de Central Park South et tout — mais j'arrivais pas à le trouver. Je devais être plus saoul que je pensais. J'ai marché marché et il faisait de plus en plus noir et c'était de plus en plus hallucinant. Tout le temps que j'ai été dans le parc j'ai pas vu un seul être humain. Et je m'en plains pas. Si j'avais rencontré quelqu'un j'aurais probablement bondi à plus d'un mile en arrière. Bon, quand même, le lac, je l'ai trouvé. Ce qu'y avait c'est qu'il était en partie gelé et en partie pas gelé. Mais j'ai pas vu les canards. J'ai fait tout le tour du foutu lac — à un moment j'ai même bien manqué tomber dedans — mais j'ai pas vu un seul canard. J'ai pensé que peut-être, s'il y en avait, ils dormaient dans l'herbe et tout, au bord de l'eau. C'est comme ça que je suis presque tombé dedans. Mais les canards je les ai pas trouvés.

Finalement, je me suis assis sur un banc, là où c'était pas trop sombre. Ouah, je tremblais toujours comme un dingue et mes cheveux sur ma nuque étaient pleins de petits glaçons, et ça malgré ma casquette. Je me faisais du souci, je pensais que j'allais probablement attraper une pneumonie et claquer. Je me suis mis à me représenter les millions de pedzouilles qui viendraient à mon enterrement. Mon grand-père de Detroit qui lit tout haut les numéros des rues quand on prend le bus ensemble, et mes tantes — j'en ai dans les cinquante — et ma ribambelle de cornichons de cousins. Ça ferait une foule. Quand Allie est mort ils sont tous venus, toute la troupe à la con. J'ai cette idiote de tante, celle qui a mauvaise haleine, elle arrêtait pas de dire qu'Allie, il avait l'air si *paisible* étendu là, c'est D.B. qui me l'a raconté. Moi j'y étais pas. J'étais encore à l'hôpital. On m'avait mis à l'hôpital et tout, vu que je m'étais abîmé la main. Bon. Je me suis dit que j'allais sûrement avoir une pneumonie, avec ces glaçons dans les cheveux, et que je mourrais. Et ça m'embêtait vachement pour ma mère et mon père. Spécialement pour ma mère parce qu'elle est encore pas remise, à cause de mon frère Allie. Je l'imaginais qui saurait pas quoi faire de mes habits et de mon équipement sportif. La seule chose bien c'est que j'étais sûr qu'elle laisserait pas la môme Phoebé venir à mon enterrement parce qu'elle est encore trop petite. C'était la seule chose bien. Et puis j'ai pensé à toute la bande qui me foutrait au cimetière et tout, avec mon nom sur la tombe et tout. Au milieu de ces foutus trépassés. Ouah, quand on est mort, on y met les formes pour vous installer. J'espère que lorsque je mourrai quelqu'un aura le bon sens de me jeter dans une rivière. N'importe quoi plutôt que le cimetière. Avec des gens qui viennent le dimanche vous poser un bouquet de fleurs sur le ventre et toutes ces conneries. Est-ce qu'on a besoin de fleurs quand on est mort ?

Souvent, lorsqu'il fait beau, mes parents vont mettre des fleurs sur la tombe d'Allie. Je les ai accompagnés deux ou trois fois et puis j'ai arrêté. D'abord ça me plaît pas du tout de le voir dans ce putain de cimetière. Entouré par des types qui sont morts et sous des dalles de pierre et tout. Quand il y a du soleil ça peut encore aller, mais deux fois, oui *deux fois* on y était quand il s'est mis à pleuvoir. C'était horrible. Il pleuvait sur la saloperie de tombe d'Allie et il pleuvait sur l'herbe sur son ventre. Il pleuvait tous azimuts. Les gens en visite au cimetière se sont mis à courir à toute pompe vers leurs voitures. Je me sentais devenir dingue. Ces gens, ils avaient qu'à monter dans les voitures et mettre la radio et tout et puis à s'en aller dîner dans un endroit agréable — tous, excepté Allie. Et ça je pouvais pas l'admettre. Je sais bien que c'est seulement son corps qu'est au cimetière et son âme est au Ciel et tout, le grand bla-bla, mais quand même je pouvais pas l'admettre. Je voudrais tellement pas qu'il soit là. Vous l'avez pas connu. Si vous l'aviez connu vous comprendriez. Passe encore quand y a du soleil mais le soleil il vient quand ça lui chante.

Au bout d'un moment, pour m'ôter de la tête l'idée d'attraper une pneumonie et tout, j'ai sorti mon fric et j'ai essayé de le compter dans la lumière pourrie d'un lampadaire. Il me restait que trois dollars et de la petite monnaie. Ouah. J'avais dépensé une fortune depuis mon départ de Pencey. Alors ce que j'ai fait, je suis allé près du lac, et j'ai lancé les pièces dedans, à l'endroit où c'était pas gelé. Je sais pas pourquoi j'ai fait ça mais je l'ai fait. J'imagine que je cherchais à m'ôter de la cervelle cette idée d'attraper une pneumonie et de mourir. Mais ça n'a pas réussi.

Je me suis mis à me demander ce que dirait la môme Phoebé si je mourais d'une pneumonie. C'était se tracasser bêtement mais je pouvais pas m'en empêcher. Ce serait moche pour elle si ça m'arrivait. Elle m'aime bien. Je peux dire qu'elle m'aime beaucoup. Vraiment. Bon, ça me trottait par la tête aussi j'ai fini par décider que je ferais mieux d'aller la voir à la maison en douce et je me suis dit que je me glisserais dans l'appartement sans bruit ni rien et qu'on aurait une petite convers' — elle et moi. Y avait bien la porte d'entrée qui m'embêtait. Cette saloperie de porte elle grince tellement. C'est un vieil immeuble et le gérant est flemmard, alors tout craque et grince. J'avais peur que mes parents m'entendent. Mais j'ai décidé de quand même tenter le coup.

Donc je suis ressorti du parc, et j'ai pris en direction de la maison. Je me suis tapé tout le chemin à pied. C'était pas tellement loin. J'étais pas fatigué. Je me sentais même plus ivre. Y avait juste qu'il faisait froid et qu'on voyait pas un chat.

Chapitre 21

Ça a été mon coup de pot du siècle. Quand je suis arrivé à la maison, Pete, le liftier du service de nuit, était pas là. C'était un nouveau. Alors je me suis dit qu'à moins de me cogner en plein dans mes parents ou quoi, je pourrais dire un petit bonjour à Phoebé et me barrer après sans que personne sache que j'étais venu. C'était un coup de pot du tonnerre. Ce qui arrangeait encore la situation c'est que le garçon d'ascenseur était plutôt à classer dans les cloches. Je lui ai dit d'un air très détaché que j'allais chez les Dickstein. Les Dickstein ce sont les gens qui ont l'autre appartement au même étage. Puis j'ai ôté ma casquette pour pas faire mauvais genre et je suis entré dans l'ascenseur comme si j'étais terriblement pressé.

Il avait fermé les portes et il était prêt à mettre le truc en marche quand il s'est tourné vers moi et il a dit « Y sont pas là. Y sont à une soirée au quatorzième étage ».

J'ai dit « Aucune importance. C'est entendu que je les attendrai. Je suis leur neveu »

Il m'a jeté un coup d'œil soupçonneux. « Tu ferais mieux de les attendre dans le hall, mon gars. »

J'ai dit « Je voudrais bien. Sincèrement. Mais j'ai une jambe esquintée. Faut que je la maintienne dans une certaine position. Je crois qu'il est préférable que j'aille m'asseoir sur la banquette du palier ».

Il suivait pas ce que je racontais. Il a seulement dit « Oh », et on est montés. Bien joué, ouah. C'est marrant, suffit de s'arranger pour que quelqu'un pige rien à ce qu'on lui dit et on obtient pratiquement tout ce qu'on veut.

Je suis sorti à notre étage — en boitant comme un malheureux — et je me suis dirigé du côté des Dickstein. Quand j'ai entendu la porte de l'ascenseur se refermer j'ai fait demi-tour et je suis allé de notre côté. Tout se passait bien. J'étais dégivré. J'ai pris ma clef et j'ai ouvert. Doucement. Doucement. Puis encore plus doucement et tout je suis rentré et j'ai refermé la porte. Décidément, j'aurais dû être cambrioleur.

Bien sûr, dans le vestibule j'y voyais que dalle et je pouvais pas allumer. Il fallait que je prenne des précautions pour pas me cogner et faire du barouf. Mais en tout cas je pouvais dire sans hésiter que j'étais à la maison. On sent tout de suite une drôle d'odeur qu'on trouve nulle part ailleurs. Je sais pas ce que c'est. C'est pas du chou-fleur, c'est pas du parfum. Difficile de préciser mais on peut tout de suite dire qu'on est à la maison. J'ai voulu ôter mon manteau pour le mettre dans la penderie mais finalement je l'ai gardé parce que la penderie est pleine de cintres qui font un vrai tintamarre quand on ouvre la porte. Puis j'ai avancé doucement, doucement, en direction de la chambre de Phoebé. Je savais que la bonne m'entendrait pas bicause elle a qu'un seul tympan. Quand elle était gosse elle m'a dit, un jour son frère lui a enfoncé une paille dans l'oreille. Alors elle est pas mal sourde et tout. Mes parents, eux, ils ont les oreilles comme celles d'un chien limier. Ma mère, c'est-à-dire. Donc j'ai fait très attention en passant devant leur porte. Bon Dieu, j'ai même retenu mon souffle. Mon père on lui casserait une chaise sur le crâne sans qu'il se réveille mais ma mère il suffit qu'un de nous se mette à tousser quelque part en Sibérie et elle entend. Elle est drôlement nerveuse. Ça lui arrive d'être debout toute la nuit à griller des cigarettes.

Finalement, au bout d'une heure ou presque, je suis arrivé dans la chambre de Phoebé. Et elle y était pas. J'avais oublié. Oui j'avais oublié qu'elle dort toujours dans la chambre de D.B. quand il est à Hollywood ou ailleurs. Elle aime, parce que c'est la plus grande chambre de la maison. Et aussi parce qu'il y a un grand vieux bureau dingue que D.B. a acheté à une dame de Philadelphie, une alcoolique, et puis un grand lit, un lit gigantesque, dix miles de long sur dix de large. Ce lit, je sais pas d'où il l'a ramené. En tout cas, la môme Phoebé elle aime dormir dans la chambre de D.B. quand il est pas là et lui il veut bien. Ça vaut le coup d'œil lorsqu'elle s'installe pour faire ses devoirs à ce bureau extravagant, presque aussi grand que le lit. Quand elle y est assise on la voit à peine. Mais c'est le genre de machin qu'elle aime. Sa chambre elle dit qu'elle lui plaît pas bicause elle est trop petite. Elle dit qu'elle aime s'étaler. Ça me tue. La môme Phoebé, qu'est-ce qu'elle a à étaler? Rien.

Bon. J'ai filé tout en douceur jusqu'à la chambre de D.B. et j'ai allumé la lampe qui est sur le bureau. La môme Phoebé, elle s'est même pas réveillée. Je l'ai regardée un bout de temps, elle était endormie avec la figure sur le bord de l'oreiller et la bouche ouverte. C'est bizarre. Prenez les adultes, ils ont l'air tarés quand ils dorment la bouche ouverte, mais pas les gosses. Les gosses ils sont quand même chouettes. Ils peuvent avoir en plus bavé sur leur oreiller et ils sont quand même chouettes.

J'ai fait le tour de la chambre, sans bruit, en inspectant un peu les lieux. Pour changer, je me sentais en forme. J'avais plus du tout l'impression que j'allais avoir une pneumonie ni rien. Je me sentais juste en bonne forme, pour changer. Les vêtements de Phoebé étaient sur une chaise, près du lit. Pour une gamine elle est très ordonnée. Elle jette pas ses affaires n'importe où comme certains mômes. Elle bousille rien. La veste du costume brun que ma mère lui a rapporté du Canada était suspendue au dossier de la chaise. Son chemisier et le reste étaient sur le siège. Ses chaussures et ses chaussettes sur le plancher, bien alignées. Les chaussures, je les avais jamais vues. C'était des chaussures basses, marron, genre sport, un peu comme les miennes, et qui allaient bougrement bien avec le costume que ma mère lui avait acheté au Canada. Ma mère s'y connaît pour l'habiller. Sans blague. Ma mère a un goût du tonnerre pour certaines choses. Elle vaut rien pour acheter des patins à glace ou des trucs comme ça mais pour les vêtements elle est extra. Je veux dire que Phoebé a toujours des robes à vous époustoufler. Prenez la plupart des gosses, même si leurs parents sont à l'aise c'est dément les trucs qu'on leur met sur le dos. Phoebé, je voudrais que vous la voyiez dans le costume que ma mère lui a acheté au Canada. Je vous jure.

Je me suis assis au bureau du père D.B. et j'ai jeté un coup d'œil à ce qu'il y avait dessus. C'était principalement les affaires de Phoebé, ses affaires d'école. Surtout des livres. Le premier de la pile c'était *L'arithmétique sans larmes.* Je l'ai ouvert à la première page et voilà ce qu'il y avait :

Phoebé Weatherfield Caulfield
7 B-I

Ça m'a tué. Son deuxième prénom c'est Joséphine, bon Dieu, pas Weatherfield. Mais Joséphine, elle aime pas. Chaque fois que je la vois, elle s'est trouvé un nouveau prénom. Le livre en dessous de l'arithmétique c'était une géographie et le livre encore en dessous un manuel d'orthographe. Elle est très bonne en orthographe. Elle est très bonne en tout mais elle est encore meilleure en orthographe. Et puis, sous le manuel, il y avait un tas de carnets. Des carnets, elle en a dans les cinq mille. On a jamais vu une môme avec autant de carnets. J'ai ouvert celui du dessus et j'ai regardé la première page. C'était écrit :

Bernice, on se voit à la récréation,
j'ai quelque chose de très important à te dire.

Sur cette page-là, c'était tout. Sur la suivante il y avait :

Pourquoi trouve-t-on tellement de fabriques de conserves dans le sud-est de l'Alaska?
Parce qu'il y a tellement de saumons.
Pourquoi y a-t-il de riches forêts?
A cause du climat.
Que fait notre gouvernement pour rendre la vie plus facile aux esquimaux de l'Alaska?
A chercher pour demain!!!

Phoebé Weatherfield Caulfield
Phoebé Weatherfield Caulfield
Phoebé Weatherfield Caulfield
Phoebé W. Caulfield
P.W. Caulfield
Faire passer à Shirley!!!
Shirley, tu as dit que tu étais sagittaire
mais t'es que taureau apporte tes patins quand tu viens à la maison.

Je me suis assis au bureau de D.B. et j'ai lu le carnet tout entier. Ça m'a pas pris beaucoup de temps. Et je pourrais passer mes jours et mes nuits à lire ce genre de trucs, le carnet d'un môme, le carnet de Phoebé ou de n'importe quel môme. Les carnets de môme ça me tue. Puis j'ai allumé encore une cigarette — c'était ma dernière. Je devais bien en avoir fumé ce jour-là trois cartouches de dix paquets. Finalement j'ai réveillé Phoebé, j'allais pas rester assis à ce bureau jusqu'à la fin de mes jours. D'autant que j'avais peur que les parents me tombent dessus et avant je voulais au moins dire bonsoir à Phoebé. Aussi je l'ai réveillée.

Elle se réveille très facilement. Y a pas à crier ni rien. Pratiquement suffit de s'asseoir au bord de son lit, de dire « Réveille-toi, Phoebé » et toc, elle se réveille.

Elle a dit tout de suite « Holden! » En jetant ses bras autour de mon cou. Elle est très affectueuse. Je veux dire, pour une gamine elle est très affectueuse. Parfois elle est même trop affectueuse. Je l'ai embrassée et elle a dit « Quand tu es arrivé ? » Elle était drôlement contente de me voir. C'est sûr.

« Pas si fort. J'arrive à l'instant. Comment tu vas ?

— Très bien. Tu as eu ma lettre ? Cinq pages je t'ai écrit.

— Ouais. Pas si fort. Merci. »

Elle m'avait écrit une lettre. J'avais pas pu lui répondre encore. C'était au sujet de cette pièce de théâtre où elle avait un rôle, à l'école. Elle me disait de pas prendre de rancards ni rien pour le vendredi parce qu'il fallait que je vienne la voir. J'ai demandé « Comment ça marche, la pièce ? Tu m'as dit que c'était quoi, le titre ?

— *A Christmas Pageant for Americans.* C'est moche, mais je suis Benedict Arnold. J'ai pratiquement le plus grand rôle. » Ouah, pour être réveillée elle l'était à présent. Elle s'excite beaucoup quand elle raconte des trucs. « Ça commence quand je suis en train de mourir. La veille de Noël y a un fantôme qui arrive et qui me demande si j'ai pas honte et tout ça. Tu sais. D'avoir trahi mon pays et tout ça. Tu viendras ? » Elle était assise toute droite dans son lit. « C'est ce que je t'ai mis dans ma lettre. Tu viens ?

— Bien sûr que je viens. Certainement que je viens. »

Elle a dit « Papa peut pas venir. Faut qu'il aille en Californie. Il prend l'avion ». Ouah, je vous le dis, sûr qu'elle était bien réveillée — pour se réveiller ça lui prend deux secondes. Elle était assise — ou plutôt comme agenouillée dans son lit et elle me tenait la main. « Écoute, maman a dit que tu arrivais *mercredi.* Oui, elle a dit *mercredi.*

— Je suis sorti un peu en avance. Pas si fort. Tu vas réveiller tout le monde.

— Quelle heure il est ? Ils vont rentrer très tard, maman a dit. Ils sont allés à une soirée à Norwalk, Connecticut. Devine ce que j'ai fait cet après-midi ? Le film que j'ai vu ? Devine ?

— Je sais pas. Écoute. Ils ont pas dit à quelle heure ils...

— *Le Docteur* » a dit la môme Phoebé. « C'est un film spécial qu'ils passaient à la Fondation Lister. Ils le passaient uniquement aujourd'hui. Aujourd'hui c'était le seul jour. Ça parlait de ce médecin, au Kentucky et tout ça, celui qui a collé une couverture sur la figure d'une petite fille qu'est infirme et peut pas marcher. Alors ils l'ont mis en prison. C'était formidable.

— Écoute-moi une minute. Ils ont pas dit à quelle heure ils...

— Le docteur il a pitié. C'est pourquoi il lui fourre une couverture sur la figure et il l'étouffe. Alors on l'envoie en prison pour la vie mais cette petite fille qu'a eu la couverture sur la tête elle vient tout le temps lui rendre visite et le remercier pour ce qu'il a fait. C'était par charité. Mais il sait bien qu'il mérite d'aller en prison parce qu'un médecin a pas le droit de toucher à l'œuvre de Dieu. C'est la mère de cette fille de ma classe, Alice Holmborg, qui nous a emmenées. Alice est ma meilleure amie. La seule fille dans toute... »

J'ai dit « Attends une seconde, veux-tu ? Je t'ai posé une question. Ils ont pas dit à quelle heure ils rentraient ?

— Non, mais ils ont dit très tard. Papa a pris la voiture pour qu'ils aient pas à se casser la tête avec les trains. Maintenant il y a une radio dedans. Sauf que Maman a dit que faut pas la faire marcher quand on circule. »

Je commençais à me détendre. C'est-à-dire j'en arrivais à m'en foutre qu'ils rentrent et me trouvent là. Je me suis dit merde, tant pis. S'ils me trouvent, ben ils me trouveront.

Phoebé, j'aurais voulu que vous la voyiez. Elle avait son pyjama bleu avec sur le col des éléphants rouges. Les éléphants, ça lui allait vachement bien.

J'ai dit « Donc c'était un bon film, hein ?

— Super. Sauf qu'Alice avait un rhume et sa mère arrêtait pas de lui demander si elle se sentait fiévreuse. En plein milieu du film. Toujours à un moment très important sa mère se penchait au-dessus de moi et demandait à Alice si elle se sentait pas fiévreuse. Ça me tapait sur les nerfs. »

Alors je lui ai dit, pour le disque. J'ai dit « Écoute, je

t'avais acheté un disque. Seulement je l'ai cassé en route ». J'ai sorti les morceaux de la poche de mon manteau et je les ai montrés. J'ai dit « J'étais bourré ».

Elle a dit « Donne-les-moi ». Elle a pris les morceaux du disque et elle les a mis dans le tiroir de la table de nuit. Elle me tue.

J'ai demandé « Il vient, D.B., pour Noël ?

— Maman a dit peut-être, ou peut-être pas. Ça dépend. Il sera peut-être obligé de rester à Hollywood et d'écrire un film sur Annapolis.

— Annapolis. Bon Dieu !

— C'est une histoire d'amour. Devine qui va être dedans. Quel acteur. Devine. »

J'ai dit « Ça m'intéresse pas. Annapolis. Bordel. Qu'est-ce qu'il sait d'Annapolis, D.B., bordel ? Quel rapport avec le genre d'histoires qu'il écrit ? » Ouah. Son ciné ça me rend dingue. Ce foutu Hollywood. J'ai demandé « Qu'est-ce que tu t'es fait au bras ? » J'avais remarqué qu'elle avait un grand morceau de sparadrap. J'avais remarqué pour la raison que son pyjama a des manches courtes.

Elle a dit « C'est un garçon de ma classe qui m'a poussée, Curtis Weintraub, dans le parc, quand je descendais les marches. Tu veux voir ? » Elle commençait déjà à décoller la saleté de sparadrap.

« Laisse. Pourquoi il t'a poussée en bas des marches ?

— Je sais pas. Je crois qu'il me déteste » a dit la môme Phoebé. « Cette autre fille et moi, Selma Atterbury, on a mis de l'encre et des saletés partout sur son anorak.

— C'est pas gentil. Qu'est-ce que tu es ? Encore un bébé ?

— Non, mais tout le temps dans le parc il me *suit.* Partout. Tout le temps. Il me suit. Ça m'agace.

— Sans doute qu'il t'aime bien. C'est pas une raison pour mettre de l'encre sur... »

Elle a dit « Je veux pas qu'il m'aime bien ». Puis elle a dit « Holden, pourquoi c'est pas *mercredi* que t'es rentré ?

— Quoi ? »

Avec la gamine, il faut toujours prendre garde. Ouah. Si vous trouvez pas qu'elle est futée c'est que vous êtes pas normal.

Elle a répété « Pourquoi c'est pas *mercredi* que t'es rentré ? Hey, t'aurais pas été renvoyé ?

— Je t'ai dit. Ils nous ont libérés plus tôt. Ils ont...

— T'as été renvoyé. C'est bien ça ! » a crié Phoebé. Puis elle m'a frappé la jambe d'un coup de poing. Quand elle veut, elle s'y connaît pour serrer les poings. « T'es renvoyé. Oh, Holden ! » Elle avait sa main sur sa bouche et tout. Y a des moments où elle se met dans tous ses états. Je vous jure.

« Qui a dit que j'étais renvoyé ? Personne a dit que...

— T'es renvoyé. T'es renvoyé. » Et elle m'a encore frappé avec son poing. Et faudrait pas croire que c'était particulièrement doux. Elle a dit « Papa va te *tuer* ». Et puis elle s'est laissée retomber et elle s'est fourré l'oreiller sur la figure. Elle fait ça très souvent. Parfois elle est vraiment barjot.

J'ai dit « Arrête, veux-tu. Personne va me tuer. Personne va même... Allons, Phoeb', montre ta bouille. Personne va me tuer ».

Mais elle gardait l'oreiller sur sa figure. Quand elle s'obstine on peut rien en tirer. Tout ce qu'elle faisait c'était répéter « Papa va te *tuer* ». Et à cause de l'oreiller on la comprenait à peine.

J'ai dit « Personne va me tuer. Réfléchis un peu. Et d'abord, je m'en vais. Après, on verra bien. Je pourrais chercher un job dans un ranch ou quoi. Pour quelque temps. Je connais un type dont le grand-père a un ranch au Colorado. Peut-être que là-bas y aura un job pour moi ». J'ai dit « Je te donnerai de mes nouvelles et tout quand je serai parti si je pars. Allons. Enlève ça. Hey, Phoebé. Allons. S'il te plaît ». Mais elle gardait l'oreiller sur sa figure. J'ai tiré, mais elle est drôlement costaud. On se fatigue à lutter avec elle. Ouah, si elle veut garder l'oreiller sur sa figure qu'elle le *garde*. « Phoebé, je t'en prie. Allons. Montre-toi. » J'arrêtais pas de lui dire « Allons. Hey. Hey, Weatherfield. Montre-toi ».

Elle voulait pas. Parfois y a pas moyen de la raisonner. Finalement je me suis levé. Je suis allé dans la salle de séjour et j'ai pris quelques cigarettes dans la boîte sur la table. J'étais rétamé.

Chapitre 22

Quand je suis revenu elle avait sorti la tête de l'oreiller, comme je m'y attendais, elle était couchée sur le dos mais quand même elle voulait toujours pas me regarder. J'ai longé le lit et je me suis à nouveau assis au bord, elle a tourné de l'autre côté sa petite bouille en colère. Elle me faisait la gueule. Juste comme l'équipe d'escrime à Pencey, quand j'avais laissé les foutus fleurets dans le métro.

J'ai demandé « Comment va la chère Hazel Weatherfield? As-tu écrit d'autres histoires sur elle? Celle que tu m'as envoyée est dans ma valise qui est restée à la gare. C'est très bien.

— Papa va te *tuer.* »

Ouah, quand elle a quelque chose dans la tête elle a pour de bon quelque chose dans la tête.

« Non. Pas vrai. Le pire qu'il me fera, il m'engueulera, et puis il m'enverra dans cette foutue école militaire. C'est le pire qu'il me fera. Et *d'abord* je serai même pas ici. Je serai parti. Je serai... je serai probablement au Colorado, dans ce ranch.

— Me fais pas rire. Tu sais même pas monter à cheval.

— Quoi? Tu parles. On vous apprend ça en deux minutes. Arrête de tripoter ce machin. » Elle tiraillait sur le sparadrap de son bras. J'ai demandé « Qui est-ce qui t'a coupé les cheveux comme ça? »

Je venais juste de remarquer qu'elle avait une coupe de cheveux très moche. C'était beaucoup trop court.

Elle a dit « Ça te regarde pas ». Quelquefois elle prend un air pimbêche. Elle peut être tout à fait pimbêche. « Je suppose que tu as encore loupé dans toutes les matières » elle a dit, très pimbêche. Quelquefois elle parle comme une saleté de prof et elle est seulement une petite fille.

J'ai dit « Non. J'ai pas loupé en Lettres ». Et puis, pour rire, je lui ai pincé le derrière. A la façon dont elle était couchée sur le côté, son derrière ressortait. C'était un tout petit derrière. J'ai pas pincé dur, quand même elle a voulu me donner une tape sur la main. Manqué.

Et puis subitement elle a dit « Mais pourquoi t'as fait ça ? » Elle voulait dire pourquoi tu t'es encore fait renvoyer. Et le ton qu'elle avait, c'était pas gai.

J'ai dit « Oh non, Phoebé, demande pas. J'en ai marre de toujours t'entendre demander la même chose. Y a un million de raisons. C'était un des pires collèges où je suis jamais allé. Plein de frimeurs. Et de sales types. Dans toute ta vie t'as jamais vu autant de sales types. Par exemple, si on discutait un coup dans une des piaules et que quelqu'un voulait entrer, personne aurait laissé entrer un type un peu charlot et boutonneux. Tout le monde lui fermait la porte au nez. Et il y avait cette foutue société secrète et j'étais trop trouillard pour pas m'en mettre. Un gars plutôt rasoir et boutonneux voulait s'en mettre aussi. Robert Ackley il s'appelait, il a essayé et il a jamais pu. Juste parce qu'il était rasoir et boutonneux. J'ai même pas envie de parler de ça. C'était une école puante. Crois-moi sur parole. »

La môme Phoebé, elle bronchait pas mais elle écoutait. Je le voyais rien qu'à regarder sa nuque. Lorsqu'on lui dit quelque chose elle écoute toujours. Et le plus drôle c'est que la moitié du temps elle sait de quoi ça retourne. Sans rire.

J'ai continué à parler de Pencey. J'avais comme une envie d'en parler.

J'ai dit « Même les deux ou trois profs sympa, c'était

quand même des tarés. Y avait ce vieux type, Mr Spencer, sa femme arrêtait pas de nous offrir des tasses de chocolat et tous les deux ils étaient vraiment pas désagréables. Mais si tu l'avais vu, lui, quand le père Thurmer, le directeur, rappliquait en cours d'histoire et s'asseyait au fond de la classe. Parce que Thurmer il venait tout le temps passer une demi-heure au fond de la classe. Il était supposé venir incognito. Au bout d'un moment il se renversait sur sa chaise et se mettait à interrompre le père Spencer pour lancer des plaisanteries à la con. Et le père Spencer était là qui se tuait à sourire et à glousser et tout, comme si ce corniaud de Thurmer était un foutu prince en visite.

— Dis pas de gros mots.

— T'en aurais dégueulé, je te jure. Et puis la Journée des Anciens. Ils avaient ça, cette journée quand tous les tarés qui ont fait leurs études à Pencey vers les 1776 reviennent au collège et se baladent partout avec leurs femmes et leurs enfants. Si t'avais vu ce vieux type qu'avait dans les cinquante piges. Ce qu'il a fait, il est venu frapper à la porte de notre piaule et il a demandé si ça nous ennuyait qu'il aille aux lavabos. Les lavabos c'était au bout du couloir. Je vois pas pourquoi c'est à *nous* qu'il a demandé. Et tu sais ce qu'il a dit? Il a dit qu'il voulait vérifier si ses initiales étaient encore sur une des portes des chiottes. Ce qu'il avait fait, y a dans les quatre-vingt-dix ans, il avait gravé ses vieilles connasses de saletés d'initiales sur une des portes des chiottes et il voulait vérifier si elles y étaient encore. Donc, mon copain de chambre et moi, on est allés avec lui aux lavabos, et on est restés là à attendre pendant qu'il cherchait ses initiales sur toutes les portes des chiottes. Et il a pas arrêté un instant de nous parler, nous racontant que ses années à Pencey c'étaient les plus heureuses de sa vie, et nous donnant un tas de conseils, pour notre avenir et tout. Ouah, il m'a flanqué un de ces cafards! Je veux pas dire que c'était un mauvais type — sûrement pas. Mais y a pas que les mauvais types qui vous fichent le cafard. Même un *bon* type peut le faire. Pour ça y suffit qu'il donne un tas de conseils bidon tout en cherchant ses initiales sur la porte des chiottes — ça suffit. Je sais pas. Peut-être que ça aurait été moins pénible s'il avait pas été tout essoufflé. Il était tout essoufflé rien que d'avoir monté les escaliers et pendant qu'il en finissait pas de chercher ses initiales il respirait avec un bruit terrible et ses narines étaient bizarres et tristes tandis qu'il continuait à nous dire, à Stradlater et à moi, de bien profiter de Pencey. Bon Dieu, Phoebé ! Je peux pas expliquer. C'est juste que j'aimais rien de tout ce qui se passait à Pencey. Je peux pas expliquer. »

La môme Phoebé a dit quelque chose, mais j'ai pas compris. Elle avait le coin de sa bouche contre l'oreiller et j'ai pas compris.

J'ai dit « Quoi ? Sors ta bouche de là. Je comprends pas quand t'ouvres pas bien la bouche.

— Tu aimes jamais rien de ce qui se passe. »

Qu'elle dise ça, j'en ai eu le cafard encore plus.

« Mais si. Mais si. Dis pas ça. Pourquoi tu dis ça, bon Dieu ?

— Parce que c'est vrai. T'aimes aucune école. T'aimes pas un million de choses. T'aimes *rien*.

— Mais si. C'est là où tu te trompes. C'est là où tu te trompes totalement. » J'ai dit « Pourquoi faut-il que tu dises ça, bon Dieu ». Ouah. J'étais tout démoli.

Elle a dit « Parce que c'est vrai. Nomme une seule chose ».

J'ai dit « Une chose ? Une chose que j'aime ? Okay ».

L'ennui c'est que je pouvais pas me concentrer vraiment. Par moments c'est dur de se concentrer.

J'ai demandé « Une chose que j'aime beaucoup, tu veux dire ? »

Mais elle a pas répondu. Elle était couchée tout de travers, là-bas à l'autre bout du lit. Elle était bien à cinq cents miles. J'ai dit « Allons, réponds. Une chose que j'aime beaucoup ou simplement une chose que j'aime ?

— Que t'aimes beaucoup.

J'ai dit « D'accord ». Mais l'ennui, c'est que j'arrivais pas à me concentrer. Tout ce qui me venait à l'idée c'était ces deux bonnes sœurs qui faisaient la quête avec leur vieux panier abîmé. Spécialement celle avec les lunettes à monture métallique. Et puis le garçon que j'avais connu à Elkton Hills. Il y avait un garçon, à Elkton Hills, il se nommait James Castle, qui voulait pas retirer quelque chose qu'il avait dit sur cet autre gars, très prétentieux, Phil Stabile. James Castle avait dit qu'il était crâneur, et un des salopards d'amis de Stabile est allé lui rapporter ça. Alors Stabile, avec six autres salopards, est entré dans la piaule de James Castle et ils ont fermé la porte à clef et essayé de lui faire retirer ce qu'il avait dit mais il a pas voulu. Et ils se sont mis au boulot. Je vous dirai pas ce qu'ils lui ont fait, c'est trop répugnant — mais James Castle a toujours pas voulu retirer ce qu'il avait dit. Et pourtant, si vous l'aviez vu. C'était un petit type maigre et l'air pas costaud, avec des poignets de la grosseur d'un crayon. Finalement, ce qu'il a fait, lui, plutôt que retirer ce qu'il avait dit, il a sauté par la fenêtre. J'étais sous la douche et tout, et même moi je l'ai entendu atterrir dehors. Mais j'ai cru que quelque chose était tombé par la fenêtre. Un poste de radio ou un bureau ou quoi, pas un *gars* ni rien. Puis j'ai entendu tout le monde qui courait dans le couloir et les escaliers, alors j'ai enfilé mon peignoir de bains et je suis descendu moi aussi à toute vitesse et il y avait James Castle étendu sur les marches de pierre et tout. Il était mort, avec ses dents et son sang projetés tous azimuts et personne voulait s'approcher de lui. Il portait mon pull à col roulé que je lui avais prêté. Et les types qui étaient avec lui dans la chambre ils ont simplement été renvoyés. Ils sont même pas allés en prison.

C'était à peu près tout ce qui me venait à l'idée. Les deux bonnes sœurs que j'avais vues en prenant mon petit déjeuner et ce gars, James Castle, que j'ai connu à Elkton Hills. Même pas vraiment connu, si vous voulez savoir, c'est ça le plus bizarre. C'était un type très tranquille. On suivait le même cours de maths, mais il était loin, à l'autre bout de la classe, et il se levait pas souvent pour réciter une leçon ou aller au tableau ni rien. En cours y a des gars qui se lèvent presque jamais pour réciter ou aller au tableau. Je crois bien que la seule fois où il m'a adressé la parole c'est lorsqu'il m'a demandé s'il pouvait m'emprunter mon pull à col roulé. J'en revenais pas qu'il me demande ça, c'était si surprenant et tout. Je me souviens que j'étais en train de me brosser les dents aux lavabos. Il m'a dit que son cousin venait le chercher pour l'emmener faire un tour en voiture. Je pensais même pas qu'il savait que j'avais un pull à col roulé. Moi, tout ce que je savais de lui, c'était que son nom se trouvait juste avant le mien, sur le cahier d'appel. Cabel R., Cabel W., Castle, Caulfield — je m'en souviens. Et en fait, je lui ai presque dit non, pour le pull. Juste parce que ce James Castle, je le connaissais pas bien.

« Quoi ? » Y avait la môme Phoebé qui me parlait, mais j'avais pas fait attention.

« Tu peux même pas trouver une seule chose.

— Mais si. Mais si.

— Alors, vas-y. »

J'ai dit « J'aime Allie. Et j'aime faire ce qu'on fait en ce moment. Etre assis là avec toi à bavarder et réfléchir à des trucs et...

— Allie est *mort*. Tu dis toujours ça ! Si quelqu'un est mort et *au Ciel,* alors c'est pas vraiment...

— Je le sais qu'il est mort. Et comment que je le sais. Mais je peux quand même l'aimer, non ? Juste parce que les morts sont morts on s'arrête pas comme ça de les aimer, bon Dieu — spécialement quand ils étaient mille fois plus gentils que ceux qu'on connaît qui sont *vivants* et tout. »

La môme Phoebé, elle a rien dit. Quand elle trouve rien à répondre elle dit rien. Pas un mot.

Moi j'ai dit « Et puis j'aime maintenant. Je veux dire, en ce moment. Etre assis près de toi et faire la convers' et raconter des...

— C'est pas *vraiment* quelque chose.

— C'est absolument *vraiment* quelque chose. Pas le moindre doute. Pourquoi ça le serait pas, bordel ? Les gens veulent jamais admettre que quelque chose est vraiment quelque chose. Ça commence à me faire chier.

— Dis pas de gros mots. Bon, d'accord. Trouve encore une chose. Ben, ce que tu voudrais être plus tard. Par exemple, ingénieur. Ou conseiller juridique.

— Je pourrais pas être ingénieur. Je suis pas assez fort en sciences.

— Alors, conseiller juridique — comme papa.

— Les juristes sont des gens bien, je suppose, mais ça me tente pas. Je veux dire, ce seraient des gens très bien s'ils s'occupaient tout le temps de sauver la vie de pauvres types innocents et qu'ils aiment ça, mais c'est pas ça qu'on fait quand on est juriste. Tout ce qu'on fait c'est ramasser du flouze et jouer au golf et au bridge et acheter des bagnoles et boire des martini et être un personnage. D'ailleurs, même s'ils s'occupaient tout le temps de sauver la vie des types innocents et tout, comment on pourrait savoir s'ils le font parce qu'ils *veulent* vraiment le faire ou parce que ce qu'ils veulent *vraiment* faire c'est être un avocat super, que tout le monde félicite en lui tapant dans le dos au tribunal quand le jugement est rendu, avec les reporters et tout, comme on voit dans les saletés de films. Comment ils peuvent dire que c'est pas de la frime ? Le problème c'est qu'ils peuvent pas. »

Je suis pas très sûr que Phoebé comprenait de quoi je parlais, après tout c'est qu'une petite fille. Mais au moins elle écoutait. Si au moins quelqu'un écoute c'est déjà pas mal.

Elle a dit « Papa va te tuer. Il va te *tuer*. »

Je faisais pas attention. Je pensais à quelque chose. Quelque chose de dingue. J'ai dit « Tu sais ce que je voudrais être ? Tu sais ce que je voudrais être si on me laissait choisir, bordel ?

— Quoi ? Dis pas de gros mots.

— Tu connais la chanson "Si un cœur attrape un cœur qui vient à travers les seigles?" Je voudrais...

— C'est "Si un corps rencontre un corps qui vient à travers les seigles". C'est un poème. De Robert Burns.

— Je le sais bien que c'est un poème de Robert Burns. » Remarquez, elle avait raison, c'est "Si un corps rencontre un corps qui vient à travers les seigles". Depuis, j'ai vérifié.

Là j'ai dit « Je croyais que c'était "Si un cœur attrape un cœur". Bon. Je me représente tous ces petits mômes qui jouent à je ne sais quoi dans le grand champ de seigle et tout. Des milliers de petits mômes et personne avec eux — je veux dire pas de grandes personnes — rien que moi. Et moi je suis planté au bord d'une saleté de falaise. Ce que j'ai à faire c'est attraper les mômes s'ils approchent trop près du bord. Je veux dire s'il courent sans regarder où ils vont, moi je rapplique et je les *attrape.* C'est ce que je ferais toute la journée. Je serais juste l'attrape-cœurs et tout. D'accord, c'est dingue, mais c'est vraiment ce que je voudrais être. Seulement ça. D'accord, c'est dingue. »

La môme Phoebé, pendant longtemps elle a rien dit. Puis quand elle a dit quelque chose elle a dit « Papa va te tuer »

J'ai dit « S'il le fait, je m'en fous pas mal ». Je me suis levé du lit parce que je voulais téléphoner à ce type qui avait été mon prof de lettres, à Elkton Hills. Mr Antolini. Maintenant il vivait à New York. Il avait quitté Elkton Hills et il enseignait à New York University. J'ai dit à Phoebé « Faut que je téléphone. Je reviens tout de suite. T'endors pas ». Je voulais pas qu'elle s'endorme pendant que j'étais dans la salle de séjour. Je savais bien qu'elle allait pas s'endormir mais j'ai dit quand même « t'endors pas ». Pour être plus sûr.

Comme je me dirigeais vers la porte, la môme Phoebé a dit « Holden ! » et je me suis retourné.

Elle était assise dans son lit. Tellement mignonne et tout. Elle a dit « Cette fille, Phyllis Margulies, elle me donne des leçons de rot. Écoute ».

J'ai écouté, et j'ai entendu quelque chose mais pas grand-chose. J'ai dit « Bravo ». Puis je suis allé dans la salle de séjour et j'ai bigophoné à ce prof que j'avais eu, Mr Antolini.

Chapitre 23

Au téléphone j'ai pas traîné, j'avais peur que mes parents me tombent dessus au milieu de mon discours. Ça s'est pas produit, remarquez. Mr Antolini a été très aimable. Il a dit que je pouvais venir immédiatement. Je crois bien que je les ai réveillés, lui et sa femme, parce qu'avant de décrocher ils m'ont fait attendre des heures. La première chose qu'il m'a demandée ça a été si j'avais des ennuis et j'ai dit non. J'ai tout de même dit qu'on m'avait foutu à la porte de Pencey. J'avais pensé que je ferais aussi bien de lui dire. Et quand je l'ai dit il a lancé « Oh Seigneur ». Il avait le sens de l'humour et tout. Il m'a dit que si je voulais, je pouvais venir immédiatement.

Mr Antolini, ça doit être le meilleur professeur que j'aie jamais eu. Il était assez jeune, pas beaucoup plus vieux que mon frère D.B. et on pouvait blaguer avec lui tout en continuant à le respecter. C'est lui qui finalement a ramassé ce gars dont je vous ai parlé, qui avait sauté par la fenêtre, James Castle. Le petit père Antolini a tâté son pouls et tout, et puis il a ôté son pardessus et en a enveloppé James Castle et il l'a porté à l'infirmerie. Même que son manteau soit plein de sang il s'en foutait.

Quand je suis retourné dans la chambre de D.B., Phoebé avait mis la radio. Il en sortait une musique de danse. Elle l'avait mise très bas, pour que la bonne entende pas. Si vous l'aviez vue... Assise en plein milieu du lit, en dehors des couvertures, les jambes croisées, comme un yogi. Elle écoutait la musique. Elle me tue.

J'ai dit « Allons. Tu veux danser ? » Je lui ai appris à danser quand elle était toute petite. Elle danse très bien. Moi je lui ai juste appris deux ou trois choses. Le reste, elle l'a découvert toute seule. On peut pas *vraiment* apprendre à danser à quelqu'un.

Elle a dit « T'as tes chaussures.

— Je les enlève. Viens. »

Elle a pour ainsi dire sauté du lit. Et puis elle a attendu que j'ôte mes chaussures et on a dansé un moment. Elle est vachement douée. J'aime pas les gens qui dansent avec des petits gosses. La plupart du temps c'est horrible. Je parle de quand on est au restaurant, quelque part, et qu'on voit un vieux type qui s'amène sur la piste de danse avec sa petite gamine. Généralement il arrête pas de tirailler dans le dos la robe de la gosse sans faire exprès et de toute manière la gosse sait pas mieux danser qu'un pingouin et c'est horrible, mais moi je danse pas avec Phoebé en public ni rien. On s'amuse à ça seulement quand on est à la maison. D'ailleurs avec elle c'est pas pareil bicause elle sait danser. Elle peut suivre n'importe quoi qu'on lui fait faire. Je veux dire si on la tient très serrée pour que ça gêne pas qu'on ait des jambes tellement plus longues. Tout le temps elle suit. Vous pouvez traverser ou faire toutes sortes de fantaisies, ou bien même un peu de boogie-woogie et elle suit. Vous pouvez même danser le tango, bordel.

On s'est offert quatre danses. Entre chacune elle est drôlement marrante. Elle reste en position. Elle dit pas un mot ni rien. Il faut rester tous les deux en position et attendre que la musique reprenne. Ça me tue. Et il est pas question de rire ou quoi.

Bon. Après ça j'ai arrêté la radio. La môme Phoebé a regagné son plumard et s'est fourrée sous les couvertures. Elle m'a demandé « Est-ce que j'ai fait des progrès ?

— Et comment », j'ai dit. Je me suis assis sur le lit auprès d'elle. J'étais pas mal essoufflé. Je fumais tellement, j'avais plus de souffle. Mais Phoebé était toute fraîche.

Subitement elle a dit « Touche mon front.

— Pourquoi ?

— Touche-le. Juste une fois. »

J'ai touché. J'ai rien senti.

Elle a dit « Il est pas plutôt chaud ?

— Non. Il devrait l'être ?

— Oui. Je fais monter la fièvre. Touche encore. »

J'ai encore touché, je ne sentais toujours rien ; mais j'ai dit « Je crois que ça commence ». Je voulais pas lui donner une saleté de complexe d'infériorité.

Elle a hoché la tête. « On peut faire monter la fièvre même au-dessus du thermonètre.

— Ther*mom*ètre. Qui t'a dit ça ?

— Alice Homberg m'a montré. On croise les jambes, on retient sa respiration et on pense à quelque chose de très très chaud. Un radiateur par exemple. Et alors le front devient si brûlant qu'il peut brûler la main qui le touche. »

Ça m'a tué. J'ai retiré ma main comme si je courais un danger terrible. J'ai dit « Merci de me prévenir.

— Oh, j'aurais pas brûlé *ta* main. Je me serais arrêtée avant que ça devienne trop... *chuttt !* » En un éclair elle s'était assise toute droite dans son lit.

Elle m'a drôlement foutu les jetons. J'ai dit « Qu'est-ce qui se passe ?

— La porte d'entrée ! Les voilà ! »

J'ai bondi, je me suis précipité pour éteindre la lumière sur le bureau. J'ai écrasé ma cigarette sur mon soulier et je l'ai fourrée dans ma poche. J'ai agité l'air de la main pour dissiper la fumée — bon Dieu, j'aurais vraiment pas dû fumer. Puis j'ai attrapé mes godasses, j'ai plongé dans la penderie et j'ai fermé la porte. Ouah, mon cœur battait à toute biture.

J'ai entendu ma mère entrer dans la chambre. Elle a dit

« Phoebé ? Allons, arrête ça. J'ai vu la lumière, mademoiselle. »

J'ai entendu Phoebé qui disait « Bonsoir ! J'arrivais pas à dormir. C'était bien ? »

Maman a dit « Superbe ». Mais j'ai tout de suite su que c'était pas vrai. Ça l'amuse pas de sortir. « Pourquoi ne dors-tu pas je te prie ? As-tu assez chaud ?

— J'ai assez chaud. C'est juste que j'arrivais pas à dormir.

— Phoebé, as-tu fumé une cigarette dans ta chambre. Dites-moi la vérité s'il vous plaît, mademoiselle.

— Quoi ? » a dit Phoebé.

« Tu m'as entendue.

— J'en ai juste allumé une, juste pour une seconde. J'en ai juste tiré une bouffée. Et puis je l'ai jetée par la fenêtre.

— *Pourquoi ?* Peut-on savoir ?

— J'arrivais pas à dormir.

— Je n'aime pas ça, Phoebé. Je n'aime pas du tout ça » a dit ma mère. « Veux-tu une autre couverture ?

— Non, merci. B'nuit, m'man. » C'était clair que Phoebé essayait de la larguer.

Mais ma mère a dit « Et ce film ?

« Super. A part la mère d'Alice. Elle a pas arrêté pendant tout le film de se pencher pour demander à Alice si elle se sentait pas grippée. On est rentrées en taxi.

— Laisse-moi toucher ton front.

— J'ai rien attrapé. Alice, elle avait rien. C'était seulement sa mère.

— Suffit. Dors, maintenant. Et ton dîner, il était bon ?

— Pourri.

— Tu sais que ton père en a assez de t'entendre dire ce mot. Qu'est-ce qui était pourri ? Tu avais une côtelette d'agneau premier choix. J'ai fait à pied tout Lexington Avenue rien que pour...

— La côtelette ça allait. Mais Charlène, faut toujours qu'elle m'envoie son haleine, chaque fois qu'elle pose quelque chose sur la table. Elle envoie son haleine sur mon assiette. Elle l'envoie sur tout ce qui se trouve là.

— Eh bien, dors à présent. Donne un baiser à maman. As-tu dit tes prières ?

— Je les ai dites dans la salle de bains. B'nuit.

— Bonne nuit. Dépêche-toi de dormir. J'ai un mal de tête affreux. » Ma mère a très souvent mal à la tête. C'est sûr.

Phoebé a dit « Prends de l'aspirine ». Et puis « Holden revient mercredi, n'est-ce pas ?

— Autant que je sache. Maintenant rentre là-dessous. Enfonce-toi. »

J'ai entendu la porte se refermer. J'ai attendu quelques minutes. Puis je suis sorti de la penderie. J'y voyais rien. Je me suis cogné en plein dans Phoebé qui s'était levée pour venir me chercher. J'ai chuchoté « Je t'ai pas fait mal ? » Maintenant que les parents étaient là valait mieux parler tout bas. J'ai dit « Faut que je dégage ». J'ai trouvé à tâtons le bord du plumard et je m'y suis assis pour mettre mes chaussures. Je dois avouer que je me sentais mal à l'aise.

Phoebé a dit « T'en va pas maintenant. Attends qu'ils dorment ».

J'ai dit « Non. Maintenant. C'est le meilleur moment. Elle sera dans la salle de bains et papa mettra les Informations. Maintenant, c'est le moment ». Je pouvais à peine lacer mes souliers tellement mes mains tremblaient. Bien sûr s'ils m'avaient découvert ils m'auraient pas *tué* ni rien, mais ça aurait été plutôt désagréable. « Bon Dieu, où tu es ? » Je pouvais pas voir Phoebé tellement il faisait noir.

« Ici. » Elle était tout près de moi mais je la voyais pas.

J'ai dit « Mes valises sont à la gare. Écoute, aurais-tu un peu de fric, Phoebé ? Je suis pratiquement à sec.

— J'ai que mes sous de Noël. Pour les cadeaux. J'ai encore *rien* acheté.

— Oh. » Non, j'allais pas lui prendre son fric de Noël. « T'en veux ?

— Je vais pas te prendre ton fric de Noël. »

Elle a dit « Je peux t'en prêter un peu ». Puis je l'ai entendue qui ouvrait le million de tiroirs du bureau de D.B. et qui cherchait avec la main. Il faisait tellement sombre, noir comme dans un four. « Si tu t'en vas, tu me verras pas dans la pièce. » Elle avait une drôle de voix pour me dire ça.

« Je te verrai. Je partirai pas avant. Tu te figures que je vais manquer ta pièce? Ce que je vais faire, je vais rester chez Mr Antolini. Jusqu'à mardi soir, sans doute. Et puis je rentrerai à la maison. Si je peux je te téléphone. »

Elle a dit « Tiens ». Elle essayait de me donner le fric mais elle trouvait pas ma main.

« Où ? »

Elle m'a mis l'argent dans la main.

« Hey, j'ai pas besoin de tout ça. Passe-moi deux dollars, ça suffira. Sans rire. » J'ai cherché à lui redonner ses sous mais elle a pas voulu.

« Prends tout. Tu me les rendras plus tard. Rapporte-les en venant voir la pièce.

— Bon Dieu, y a combien?

— Huit dollars quatre-vingt-cinq cents. Non, soixante-cinq cents. J'en ai dépensé un peu. »

Alors, brusquement, je me suis mis à chialer. Je pouvais pas m'en empêcher. Je me suis arrangé pour que personne m'entende mais j'ai chialé. La pauvre Phoebé, ça lui a foutu un coup et elle est venue près de moi et elle voulait que j'arrête mais quand on a commencé pas moyen de s'arrêter pile. J'étais toujours assis au bord du lit et elle a mis son bras autour de mon cou, et j'ai mis aussi mon bras autour d'elle mais je pouvais toujours pas m'arrêter. J'ai même eu l'impression que j'allais claquer à force de suffoquer. Ouah, la pauvre Phoebé, je lui ai foutu les jetons. La fenêtre était ouverte et tout, et je la sentais qui frissonnait parce qu'elle avait rien d'autre sur elle que son pyjama.

J'ai essayé de l'obliger à se remettre au lit, mais elle voulait pas. Finalement j'ai cessé de pleurer mais ça m'a pris très très longtemps. Alors j'ai fini de boutonner mon manteau et tout. Je lui ai dit que je lui donnerais des nouvelles. Elle m'a dit que si je voulais je pouvais dormir avec elle mais j'ai dit non, qu'y valait mieux que je me taille, que Mr Antolini m'attendait et tout. Alors j'ai sorti ma casquette de la poche de mon manteau et je la lui ai donnée. Elle aime bien ces coiffures à la gomme. Elle voulait pas la prendre mais je l'ai forcée. Je parie qu'elle a dormi avec. Elle aime vraiment ces drôles de trucs. Puis je lui ai répété que je lui refilerais un coup de bigo si je pouvais, et alors je suis parti.

Ça a été vachement plus facile de sortir de la maison que ça avait été d'y entrer. D'abord, je m'en foutais un peu de me faire pincer. Vraiment. Je me disais que si on m'entendait on m'entendrait voilà tout. En un sens j'avais presque envie qu'on m'entende.

J'ai pas pris l'ascenseur, je suis descendu à pied. Par l'escalier de service. J'ai bien failli me rompre le cou sur dix millions de poubelles mais je m'en suis sorti. Le garçon d'ascenseur m'a même pas vu. Probable qu'il me croit encore chez les Dickstein.

Chapitre 24

Mr et Mrs Antolini avaient cet appartement grand luxe, à Sutton Place, avec deux marches à descendre pour entrer dans la salle de séjour et un bar et tout. J'y étais allé déjà plusieurs fois. Après mon départ d'Elkton Hills, Mr Antolini était souvent venu dîner chez nous. Il voulait voir ce que je devenais. Il était pas encore marié. Puis, après son mariage, j'ai souvent joué avec lui et Mrs Antolini, au West Side Tennis Club, à Forest Hills, Long Island. Mrs Antolini s'y trouvait chez elle. Mrs Antolini était pourrie de fric. Elle avait dans les soixante ans de plus que Mr Antolini mais ils paraissaient bien s'entendre. D'abord ils étaient l'un et l'autre très intellectuels, spécialement Mr Antolini, sauf qu'il était plus spirituel qu'intellectuel quand on discutait, un peu comme D.B. Mrs Antolini parlait toujours sérieusement. Elle avait de l'asthme Ils lisaient tous les deux les nouvelles de D.B. — Oui, Mrs Antolini aussi — et quand D.B. est parti pour Hollywood Mr Antolini lui a téléphoné pour lui dire qu'il avait tort. D.B. est quand même parti. Pourtant Mrs Antolini lui avait dit que lorsqu'on écrivait comme lui qu'est-ce qu'on en avait à foutre d'Hollywood. C'est exactement ce que je disais. Pratiquement.

Je serais bien allé chez eux à pied pour pas commencer à dépenser le fric de Phoebé, ses sous de Noël, mais quand j'ai été dehors je me suis senti tout drôle. Comme étourdi.

Alors j'ai pris un taxi. Je voulais pas mais j'en ai pris un. J'ai d'ailleurs eu un mal de chien à le trouver.

Quand j'ai sonné à la porte c'est Mr Antolini qui a ouvert — après que le salaud de liftier se soit décidé à me laisser monter. Il était en robe de chambre et pantoufles et il avait un verre de whisky à la main. C'était un type plutôt sophistiqué et aussi il buvait pas mal. Il a dit « Holden, mon gars. Bon Dieu, il a encore grandi de vingt pouces. Bien content de te voir.

— Comment allez-vous, Mr Antolini ? Comment va Mrs Antolini ?

— On est tous les deux en pleine forme. Donne-moi ce vêtement. » Il a pris mon manteau et il l'a accroché à une patère. « Je m'attendais à te voir arriver tenant dans les bras un enfant nouveau-né. Nulle part où aller. Des flocons de neige sur les cils. » Quelquefois il a beaucoup d'humour. Il s'est retourné et il a hurlé en direction de la cuisine « Lillian, où en est le café ? » Lillian, c'est le prénom de Mrs Antolini.

Elle a répondu en hurlant à son tour « Il est prêt. Est-ce Holden ? Salut, Holden !

— Bonsoir Mrs Antolini. »

Chez eux fallait toujours crier. Parce qu'ils se trouvaient jamais tous les deux en même temps dans la même pièce. C'était plutôt rigolo.

« Assieds-toi, Holden » a dit Mr Antolini. Il paraissait un brin éméché. A voir la pièce on se disait qu'ils venaient de recevoir des invités. Y avait des verres tous azimuts, des coupelles avec des cacahuètes. « Excuse-nous pour l'état des lieux. Nous avons eu des amis de Mrs Antolini. »

J'ai entendu, venant de la cuisine, la voix de Mrs Antolini mais j'ai pas compris. J'ai demandé « Qu'est-ce qu'elle a dit ?

— Elle a dit, quand elle va entrer, de ne pas la regarder. Elle sort de son pieu. Prends une cigarette. Tu fumes, en ce moment ? »

J'ai dit « Oui, merci » en prenant une cigarette dans le paquet qu'il me tendait. « De temps en temps. Je suis un fumeur modéré.

— Non, sans blague. » Il m'a donné du feu avec le gros briquet qu'il a pris sur la table. « Alors, toi et Pencey, ça n'est plus le grand amour ? » Il s'exprimait toujours comme ça. Quelquefois ça m'amusait et d'autres fois non. Il en faisait un peu trop. Je veux pas dire qu'il montrait pas de l'humour et tout, mais ça finit par être agaçant quelqu'un qui dit tout le temps des choses comme « Toi et Pencey ça n'est plus le grand amour ». D.B. aussi, souvent il en fait un peu trop.

« Qu'est-ce qui n'allait pas ? » m'a demandé Mr Antolini. « Comment ça a marché en Lettres ? Je te montre la porte illico si tu me dis que toi, l'as de la dissert', tu as foiré en Lettres.

— Oh, en Lettres ça s'est très bien passé. Quoique c'était plutôt de l'Histoire de la Littérature. Et de tout le trimestre j'ai fait que deux dissertations. Mais j'ai échoué en Expression Orale. Y a ce cours qu'on est obligé de suivre, un cours d'Expression Orale. Et là j'ai échoué.

— Pourquoi ?

— Oh, je sais pas. » Je voulais pas trop me lancer dans les détails. Je me sentais encore pas mal étourdi et subitos' j'avais vachement mal à la tête. Je vous jure. Mais on voyait qu'il était intéressé, aussi je lui en ai dit un peu plus. « C'était ce cours où chaque élève doit se lever en pleine classe et faire un laïus. Et si le gars s'écarte du sujet on est censé gueuler immédiatement ''Digression !'' Ça me rendait dingue. J'ai eu un F.

— Pourquoi ?

— Oh, je sais pas. Cette histoire de digression, ça me tapait sur les nerfs. L'ennui, c'est que moi j'aime bien quand on s'écarte du sujet. C'est plus intéressant et tout.

— Tu n'as pas envie, quand quelqu'un te raconte quelque chose, qu'il s'en tienne aux faits qu'il relate ?

— Oh sûr. J'aime qu'on s'en tienne aux faits. Mais j'aime pas qu'on s'en tienne *trop* aux faits. Je sais pas. Je suppose que j'aime pas quand quelqu'un s'en tient *tout le temps* aux faits. Mais y avait ce gars, Richard Kinsella. Il s'en tenait pas trop aux faits et les autres étaient toujours à brailler ''Digression!'' C'était horrible parce que d'abord il était très nerveux — et ses lèvres tremblaient chaque fois que c'était à lui de faire un laïus et du fond de la classe on l'entendait à peine. Mais quand ses lèvres s'arrêtaient de trembler un peu, ses laïus je les aimais mieux que ceux de n'importe quel autre gars. Il a pour ainsi dire échoué, remarquez. Il a eu qu'un D-plus parce qu'on lui criait tout le temps ''Digression''. Par exemple il a parlé d'une ferme que son père avait achetée dans le Vermont. Les types ont braillé ''Digression'' tout le temps qu'il a parlé et le prof, Mr Vinson, lui a collé une sale note parce qu'il avait pas dit ce qu'y avait à la ferme comme animaux et légumes et tout. Ce qu'il faisait, Richard Kinsella, il commençait à vous parler de ça et puis tout d'un coup il se mettait à vous raconter que sa mère avait reçu une lettre de son oncle et que cet oncle avait eu la polio et tout à l'âge de quarante-deux ans, et qu'il laissait personne lui rendre visite à l'hôpital parce qu'il voulait pas se montrer avec une prothèse. Je reconnais que ça n'avait pas grand-chose à voir avec la ferme — mais c'était chouette. C'est chouette quand quelqu'un vous parle de son oncle. Spécialement quand il commence à vous parler de la ferme de son père et tout d'un coup il est plus intéressé par son oncle. Et c'est dégoûtant de pas arrêter de gueuler ''Digression'' quand il est sympa et tout excité. Je sais pas. C'est dur à expliquer. » Et puis j'avais pas trop envie d'essayer. Tout d'un coup j'avais cet horrible mal de tête. J'en pouvais plus d'attendre que Mrs Antolini apporte le café. C'est un truc qui m'exaspère drôlement. Je veux dire quand quelqu'un *dit* que le café est prêt et qu'il l'est pas.

— Holden... Une brève question pédagogique un peu ringarde. Tu ne crois pas qu'il y a un temps pour tout? Et un lieu ? Tu ne crois pas que si quelqu'un se met à te parler de la ferme de son père il devrait aller jusqu'au bout et *après* seulement te parler de la prothèse de son oncle ? Ou bien, si la prothèse de son oncle est un thème aussi intéressant, n'aurait-il pas dû le choisir comme sujet, et pas la ferme ? »

J'étais pas en grande forme pour réfléchir et lui répondre et tout. J'avais mal à la tête et je me sentais misérable. Si vous voulez savoir, j'avais même comme des crampes d'estomac.

« Oui. Je sais pas. Oui, je suppose. Je veux dire, je suppose qu'il aurait dû choisir son oncle comme sujet plutôt que la ferme si ça l'intéressait davantage. Mais ce que je veux dire aussi, c'est qu'il y a tellement de fois où on *sait* pas ce qui est le plus intéressant avant de se mettre à parler d'un truc qui *n'est pas* le plus intéressant. Je veux dire qu'on peut rien y faire. Mais je pense qu'il faut laisser un gars tranquille quand au moins il est intéressant, et puis tout emballé par quelque chose. J'aime bien lorsque quelqu'un est emballé par quelque chose. C'est chouette. Vous l'avez pas connu vous, ce prof, Mr Vinson. Lui et son foutu cours. Par moments y avait de quoi devenir maboule. Il arrêtait pas de dire d'unifier et puis de simplifier. Tout le temps. Y a des choses, c'est pas possible. Je veux dire, c'est pas possible de simplifier et unifier juste parce quelqu'un le décide. Vous avez pas connu ce prof, Mr Vinson. Il était très intelligent et tout mais ça se voyait qu'il avait rien dans la tête.

— Messieurs, le café. » Mrs Antolini entrait portant un plateau avec dessus du café et des gâteaux et des trucs. « Holden, ne t'avise pas de me regarder. Je suis affreuse. »

J'ai dit « Bonsoir Mrs Antolini ». Je me levais et tout mais Mr Antolini a saisi le bas de ma veste et a tiré pour me faire rasseoir. Mrs Antolini avait plein la tête de bigoudis en métal. Elle était pas super. Elle avait l'air vachement vieille et tout.

« Je vous laisse ça là. Servez-vous. » Elle a posé le plateau sur la table aux cigarettes, en repoussant les verres. « Comment va votre mère, Holden ?

— Bien. Merci. Je l'ai pas vue très récemment mais la dernière…

— Chéri, si Holden a besoin de quelque chose, tout est dans l'armoire à linge. Sur le dernier rayonnage. Moi je vais me coucher. Je suis épuisée » a dit Mrs Antolini, et elle avait vraiment l'air de l'être. « Vous deux, les hommes, serez-vous capables de mettre des draps sur le divan ?

— Nous nous occuperons de tout. File vite au lit » a dit Mr Antolini. Ils se sont embrassés, elle m'a dit bonsoir et elle est partie vers la chambre. Ils arrêtaient pas de s'embrasser en public.

J'ai bu une gorgée de café et mangé la moitié d'un cake qui était dur comme du caillou. Tout ce que Mr Antolini a pris, c'est un autre whisky. Et avec très peu d'eau. S'il fait pas plus attention il deviendra alcoolique.

Brusquement, il a dit « J'ai déjeuné avec ton père il y a quinze jours. Tu savais ?

— Non.

— Tu te rends compte, bien sûr, qu'il s'inquiète beaucoup à ton sujet. »

J'ai dit « Je sais, je sais.

— Apparemment avant de me téléphoner, il avait reçu une longue lettre navrante de ton ex-directeur, qui se plaignait que tu ne faisais absolument aucun effort. Tu séchais les cours. Ou tu venais aux cours sans avoir rien préparé. Le comportement général d'un…

— Je séchais pas les cours. C'était interdit. Y en avait deux ou trois que je manquais une fois par-ci par-là, comme cette Expression Orale dont je vous ai parlé, mais je les séchais pas vraiment. »

Ce genre de discussion, ça me disait rien. Le café calmait les crampes d'estomac mais j'avais toujours un mal de tête épouvantable.

Mr Antolini a allumé une autre cigarette. C'était un

fumeur enragé. Puis il a soupiré « Finalement, je ne sais pas quoi te dire, Holden.

— Je reconnais que c'est pas facile de trouver quelque chose à me dire.

— J'ai l'impression que tu cours à un échec effroyable. Mais quel genre d'échec, je ne le sais pas encore. Honnêtement... Dis, tu m'écoutes ?

— Oui. »

On voyait qu'il s'efforçait de se concentrer et tout.

« Quel genre d'échec ? Comment tu t'en rendras compte ? et quand ? Eh bien, ce sera peut-être un jour — tu auras dans les trente ans — où, assis dans un bar, tu te mettras soudain à détester le type qui vient d'entrer simplement parce qu'il aura l'air d'avoir été autrefois sélectionné pour jouer dans l'équipe de football de son Université. Ou bien le jour où tu t'apercevras que de toutes tes études tu n'as retiré que juste ce qu'il faut pour pouvoir détester les gens qui disent "je m'en souviens" et pas "je m'en rappelle". Ou bien encore tu te retrouveras dans un bureau minable et tu découvriras que pour passer le temps tu en es à bombarder de trombones la dactylo de l'autre côté de la table. Ou n'importe quoi de ce genre. Je ne peux pas dire. Mais tu comprends où je veux en venir ? »

J'ai dit « Oui. Sûr ». Et c'était vrai. « Mais pour ce qui est de détester, vous vous trompez. Je veux dire, détester les joueurs de foot et tout. Vraiment. Je déteste pas trop de gens. Ce qui peut m'arriver, c'est de les détester *un petit moment,* comme ce type, Stradlater, que j'ai connu à Pencey, et l'autre, Robert Ackley. Parfois, je les détestais, mais ça durait pas, c'est ce que je veux dire. Au bout d'un certain temps, si je les voyais pas, s'ils venaient plus dans ma piaule ou si j'étais plus avec eux au réfectoire deux ou trois repas de suite, ils me manquaient en quelque sorte. C'est ce que je veux dire, ils me manquaient. »

Mr Antolini est resté silencieux. Il s'est levé, il a pris un autre cube de glace et l'a mis dans son verre, puis il est revenu s'asseoir. On voyait qu'il réfléchissait. Tout de même, j'aurais bien voulu qu'il arrête la conversation, quitte à la reprendre le lendemain, mais il était lancé. C'est presque toujours quand vous êtes pas en forme pour discuter que les autres arrêtent pas.

« Bon. Écoute-moi une minute. Je ne vais sans doute pas trouver maintenant les paroles mémorables que je voudrais te dire mais dans un jour ou deux je t'écrirai une lettre. Tu pourras alors débrouiller tout ça. En tout cas, pour l'instant écoute. » Il s'est encore concentré. Puis il a dit « Cet échec vers lequel tu cours, c'est un genre d'échec particulier — et horrible. L'homme qui tombe, rien ne lui permet de sentir qu'il touche le fond. Il tombe et il ne cesse pas de tomber. C'est ce qui arrive aux hommes qui, à un moment ou à un autre durant leur vie, étaient à la recherche de quelque chose que leur environnement ne pouvait leur procurer. Du moins voilà ce qu'ils pensaient. Alors ils ont abandonné leurs recherches. Avant même d'avoir vraiment commencé. Tu me suis?

— Oui monsieur.

— Sûr?

— Oui. »

Il s'est levé et il a versé un peu plus de tord-boyaux dans son verre. Puis il est revenu s'asseoir. Pendant longtemps il a rien dit.

Et puis « Je ne voudrais pas t'effrayer. Mais je te vois très clairement mourant noblement, d'une manière ou d'une autre, pour une cause hautement méprisable. » Il m'a jeté un coup d'œil bizarre. « Si je note pour toi quelques lignes, les liras-tu attentivement? Et les conserveras-tu?

— Oui. Bien sûr » j'ai dit. Et je l'ai fait. J'ai toujours le bout de papier qu'il m'a donné.

Il est allé jusqu'à son bureau au fond de la pièce et sans même s'asseoir il a écrit sur une feuille de papier. Puis il est revenu, a repris son siège, le papier à la main. « Curieusement, ceci n'a pas été écrit par un poète, mais par un psychanalyste nommé Wilhelm Stekel. Voilà ce qu'il… Tu m'écoutes ?

— Oui. Bien sûr.

— Voilà ce qu'il a dit : L'homme qui manque de maturité veut mourir noblement pour une cause. L'homme qui a atteint la maturité veut vivre humblement pour une cause. »

Il s'est penché et m'a tendu le papier. Je l'ai lu aussitôt et puis j'ai dit merci et tout et je l'ai mis dans ma poche. Mr Antolini, il était vraiment sympa de se donner tout ce mal. Sans blague. Quand même, j'avais de la peine à le suivre. Ouah, je me sentais tout d'un coup terriblement fatigué.

Mais lui, on voyait bien qu'il était pas du tout fatigué. Et puis il était pas mal éméché. Il a dit « Je pense qu'un de ces jours il va falloir que tu découvres où tu veux aller. Et alors, tu devras prendre cette direction. Immédiatement. Tu ne peux pas te permettre de perdre une minute. Pas toi. »

J'ai fait oui de la tête parce qu'il me regardait droit dans les yeux et tout, mais j'étais pas trop sûr de ce qu'il voulait dire. J'étais *à moitié* sûr, mais je l'aurais pas affirmé trop positivement. J'étais tellement vanné.

« Et j'ai le regret de te dire — il a dit — que lorsque tu auras une idée claire de là où tu veux aller, ton premier soin sera, je pense, de t'appliquer en classe. Il faudra bien. Tu es un étudiant — que l'idée te plaise ou non — tu aspires à la connaissance. Et je sais que tu découvriras, une fois dépassés tous les Mr Vines et leur Expression Orale… »

J'ai dit « Mr Vinson ». Il voulait dire tous les Mr Vinson, pas tous les Mr Vines. Mais j'aurais pas dû l'interrompre.

« D'accord. Les Mr Vinson. Une fois dépassés tous les Mr Vinson, tu vas commencer à te rapprocher de plus en plus — c'est-à-dire si tu le *veux,* si tu le cherches et l'attends — du genre de savoir qui sera très très cher à ton cœur. Entre autres choses, tu découvriras que tu n'es pas le premier à être perturbé et même dégoûté par le comportement de l'être humain. A cet égard, tu n'es pas le seul, et de le savoir cela t'excitera, te *stimulera.* Bien des hommes ont été tout aussi troublés moralement et spirituellement que tu l'es en ce moment. Par chance, quelques-uns ont écrit le récit de leurs troubles. Si tu le veux, tu apprendras beaucoup en les lisant. De même que d'autres, un jour, si tu as quelque chose à offrir, d'autres apprendront en te lisant. C'est un merveilleux arrangement réciproque. Et ce n'est pas de l'éducation. C'est de l'histoire. C'est de la poésie. » Il s'est tu un instant, il a bu une grosse gorgée de whisky. Puis il s'est remis à parler. Ouah, il était vraiment lancé. J'étais content d'avoir pas essayé de l'arrêter ni rien. « Je ne cherche pas à te faire croire — il a dit — que seuls les gens instruits, les érudits, apportent au monde une contribution valable. C'est faux. Mais ce que je dis c'est que les gens instruits, les érudits, s'ils sont aussi brillants et créatifs — ce qui malheureusement n'est pas souvent le cas — ont tendance à laisser des témoignages beaucoup plus intéressants que ceux qui sont *simplement* brillants et créatifs. Ils s'expriment plus clairement et en général ils cherchent passionnément à développer leur pensée jusqu'au bout. Et — plus important encore — neuf fois sur dix, ils ont plus d'humilité que le penseur peu instruit. Tu me suis?

— Oui, monsieur. »

Pendant un moment il a plus rien dit. Je sais pas si ça vous est déjà arrivé, mais c'est plutôt dur d'être assis là à attendre que quelqu'un dise quelque chose pendant qu'il est en train de réfléchir et tout. Je vous jure. Je luttais pour pas bâiller. C'est pas que je le trouvais barbant — oh non — mais tout d'un coup j'avais tellement sommeil.

« Encore une chose que les études universitaires t'apporteront. Si tu les poursuis assez longtemps, ça commencera à te donner une idée de la forme de ton esprit. Ce qui lui convient et — peut-être — ce qui ne lui convient pas. Au bout d'un moment tu auras une idée du genre de pensées le plus accordé à ta forme d'esprit. Ça t'évitera de perdre un temps fou à essayer des façons de penser qui ne te vont pas, qui ne sont pas pour toi. Tu commenceras à bien connaître tes vraies mesures et à diriger ton esprit en conséquence. »

Et alors, tout d'un coup, j'ai bâillé. C'était franchement grossier mais j'ai pas pu m'en empêcher. Mr Antolini a ri, c'est tout. Il a dit « Viens » et il s'est levé. « On va te préparer le divan. »

Je l'ai suivi et il est allé vers le placard et il a essayé de prendre des draps et des couvertures qui étaient sur l'étagère du haut ; mais avec son verre de whisky à la main il y est pas arrivé. Aussi il l'a vidé et l'a posé sur le plancher, et après il a descendu la literie. Je l'ai aidé à la porter jusqu'au divan. On a fait le lit ensemble. Il s'y connaissait pas trop. Il bordait pas assez serré. Mais ça m'était bien égal. J'étais si fatigué que j'aurais pu dormir debout.

« Comment vont toutes tes femmes ?

— Ça va. » Pour la convers', y avait rien à me tirer, j'avais vraiment pas envie de parler.

« Et Sally ? » Il connaissait Sally Hayes. Une fois, je la lui avais présentée.

« Ça va. J'avais rendez-vous avec elle cet après-midi. » Ouah, ça semblait vieux de vingt ans. « On a plus grand-chose en commun.

— Une drôlement jolie fille. Et l'autre ? Dont tu m'avais parlé ? Dans le Maine ?

— Oh. Jane Gallagher. Ça va. Je lui passerai sans doute un coup de fil demain. »

Mon lit était fait. « Tu peux t'installer » a dit Mr Antolini. « Mais je me demande où tu vas bien pouvoir fourrer tes jambes. »

J'ai dit « Ça ira. Je suis habitué aux lits trop courts. Merci beaucoup, monsieur. Vous et Mrs Antolini, vous m'avez vraiment sauvé la vie, ce soir.

— Tu sais où est la salle de bains ? Si tu as besoin de quelque chose, hurle. Je reste un moment dans la cuisine — est-ce que la lumière te gêne ?

— Non. Oh non. Merci encore.

— De rien. Bonne nuit mon beau.

— B'nuit, m'sieur. Merci encore. »

Il est entré dans la cuisine et moi je suis allé à la salle de bains et je me suis déshabillé et tout. Je pouvais pas me laver les dents parce que j'avais pas de brosse à dents. J'avais pas non plus de pyjama et Mr Antolini avait oublié de m'en prêter un. Aussi je suis revenu dans la salle de séjour et j'ai éteint la petite lampe près du divan et je me suis mis au lit en slip. Le divan était beaucoup trop court pour ma taille mais j'aurais pu dormir debout sans problème. Je suis resté éveillé deux secondes à penser à tout ce que Mr Antolini m'avait dit. Qu'on devait trouver la forme de son esprit et tout. C'était vraiment un type intelligent. Mais j'étais trop crevé, je me suis endormi.

Et alors quelque chose encore est arrivé. J'ai même pas envie d'en parler.

Je me suis réveillé brusquement. Je savais pas quelle heure il était ni rien mais j'étais réveillé. Je sentais un truc sur ma tête. Une main. La main d'un type. Ouah, ça m'a foutu une de ses frousses... Ce que c'était, c'était la main de Mr Antolini. Ce qu'il faisait, il était assis sur le parquet, juste à côté du divan, dans le noir et tout, et il me tripotait ou tapotait la tête. Ouah, je parierais que j'ai bondi à mille pieds d'altitude.

J'ai demandé « Bon Dieu, qu'est-ce que vous faites ?

— Rien. J'étais simplement assis là, admirant... »

J'ai dit encore « Mais qu'est-ce que vous faites ? » Je savais vraiment pas quoi dire. J'étais vachement embarrassé.

« Tu pourrais baisser la voix ? J'étais simplement assis là... »

J'ai dit « De toute façon, faut que je m'en aille. » Ouah, j'avais les nerfs dans un état ! J'ai voulu enfiler mon pantalon. Dans le noir. Mais je m'embrouillais, à cause des nerfs.

Je rencontre plus de foutus pervers dans les collèges et tout que n'importe qui de vos connaissances et ils se mettent toujours à leurs trucs de pervers quand *moi* je suis là.

« Il faut que tu ailles *où ?* » a dit Mr Antolini. Il s'efforçait de se montrer très désinvolte et calme et tout, mais calme il l'était pas tellement. Croyez-moi.

« J'ai laissé mes bagages à la gare. Je pense que je ferais peut-être mieux d'aller les chercher. Y a toutes mes affaires dedans.

— Ils seront encore là demain matin. Allons, recouche-toi. Je vais au lit moi aussi. Qu'est-ce qui t'arrive ? »

J'ai dit « Rien. C'est juste que j'ai tout mon argent dans une des valises. Je reviens tout de suite. Je prends un taxi et je reviens ». Ouah. Dans le noir je me mélangeais les guibolles. « C'est pas à moi, l'argent. C'est à ma mère et je...

— Holden, ne sois pas ridicule. Recouche-toi. Je vais au lit moi aussi. L'argent sera encore là demain matin.

— Non, je vous assure, faut que j'y aille. Faut vraiment. » J'étais pratiquement tout habillé sauf que je trouvais pas ma cravate. Je me rappelais pas où je l'avais mise. J'ai enfilé quand même ma veste et tout. Mr Antolini était maintenant assis dans le fauteuil, un peu en retrait, m'observant. Il faisait noir et tout et je le voyais pas très bien mais je savais qu'il m'observait. Il était encore en train de s'imbiber. Il avait son verre à la main, son compagnon fidèle.

« Tu es un garçon très très bizarre. »

J'ai dit « Je sais ». J'ai pas beaucoup cherché ma cravate. Pour finir je suis parti sans. J'ai dit « Au revoir, monsieur. Merci beaucoup. Sans blague ».

Il m'a suivi lorsque je me suis dirigé vers le palier, et quand j'ai appelé l'ascenseur il est resté planté sur le seuil de sa porte. Tout ce qu'il a fait, il a répété ce machin, que j'étais un garçon très très bizarre. Bizarre, mon cul. Puis il a attendu sur le seuil jusqu'à l'arrivée du foutu ascenseur.

Dans toute ma putain de vie j'ai jamais attendu un ascenseur aussi longtemps. Je vous jure.

Je savais pas de quoi parler en attendant l'ascenseur et lui il restait planté là, alors j'ai dit « Je vais me mettre à lire de bons livres ». Il fallait bien dire *quelque chose.* C'était très embarrassant.

« Tu récupères tes bagages et tu reviens ici dare-dare. Je ne mets pas le verrou. »

J'ai dit « Merci beaucoup ». J'ai dit « Au revoir ». L'ascenseur était enfin là. Je suis entré dedans et il est descendu. Ouah, je tremblais comme un dingue. Et aussi je transpirais. Chaque fois qu'il m'arrive comme ça quelque chose de pervers je fonds en eau. Et ce genre d'emmerde m'est arrivé au moins vingt fois depuis que je suis môme. Je peux pas m'y faire.

Chapitre 25

Quand je suis sorti de l'immeuble, le jour se levait. Il faisait plutôt froid mais ça m'a paru bon parce que je transpirais tellement.

Je savais vraiment pas où aller. Je voulais pas d'un hôtel pour pas dépenser le fric de Phoebé. Aussi finalement ce que j'ai fait, j'ai marché jusqu'à Lexington et là j'ai pris le métro pour Grand Central. Mes valises etaient là-bas et tout et je me disais que j'allais dormir dans cette connerie de salle d'attente où y a des bancs. C'est ce que j'ai fait. D'abord c'était pas trop mal parce qu'y avait pas beaucoup de monde et je pouvais mettre mes pieds sur un banc. Mais j'aime mieux pas parler de ça. C'était plutôt moche. Je vous conseille pas d'essayer. Sans blague. Ça vous flanquerait le cafard.

J'ai dormi seulement jusque vers les neuf heures parce qu'après un million de personnes se sont amenées dans la salle d'attente donc il a fallu que je remette les pieds par terre. Pas facile de dormir avec les pieds par terre. Alors je me suis redressé. J'avais toujours mal à la tête. C'était même pire. Et je crois bien que j'étais plus déprimé que je l'avais encore jamais été.

Je voulais pas, mais malgré moi je me suis mis à penser au petit père Antolini et je me suis demandé ce qu'il dirait à Mrs Antolini quand elle découvrirait que j'avais pas dormi là. Ça me tracassait pas trop parce que je savais que Mr Antolini était très malin et qu'il trouverait bien une explication. Il pourrait lui dire que j'étais rentré à la maison. Bref, ça me tracassait pas trop. Mais ce qui me tracassait c'était ce truc de m'être réveillé quand il était en train de me tapoter la tête et tout. Je veux dire, je me posais la question de savoir si j'avais pas eu tort de croire qu'il me faisait des avances de pédé. Je me disais que peut-être c'était seulement qu'il aimait bien tapoter la tête des gars quand ils dorment. Ces choses-là, comment savoir? On est jamais sûr. J'en étais à me demander si j'aurais pas dû reprendre mes bagages et retourner chez lui, comme j'avais dit.

Je commençais à réfléchir que même s'il était pédé il avait été drôlement chouette. Je me répétais qu'il avait pas râlé que je l'appelle si tard et qu'il m'avait dit de venir tout de suite chez lui, et qu'il avait pris la peine de me donner des conseils pour trouver la forme de mon esprit et tout, et qu'il était le seul type à seulement s'être approché du gars dont je vous ai parlé, James Castle, qui était mort. Je pensais à tout ça, et plus j'y pensais plus j'étais déprimé. Et j'en arrivais à me dire que peut-être j'aurais dû retourner chez lui. Peut-être qu'il me tapotait le crâne juste comme ça. Mais plus j'y pensais plus je me sentais cafardeux et paumé. Et puis, ce qui arrangeait pas les choses, j'avais vachement mal aux yeux. Ils me brûlaient et me piquaient, mes yeux, parce que je manquais de sommeil. Et aussi, je venais d'attraper une espèce de rhume et j'avais pas de mouchoir. J'en avais un dans ma valise mais je tenais pas à la sortir de la consigne et à l'ouvrir en public et tout.

Quelqu'un avait laissé un magazine sur le banc à côté de moi, alors je me suis mis à le lire en me disant que ça m'empêcherait, au moins un petit bout de temps, de me poser des questions sur Mr Antolini et sur un million d'autres trucs. Mais ce foutu article que je me suis mis à lire m'a presque fait me sentir encore plus mal. Ça parlait des hormones. Ça décrivait comment on devait être, la figure, les yeux et tout, si on allait bien question hormones. J'étais pas du tout comme ça. J'étais exactement comme le type dans l'article qu'avait des hormones dégueu. Alors je me suis rongé les sangs pour mes hormones. Et puis j'ai lu cet autre article sur la façon de voir si on a un cancer. Il disait que si on avait dans la bouche des écorchures qui mettaient du temps à guérir c'était probable qu'on avait un cancer. Ça faisait presque *deux semaines* que j'en avais une à l'intérieur de la lèvre. Aussi je me suis dit qu'il me venait un cancer. Ce magazine, rien de tel pour vous remonter le moral. Finalement, j'ai arrêté de lire et je suis allé me balader un peu. J'estimais qu'ayant un cancer je serais mort dans les deux ou trois mois. J'en étais positivement sûr. Ça n'avait vraiment rien pour me réjouir.

La pluie menaçait mais je suis quand même allé faire un tour. D'abord je trouvais que ce serait pas mal de prendre le petit déjeuner. J'avais pas faim mais je me disais qu'il fallait que je mange quelque chose. Que j'avale au moins quelques vitamines. Alors je me suis dirigé vers le quartier des troquets pas chers parce que je voulais pas dépenser beaucoup de fric.

Sur mon chemin je suis passé près de deux types qui déchargeaient d'un camion un énorme arbre de Noël. Un des deux arrêtait pas de dire à l'autre « Redresse-le ce putain de bordel de merde de machin. Redresse-le, sacré nom ». C'était vraiment une façon super de parler d'un arbre de Noël. Et en même temps c'était marrant, tristement marrant, disons, et je me suis mis à rire. J'ai eu grand tort parce qu'à l'instant même j'ai bien cru que j'allais vomir. Sans blague. J'ai même commencé à vomir, et puis ça s'est arrangé. Je sais pas ce qui m'a pris. Je veux dire que j'avais rien mangé de pas sain et d'habitude j'ai l'estomac solide. Bon ça s'est arrangé et je me suis figuré que ça irait mieux si je mangeais un peu. Aussi je suis entré dans un troquet qui avait l'air bon marché et j'ai commandé du café et deux beignets. Mais j'ai pas mangé les beignets. Ça n'aurait pas passé. Ce qu'il y a, lorsque quelque chose vous tracasse, on peut plus rien avaler. Le garçon a été très sympa. Il a remporté les beignets sans me les faire payer. J'ai seulement bu mon café. Puis je suis reparti et j'ai parcouru la Cinquième Avenue.

C'était lundi et bientôt Noël, et tous les magasins étaient ouverts. Le bon moment pour se balader sur la Cinquième Avenue. Ça faisait très Noël. Tous ces Santa-Claus rabougris agitaient leurs clochettes à chaque coin de rue et les filles de l'Armée du Salut, celles qu'ont pas de rouge à lèvres ni rien, agitaient aussi des clochettes. J'essayais vaguement de repérer dans la foule les deux religieuses que j'avais rencontrées la veille mais je les ai pas vues. J'aurais dû me douter que je les verrais pas puisqu'elles m'avaient dit qu'elles venaient à New York pour être profs mais je les cherchais un peu quand même. En tout cas, subitement, ça faisait Noël. Un million de petits moutards avec leurs mères avaient envahi les rues, montant dans les bus ou en descendant, entrant dans les magasins ou en ressortant. J'aurais bien voulu voir Phoebé. Elle est trop grande à présent pour que le rayon des jouets l'excite beaucoup mais elle aime flâner dans les rues et regarder les gens. Pas à Noël dernier mais celui d'avant je l'ai emmenée avec moi faire des achats. On s'est vachement bien amusés. Je crois que c'était à Bloomingdale. On est allés au rayon des godasses et on a prétendu que Phoebé voulait une paire de ces bottines avec un million de trous où passent des lacets. Le malheureux vendeur, on l'a rendu fou. La môme Phoebé a essayé à peu près vingt paires et chaque fois le pauvre type devait lui lacer une des chaussures jusqu'en haut. C'était un sale tour mais Phoebé ça la tuait. Pour finir, on a acheté des mocassins qu'on a fait porter sur le compte des parents. Le vendeur a été très sympa. Je pense qu'il voyait bien qu'on se payait du bon temps parce que Phoebé peut jamais s'empêcher de rigoler.

Bon. J'ai marché, j'ai marché dans la Cinquième Avenue, sans cravate ni rien. Et puis tout d'un coup il m'est arrivé quelque chose de vachement effrayant. Chaque fois que j'arrivais à une rue transversale et que je descendais de la saleté de trottoir, j'avais l'impression que j'atteindrais jamais l'autre côté de la rue. Je sentais que j'allais m'enfoncer dans le sol, m'enfoncer encore et encore et personne me reverrait jamais. Ouah, ce que j'avais les foies. Vous imaginez. Je me suis mis à transpirer comme un dingue, j'ai trempé mon tricot de corps et ma chemise. Ensuite j'ai fait quelque chose d'autre. Chaque fois que j'arrivais à une nouvelle rue, je me mettais à parler à mon frère Allie. Je lui disais « Allie, me laisse pas disparaître. Allie, me laisse pas. S'il te plaît, Allie ». Et quand j'avais atteint le trottoir opposé sans disparaître je lui disais merci, à Allie. Et ça recommençait au coin de rue suivant. Mais je continuais mon chemin et tout. Je crois que j'avais peur de m'arrêter — à dire vrai je me souviens pas bien. Je sais que je me suis pas arrêté avant d'être vers la Soixantième Rue, passé le zoo et tout. Là je me suis assis sur un banc. J'avais peine à reprendre mon souffle et je transpirais toujours comme un dingue. Je suis resté assis là, une heure environ j'imagine. Finalement, ce que j'ai décidé, c'est de m'en aller. J'ai décidé de jamais rentrer à la maison, de jamais plus être en pension dans un autre collège. J'ai décidé que simplement je reverrais la môme Phoebé pour lui dire au revoir et tout et lui rendre son fric de Noël, et puis je partirais vers l'Ouest. En stop. Ce que je ferais, je descendrais à Holland Tunnel et là j'arrêterais une voiture, puis une autre et une autre et encore une autre, et dans quelques jours je serais dans l'Ouest, là où c'est si joli, où y a plein de soleil et où personne me connaîtrait et je me dégoterais du boulot. Je suppose que je pourrais bosser quelque part dans une station-service, je mettrais de l'essence et de l'huile dans les voitures. Mais n'importe quel travail conviendrait. Suffit que les gens me connaissent pas et que je connaisse personne. Je me disais que le mieux ce serait de me faire passer pour un sourd-muet. Et comme ça terminé d'avoir à parler avec les gens. Tout le monde penserait que je suis un pauvre couillon de sourd-muet et on me laisserait tranquille. Je serais censé mettre de l'essence et de l'huile dans ces bagnoles à la con et pour ça on me paierait un salaire et tout et avec le fric je me construirais quelque part une petite cabane et je passerais là le reste de ma vie. Je la construirais près des bois mais pas *dans* les bois parce que je veux qu'elle soit tout le temps en plein soleil. Je me ferais moi-même à manger et plus tard, si je voulais me marier, je rencontrerais cette fille merveilleuse qui serait aussi sourde-muette et je l'épouserais. Et elle viendrait vivre dans ma cabane et quand elle voudrait me dire quelque chose il faudrait qu'elle l'écrive sur un bout de papier comme tout le monde. Si on avait des enfants on les cacherait quelque part. On leur achèterait un tas de livres et on leur apprendrait nous-mêmes à lire et à écrire.

En pensant à ça je me suis vachement excité. Vachement. Je savais que mon histoire de sourd-muet c'était débile mais je prenais plaisir à me la raconter. Et pour ce qui était de partir vers l'Ouest et tout, j'étais vraiment décidé. Ce que je voulais c'était d'abord dire au revoir à Phoebé. Alors, subitement, j'ai traversé la rue en courant comme un fou — et pour rien vous cacher j'ai manqué me faire écraser — et je suis entré à la papeterie et j'ai acheté un bloc-notes et un crayon. J'avais combiné d'écrire sur-le-champ un message pour Phoebé en lui expliquant où venir me rejoindre pour que je lui dise au revoir et lui rende son fric de Noël. J'irais à son école remettre le message à quelqu'un dans le bureau de la directrice en demandant qu'on le donne à Phoebé. Mais j'ai seulement enfoncé le bloc-notes et le crayon dans ma poche et je suis parti à toute bringue en direction de l'école. J'étais trop surexcité pour écrire mon mot dans la papeterie. Je marchais vite parce que je voulais le lui faire passer avant qu'elle rentre à la maison pour déjeuner et ça me laissait pas beaucoup de temps.

Bien sûr, je savais où était son école bicause c'est là que

j'allais quand j'étais môme. Ça m'a paru drôle de m'y retrouver. Je m'étais demandé si je me souviendrais comment c'était à l'intérieur, eh bien oui je me souvenais. Ça n'avait pas du tout changé. Y avait toujours cette grande cour plutôt sombre avec les cages autour des ampoules électriques pour qu'elles soient pas cassées par un ballon. Y avait toujours les mêmes cercles blancs peints sur le sol pour les sports et tout. Et les mêmes vieux paniers de basket, juste un cercle, sans filet — rien que les panneaux et les cercles.

Je voyais personne, probablement parce que c'était pas la récréation et pas encore l'heure du déjeuner. Tout ce que j'ai vu c'est un mioche, un petit noir, qui allait aux cabinets : sortant à moitié de la poche de son pantalon y avait un de ces laissez-passer en bois, le même que nous on avait, pour montrer qu'il était autorisé à aller aux cabinets et tout.

Je transpirais encore mais plus autant. Je me suis assis sur la première marche de l'escalier et j'ai pris le bloc-notes et le crayon que j'avais achetés. L'escalier, je lui trouvais la même odeur qu'il avait déjà quand moi j'allais à cette école. Comme si quelqu'un venait juste de pisser dessus. Les escaliers des écoles ont toujours cette odeur-là. Bon. Je me suis assis et j'ai écrit :

Chère Phoebé,

Je peux plus attendre jusqu'à mercredi. Je vais probablement partir en stop cet après-midi. Viens me rejoindre si tu peux au Musée d'Art, à midi un quart près de la porte. Je te rendrai ton fric de Noël. J'en ai pas beaucoup dépensé.

Je t'embrasse.
Holden

Son école était pratiquement à côté du musée et elle devait passer par là pour rentrer déjeuner à la maison donc ça lui serait facile de venir.

Ensuite j'ai monté les marches jusqu'au bureau de la directrice afin de remettre le message à quelqu'un qui le porterait à Phoebé. J'ai bien dû plier le papier en dix pour qu'on lise pas. Dans une école on peut avoir confiance en personne. Mais je savais qu'on le donnerait à Phoebé si je disais que j'étais son frère et tout.

En montant l'escalier, subitement, j'ai cru que j'allais encore vomir. Mais ça a passé. Je me suis assis une seconde. Aussitôt je me suis senti mieux. Mais pendant que j'étais assis j'ai vu quelque chose qui m'a rendu cinglé. Quelqu'un avait écrit "je t'enc..." sur le mur. Ça m'a presque rendu cinglé. Je me suis dit que Phoebé et les autres petits mômes allaient voir ça et qu'ils se demanderaient ce que ça signifiait et alors un gosse taré leur dirait — et bien sûr tout de travers — et pendant deux ou trois jours ils y *penseraient* et même peut-être se tracasseraient. J'aurais bien tué celui qui avait écrit ça. Je supposais que c'était un clochard pervers qui se glissait dans l'école tard le soir pour pisser et puis écrire ça sur le mur. Je me voyais le prendre sur le fait et lui écraser la tête contre les marches de pierre jusqu'à ce qu'il soit mort et en sang. Mais en même temps, je savais que j'aurais pas le cran de le faire. Je le savais. Au vrai, j'avais à peine le cran d'effacer le mot avec la main. Je me disais qu'un prof allait me surprendre à le frotter et penserait que c'était *moi* qui l'avais écrit. Mais finalement je l'ai tout de même effacé. Puis je suis monté au bureau de la directrice.

La directrice était pas là, mais une vieille dame dans les cent ans était assise devant une machine à écrire. Je lui ai dit que j'étais le frère de Phoebé Caulfield, de 7B-1 et je lui ai demandé s'il vous plaît de donner le message à Phoebé. J'ai dit que c'était très important parce que ma mère était malade et qu'elle avait rien préparé pour le déjeuner alors il fallait que ma sœur me rejoigne et je la ferais déjeuner dans un drugstore. La vieille dame, elle a été très sympa. Elle a pris mon billet et elle a appelé une autre dame du bureau voisin qui est allée le porter à Phoebé. Puis la vieille dame dans les cent ans et moi on a parlé un peu. Elle était bien aimable et je lui ai raconté que j'avais été moi aussi dans cette école et mes frères tout pareil. Elle m'a demandé où j'étais maintenant et j'ai dit à Pencey, et elle a dit que Pencey était un très bon collège. Même si j'avais voulu j'aurais pas eu le courage de lui dire le contraire. D'ailleurs si elle trouvait que Pencey était un très bon collège fallait pas la décevoir. C'est pas génial de dire des choses nouvelles à des centenaires. Ils apprécient pas. Au bout d'un petit moment je suis parti. C'est bizarre, elle m'a hurlé « Bonne chance ! » tout juste comme le père Spencer l'avait fait lorsque j'ai quitté Pencey. Bon Dieu, comme je déteste quand quelqu'un me hurle « Bonne chance ! » quand je vais quelque part. Ça me fout le cafard.

Je suis descendu par un autre escalier, et j'ai vu un autre "Je t'enc..." sur le mur. Celui-là aussi j'ai essayé de l'effacer avec ma main mais il était gravé au couteau ou avec autre chose. Ça partait pas. De toute façon, c'est sans espoir. Même si on avait un million d'années pour le faire on pourrait encore pas effacer la moitié des "je t'enc..." du monde entier. Impossible.

J'ai regardé la pendule dans la cour de récréation, il était seulement midi moins vingt, donc j'avais du temps à tuer avant de voir arriver Phoebé. Mais j'ai quand même pris tout de suite la direction du musée. Je voyais pas d'autre endroit où aller. J'ai eu envie de m'arrêter à une cabine téléphonique et de donner un coup de fil à la môme Jane Gallagher avant de foutre le camp vers l'Ouest, mais j'avais pas le moral. D'abord j'étais même pas certain qu'elle soit déjà en vacances. Aussi je me suis rendu tout droit au musée et là j'ai traînassé.

Pendant que j'attendais Phoebé dans le musée, juste à côté de la porte et tout, deux petits gosses sont venus me demander si je savais où étaient les momies. L'un des deux, celui qui posait la question, avait oublié de fermer sa braguette. Je le lui ai dit. Et il s'est boutonné sans bouger de l'endroit où il était — il a même pas pris la peine d'aller derrière un pilier ni rien. Ça m'a tué. J'aurais ri si j'avais pas eu peur que ça me donne encore envie de vomir aussi je me suis retenu. Le gamin, il a encore demandé « Où qu'elles sont, les momies? Vous savez? »

J'ai un petit peu fait l'idiot. « Les momies? Qu'est-ce que c'est?

— Ben quoi. Des momies. Des types morts — et qu'on a enterrés dans leurs tombereaux et tout. »

Tombereaux. Ça m'a tué.

Moi j'ai dit « Pourquoi vous êtes pas à l'école tous les deux?

— Jourd'hui pas d'école » a dit le gosse qui menait la convers'. Il mentait, aussi sûr que je suis en vie, le petit cochon. Mais puisque j'avais rien à faire jusqu'à l'arrivée de Phoebé je les ai aidés à chercher l'endroit où sont les momies. Ouah, autrefois je connaissais exactement l'endroit mais y avait des années que j'étais pas venu au musée.

J'ai dit « Vous deux, les gars, ça vous intéresse les momies?

— Ouais.

— Ton copain, il parle pas?

— C'est pas mon copain. C'est mon frangin.

— Il parle pas? » Je me suis tourné vers celui qu'avait pas ouvert la bouche. J'ai demandé « Tu sais pas parler?

— Ouais », il a dit. « Mais j'ai pas envie. »

Finalement on a trouvé l'endroit où étaient les momies et on est entrés.

J'ai encore demandé au gamin « Tu sais comment les Égyptiens enterraient leurs morts?

— Nan.

— Eh bien, tu devrais. C'est très intéressant. Ils leur enveloppaient la figure dans ces étoffes traitées avec des produits chimiques secrets. Comme ça ils pouvaient rester enfermés dans leurs tombes des milliers d'années et leurs visages pourrissaient pas ni rien. Personne sait comment le faire. Même pas la science moderne. »

Pour arriver là où étaient les momies il fallait suivre une

sorte de couloir très étroit avec des pierres sur le côté qui venaient des tombeaux des pharaons et tout. C'était plutôt impressionnant et les durs de durs que j'accompagnais ça leur plaisait pas tellement. Ils me lâchaient pas d'un poil et celui qui pratiquement avait pas ouvert la bouche se cramponnait à ma manche. Il a dit à son frère « On se taille. J'les ai vues déjà. Hé viens ». Il a fait le demi-tour et il s'est barré.

« C'est un foutu dégonflé » a dit l'autre. « Salut ! » Lui aussi s'est barré.

Alors je suis resté tout seul dans la tombe. D'un sens j'aimais assez. C'était plutôt sympa et puis paisible. Mais tout d'un coup j'ai vu sur le mur — vous ne devineriez pas — j'ai vu un autre ''Je t'enc...''. Écrit à la craie rouge, juste au-dessous de la partie vitrée du mur, au-dessous des pierres.

C'est ça le problème. Vous pouvez jamais trouver un endroit qui soit sympa et paisible, parce qu'y en a pas. Ça peut vous arriver de croire qu'y en a un mais une fois que vous y êtes, pendant que vous regardez pas, quelqu'un s'amène en douce et écrit ''Je t'enc...'' juste sous votre nez. Essayez pour voir. Je pense que même si je meurs un jour, et qu'on me colle dans un cimetière et que j'ai une tombe et tout, y aura ''Holden Caulfield'' écrit dessus, avec l'année où je suis né et celle où je suis mort et puis juste en dessous y aura ''Je t'enc...''. J'en suis positivement certain.

Une fois ressorti de l'endroit où sont les momies j'ai dû aller aux toilettes. Si vous voulez savoir, j'avais comme la diarrhée. Bon, c'était pas trop méchant mais il m'est arrivé quelque chose d'autre. En sortant des chiottes, juste avant de franchir la porte, j'ai tourné de l'œil en quelque sorte. J'ai eu de la chance, j'aurais pu m'assommer par terre mais j'ai atterri sur le côté sans trop de mal. Et le plus curieux c'est qu'après m'être évanoui je me suis senti mieux. J'avais le bras tout meurtri de ma chute mais je me sentais plus si étourdi.

Il était à peu près midi dix aussi je suis retourné me mettre en faction à la porte pour y attendre la môme Phoebé.

Je me disais que je la voyais peut-être pour la dernière fois. Pour la dernière fois quelqu'un de ma famille. Je pensais bien la revoir un jour mais pas avant des années. Je reviendrais peut-être à la maison quand j'aurais dans les trente cinq ans, au cas où quelqu'un soit malade et veuille me revoir avant de mourir, mais ça serait la seule raison qui me ferait quitter ma cabane. J'ai même essayé de me représenter comment ça se passerait quand je reviendrais. Je savais que ma mère serait dans tous ses états et se mettrait à pleurer et à me supplier de pas retourner dans ma cabane, de rester à la maison mais je repartirais quand même. Je serais très flegmatique, je la calmerais, et puis j'irais à l'autre bout de la salle de séjour et je sortirais une cigarette de la boîte et l'allumerais. Froidement. Je suggérerais qu'on me rende visite mais j'insisterais pas ni rien. Ce que je ferais, je laisserais la môme Phoebé venir en vacances d'été et aux congés de Noël et de Pâques. Et je laisserais aussi D.B. venir passer un moment s'il voulait un coin tranquille et sympa pour écrire, mais il aurait pas le droit d'écrire des films dans ma cabane, seulement des nouvelles et des livres. Y aurait une règle, personne ne pourrait rien faire de bidon pendant son séjour dans ma cabane. Si quelqu'un essayait de faire quelque chose de bidon faudrait qu'il se tire.

J'ai jeté un coup d'œil à la pendule du vestiaire et il était une heure moins vingt-cinq. Je commençais à me demander si la vieille dame de l'école avait pas dit à l'autre de pas remettre mon message à Phoebé. Je commençais à me demander si elle lui avait pas dit de le brûler ou quoi. Ça me foutait les jetons. Je voulais vraiment revoir la môme Phoebé avant de prendre la route. J'avais son fric de Noël et tout.

Enfin je l'ai vue. Je l'ai vue à travers la partie en verre de la porte. Je l'ai reconnue tout de suite parce qu'elle avait ma dingue de casquette sur la tête — on l'aurait repérée à plus de dix miles.

J'ai franchi la porte et j'ai descendu les marches pour aller à sa rencontre. Ce que j'arrivais pas à comprendre c'est pourquoi elle portait une grosse valise. Elle pouvait à peine la traîner. Quand j'ai été plus près, j'ai vu que c'était ma vieille valise, celle que je prenais lorsque j'allais à Whooton. J'arrivais pas à comprendre ce qu'elle faisait avec ça. Quand elle m'a rejoint elle a dit « Salut ». Elle était tout essoufflée d'avoir porté cette dingue de valise.

J'ai dit « Je commençais à croire que t'allais pas venir. Qu'est-ce qu'il y a là-dedans, bon Dieu ?

Elle a posé la valise. Elle a dit « Mes habits. Je vais avec toi. Je peux ? D'accord ?

— Quoi ? » j'ai dit. Et je suis presque tombé raide en le disant. Je vous jure. Je me suis à nouveau senti tout étourdi et j'ai cru que j'allais encore m'évanouir.

« J'ai pris l'ascenseur de service pour que Charlène me voie pas. C'est pas lourd. J'ai juste deux robes et mes mocassins et mes dessous et mes chaussettes et puis quelques autres petites choses. Tiens, soulève. C'est pas lourd. Soulève. Je peux venir avec toi ? Holden ? Je peux ? S'il te plaît ?

— Non. Et ferme-la. »

J'ai cru vraiment que j'allais tomber raide. Pourtant j'avais pas l'intention de lui dire de la fermer ou quoi, mais je me sentais comme si j'allais encore tourner de l'œil.

« Pourquoi pas, Holden ? Je ferai rien. Je viendrai juste avec toi, c'est tout. Je prendrai même pas mes habits si tu veux pas que je les prenne. Je prendrai seulement...

— Tu prends rien. Parce que tu viens pas. Je m'en vais tout seul. Alors boucle-la.

— *S'il te plaît,* Holden. *S'il te plaît,* emmène-moi. Je serai très très très... T'auras même pas à...

— Tu viens pas. Alors, suffit. Donne-moi cette valise. » Je la lui ai prise des mains. J'avais presque envie de la battre. Pendant une ou deux secondes j'ai cru que j'allais lui taper dessus. Sincèrement. Elle s'est mise à pleurer.

« Je croyais que tu devais jouer dans une pièce à l'école et tout. Je croyais que tu étais Benedict Arnold dans cette pièce et tout », j'ai dit. Et j'ai dit ça très méchamment. « Qu'est-ce que tu cherches ? A pas être dans la pièce ? » Elle a pleuré encore plus fort. J'étais content. Subitement je voulais qu'elle pleure à s'en fondre les yeux. Je la détestais presque. Je crois que je la détestais surtout parce que si elle venait avec moi elle jouerait pas dans la pièce.

J'ai dit « Allons-y ». J'ai remonté les marches du musée. Je pensais que le mieux c'était de déposer la foutue valise au vestiaire et Phoebé pourrait la reprendre à trois heures, après l'école. Parce qu'il était pas question qu'elle emporte la valoche à l'école. J'ai dit « Bon, allons-y ».

Mais elle a pas monté les marches. Elle voulait pas venir avec moi. Je suis quand même rentré dans le musée et j'ai mis la valise au vestiaire et puis je suis ressorti. Elle était toujours là sur le trottoir, mais quand je l'ai rejointe elle m'a tourné le dos. Elle fait ça quelquefois. Quand l'envie la prend elle vous tourne le dos.

J'ai dit « De toute façon je pars pas. J'ai changé d'avis. Alors arrête de pleurer et tais-toi ». Le plus drôle c'est qu'elle pleurait même pas lorsque je lui ai dit ça. En tout cas je le lui ai dit. Et puis « Viens maintenant. Je te reconduis à l'école. Allez, viens. Tu vas être en retard ».

Elle répondait pas ni rien. J'ai essayé de lui prendre la main mais elle a pas voulu. Elle continuait à me tourner le dos.

J'ai demandé « T'as déjeuné ? T'as mangé quelque chose ? »

Elle voulait pas répondre. Tout ce qu'elle a fait, elle a attrapé la casquette qu'elle avait sur la tête — la mienne, que je lui avais donnée — et elle me l'a pratiquement jetée à la figure. Puis elle m'a encore tourné le dos. Ça m'a tué ou presque, mais j'ai rien dit. J'ai juste ramassé la casquette et je l'ai fourrée dans la poche de mon manteau.

J'ai dit « Hey, viens. Je te raccompagne à l'école.

— Je retourne pas à l'école ».

Quand elle m'a lancé ça, j'ai pas su quoi répondre. Je

suis resté là sans savoir quoi répondre pendant une ou deux minutes.

« Mais il *faut* que tu retournes à l'école. Tu veux jouer la pièce, non ? Tu veux être Benedict Arnold, non ?

— Non, justement.

— Mais si, bien sûr » j'ai dit. « Certainement que tu veux. Bon. Allons-y. D'abord, écoute, je pars pas. Je rentre à la maison. Dès que tu seras à l'école, je rentre à la maison. Je vais à la gare, je récupère mes bagages et puis je rentre tout droit à... »

Elle a répété « Je retourne pas à l'école. Tu peux faire tout ce que tu veux mais moi je retourne pas à l'école. Alors ferme-la ». C'était bien la première fois qu'elle me disait ça, « ferme-la ». C'était terrible à entendre. C'était terrible, bon Dieu, c'était pire que des gros mots. Et elle voulait toujours pas me regarder et chaque fois que j'essayais de mettre ma main sur son épaule elle s'écartait.

J'ai demandé « Ecoute. Veux-tu qu'on fasse un tour ? Veux-tu qu'on aille au zoo ? Si je te laisse manquer l'école cet après-midi et qu'on parte se balader, tu arrêtes cette comédie ? »

Elle répondait toujours pas, alors j'ai recommencé. « Si je te laisse manquer l'école cet après-midi et qu'on se balade tu arrêtes ta comédie ? Tu retournes à l'école demain comme une bonne fille ?

— Peut-être. Ou peut-être pas » elle a dit. Et subitement elle a traversé la rue en courant, sans même prendre garde aux voitures. Parfois elle est barjot.

J'ai pas galopé derrière elle. Je savais bien qu'elle me suivrait aussi je me suis dirigé vers le zoo, sur le trottoir côté parc et elle a pris la même direction sur le trottoir opposé. Elle avait pas l'air de se soucier de moi mais elle me surveillait probablement du coin de l'œil pour voir où j'allais et tout. Bon, on a continué comme ça jusqu'au zoo. Le seul moment où j'ai été ennuyé, c'est quand est passé un bus à impériale parce que je pouvais plus voir l'autre côté de la rue où elle était. Mais quand je suis arrivé au zoo j'ai gueulé « Phoebé, j'entre au zoo. Viens, maintenant! » Elle a pas levé les yeux mais je savais qu'elle m'avait entendu et quand j'ai descendu les marches du zoo je me suis retourné et je l'ai vue qui traversait la rue et me suivait et tout.

Y avait guère de monde au zoo parce que c'était un jour plutôt moche mais y en avait tout de même un peu près du bassin des otaries. Comme je continuais ma route, Phoebé s'est arrêtée et elle a fait semblant de regarder le repas des otaries — un type leur jetait des poissons — aussi je suis revenu sur mes pas. J'ai pensé que c'était une bonne occasion de la rejoindre, je me suis arrêté derrière elle et j'ai mis mes mains sur ses épaules mais elle a plié les genoux et s'est dégagée — je vous l'ai dit qu'elle peut être une vraie chipie quand ça la prend. Elle est restée plantée là tout le temps que le type nourrissait les otaries et moi je suis resté juste derrière elle. J'ai pas remis mes mains sur ses épaules parce que si je l'avais fait elle aurait pris sa revanche. C'est marrant, les mômes. Avec eux, faut drôlement faire gaffe.

Quand on en a eu fini avec les otaries, elle a pas marché à côté de moi mais tout de même pas très loin. Elle était d'un côté du trottoir et moi de l'autre. C'était pas encore gagné mais ça valait mieux que de la voir filer au diable comme avant. On est montés sur la petite colline pour voir les ours. Mais y avait pas grand-chose à voir. Un seul, l'ours polaire, était dehors. L'autre, l'ours brun, voulait pas se décaniller de sa foutue grotte. On voyait que son arrière-train. A côté de moi y avait un petit mioche avec un chapeau de cow-boy enfoncé jusqu'aux oreilles et il arrêtait pas de dire à son père « Fais-le sortir, papa. Fais-le sortir ». J'ai jeté un coup d'œil à la môme Phoebé mais elle a pas ri. Les mômes, quand ils vous en veulent, vous savez ce que c'est. Rien ne les fera rire.

Après avoir quitté les ours on est sortis du zoo et on a traversé l'allée du parc et alors on a emprunté un de ces petits tunnels qui sentent toujours la pisse. On se dirigeait vers le manège. Phoebé me parlait toujours pas mais maintenant elle marchait près de moi. J'ai attrapé la martingale de son manteau, juste pour blaguer, mais elle s'est pas laissé faire. Elle a dit « Pas touche, s'il te plaît ». Elle m'en voulait encore. Mais plus autant que tout à l'heure. Bon, on s'approchait du manège et on commençait à entendre cet air idiot qu'il joue toujours *Oh, Marie* ». Il jouait déjà ça il y a au moins cinquante ans, quand j'étais môme. Les manèges, c'est ce qui est chouette, ils jouent toujours la même chose.

« Je croyais que le manège marchait pas pendant l'hiver » a dit Phoebé. Elle rouvrait la bouche pratiquement pour la première fois. Elle avait l'air d'oublier qu'elle était fâchée contre moi.

J'ai dit « Ça doit être parce que c'est bientôt Noël ».

Elle a pas répondu. Elle a dû brusquement se souvenir qu'elle était fâchée.

J'ai demandé « Tu veux faire un tour de manège ? » Je savais que sûrement elle en avait envie. Quand elle était toute petite et qu'on l'emmenait au parc, Allie et D.B. et moi, elle raffolait du manège. On pouvait pas l'en faire descendre.

J'avais cru qu'elle me répondrait pas. Mais elle a dit « Je suis trop grande.

— Sûrement pas. Vas-y. Je t'attends. Allez, va. » On était arrivés au manège. Y avait quelques gamins grimpés dessus, des petits mômes pour la plupart et quelques parents qui attendaient autour, assis sur les bancs et tout. Ce que j'ai fait, je suis allé au guichet où on vend les billets et j'en ai acheté un pour Phoebé. Et puis je le lui ai donné. Elle était là, tout près de moi. « Tiens » j'ai dit. Et puis « Attends une seconde, prends aussi le reste de ton fric ». J'ai voulu lui refiler le reste du fric qu'elle m'avait prêté. Elle a dit « Garde-le. Garde-le-moi ». Et tout de suite après « ... Je t'en prie ».

Quand quelqu'un vous dit « Je t'en prie » ça vous flanque le cafard. Je veux dire, si c'est Phoebé ou quoi. Ça m'a flanqué le cafard. Mais j'ai remis l'argent dans ma poche.

« Et toi, tu montes pas ? » Elle me regardait avec un drôle d'air. On voyait bien qu'elle était plus *trop* fâchée.

« Peut-être au prochain tour », j'ai dit. « Je vais te regarder tourner. Tu as ton billet ?

— Oui.

— Alors vas-y. Je reste là sur le banc. Je te regarde. » Je suis allé m'asseoir sur le banc et elle est montée sur le manège. Elle en a fait le tour. Je veux dire qu'elle a marché le long du bord et fait le tour complet. Puis elle s'est assise sur un gros vieux cheval brun qui paraissait plutôt fourbu. Le manège s'est mis en marche et j'ai regardé Phoebé tourner, tourner. Y avait seulement cinq ou six autres gosses et la musique c'était l'air de *Smoke gets in your eyes*, joué très biscornu, très jazz. Tous les gosses s'efforçaient d'attraper l'anneau doré, Phoebé comme les autres, et j'avais un peu la trouille qu'elle tombe de son cheval, mais j'ai rien dit. Avec les mômes c'est comme ça. S'ils veulent attraper l'anneau il faut les laisser faire sans rien dire. S'ils tombent ils tombent mais c'est pas bon de les tanner.

Quand le manège s'est arrêté, elle est descendue de son cheval et elle est venue me retrouver. Elle a dit « Cette fois tu montes aussi.

— Non, je te regarde. Je crois que j'aime autant te regarder. Je lui ai donné encore un peu de son argent. Tiens. Achète des billets. »

Elle a pris l'argent. Elle a dit « Je suis plus en colère contre toi.

— Je sais. Grouille-toi. Ça va repartir. »

Tout d'un coup, elle m'a embrassé. Puis elle a allongé la main et elle a dit « Il pleut. Il commence à pleuvoir.

— Je sais. »

Alors ce qu'elle a fait — ça m'a tué ou presque — elle a fouillé dans la poche de mon manteau, elle en a sorti ma casquette et elle me l'a mise sur la tête.

J'ai dit « T'en veux plus ?

— Tu peux l'avoir un petit moment.

— Okay. Maintenant grouille. Ça va démarrer sans toi. Ton cheval sera pris. »

Mais elle se pressait pas. Elle a demandé « C'est bien vrai ce que tu as dit ? Que tu vas pas t'en aller. Que tu vas rentrer à la maison, après ?

— Ouais », j'ai dit. Et c'était vrai. Je lui ai pas menti. Après, je suis rentré à la maison. « Et maintenant grouille-toi » j'ai dit. « Ça démarre. »

Elle a couru acheter son billet et elle est revenue juste à temps sur le foutu manège. Puis elle a fait tout le tour pour retrouver son cheval. Elle est montée. Elle a agité la main vers moi. Et j'ai agité la main.

Ouah. Ça s'est mis à pleuvoir. A seaux. Je vous jure. Les parents, les mères, tout le monde est allé s'abriter sous le toit du manège pour pas être trempé jusqu'aux os mais moi je suis resté un moment sur le banc. J'étais vachement mouillé, spécialement dans le cou et puis mon pantalon. Ma casquette c'était pas mal comme protection, mais quand même j'étais traversé. Je m'en foutais. Subitement, je me sentais si formidablement heureux, à regarder la môme Phoebé qui arrêtait pas de tourner. J'ai cru que j'allais chialer tellement j'étais heureux, si vous voulez savoir. Pourquoi, moi je sais pas. C'était juste qu'elle était tellement mignonne et tout, à tourner sur le manège, dans son manteau bleu et tout. Bon Dieu j'aurais vraiment aimé que vous soyez là.

Chapitre 26

Je vous en dirai pas plus. Sans doute je pourrais vous raconter ce que j'ai fait une fois rentré à la maison et comment je suis tombé malade et tout, et à quel collège je suis censé aller l'automne prochain, quand je serai sorti d'ici mais j'ai pas envie. Sincèrement. Tout ça m'intéresse pas trop pour l'instant.

Y a un tas de gens, comme ce type, le psychanalyste qu'ils ont ici, ils arrêtent pas de me demander si je vais m'appliquer en classe quand j'y retournerai en septembre. A mon avis c'est une question idiote. Je veux dire, comment peut-on savoir ce qu'on va faire jusqu'à l'instant où on le fait? La réponse est qu'on peut pas. Je vous jure, c'est une question idiote.

D.B., lui, est moins chiant que les autres mais il me pose aussi des questions. Samedi dernier, il est venu avec une anglaise qui joue dans le film qu'il est en train d'écrire. Elle était plutôt maniérée mais elle avait une sacrée allure. Bon, à un moment elle est allée aux toilettes; celles des dames c'est là-bas au diable et D.B. en a profité pour me demander ce que je pensais de tous ces trucs que je viens de vous raconter. Je savais vraiment pas quoi dire. La vérité c'est que je *ne sais pas* quoi en penser. Je regrette d'en avoir tellement parlé. Les gens dont j'ai parlé, ça fait comme s'ils me manquaient à présent, c'est tout ce que je sais. Même le gars Stradlater par exemple, et Ackley. Et même, je crois bien, ce foutu Maurice. C'est drôle. Faut jamais rien raconter à personne. Si on le fait, tout le monde se met à vous manquer.

15 mai 2010

Cet ouvrage a été imprimé
en janvier 2010 par

FIRMIN-DIDOT

27650 Mesnil-sur-l'Estrée

Dépôt légal : novembre 2003
N° d'édition : 50591/02 – N° d'impression : 98642

Imprimé en France